CHILDREN
OF THE
RUNE
WINTERER

전민희
장편
판타지

5

룬의 아이들

윈터러

두 개의 검, 네 개의 이름

CHILDREN
OF THE
RUNE
WINTERER

엘릭시르

15

장

BLINDLY VERIFY

겨울을 지새우는 자여,
그것은 아주 길고 긴,
끝나지 않는 겨울일지도 모른다.

서리와 눈보라를 이기고
바람과 눈물을 견뎌
마침내 찾아올 그 봄은

네 시체 위에 따뜻한 햇살이 되어 내릴지도 모른다.

그러니 마음을 푸른 칼날처럼 세워
천년의 겨울을 견디도록 대비하라.

반드시 살아남아야 한다.
반드시 살아남아야 한다.
반드시 살아남아야 한다.

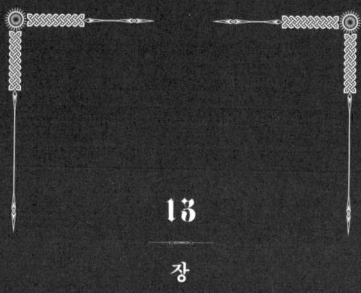

13
장

BLOODY HISTORY

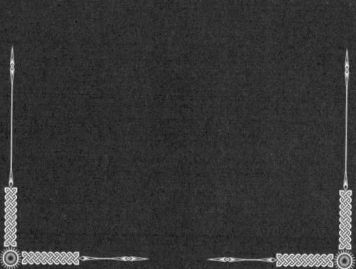

피의 짐승

절벽 틈, 구부러진 나무와 뿌리가 뒤엉키고, 까마득히 깊은 바닥에서 소리 없는 급류가 흐르는 곳.

고요한 산에 낯선 겨울이 자리했다. 부러진 칼끝 같은 얼음 박편이 천만 개도 넘게 모인 결정이었다.

바삭.

설탕을 입힌 과자처럼 흰 서리 고치 안에 검푸른 머리카락이 묽게 비쳐났다. 시체처럼 창백한 얼굴이었다. 그의 손에 검이 있었다. 검은 이윽고 빛을 냈다.

윈터러 속에 갇힌 짐승들이 저마다 목소리를 내려 했다. 빛은 검을 쥔 소년의 눈꺼풀을 뒤덮었고, 곧 조각난 기억들로 변했다.

사나운 짐승이 달리고 있었다. 여섯 발굽이 걷어찬 검붉은 흙이 폭죽처럼 흩날렸다. 핏빛 갈기 사이로 솟은 굽은 뿔은 닿아선 안 될 높은 곳을 가리키는 듯했다.

대지가 끓어오른다.

하늘이 불탄다.

너울거리는 지평선을 손가락인 양 가리키며 선 낭떠러지, 그 끝에 흰 검이 꽂혀 있었다. 이 역동하는 세계에서 유일하게 정지한 존재였다. 뭉쳐진, 집약된, 함몰된, 단 하나의 존재였다. 피 한 방울 묻지 않은 순백의 날 위로 하얀 술이 춤추었다.

「내 너를 가지리라!」

낭떠러지를 오르는 발소리에 이어 손이 덤벼들었다. 칼자루를 움켜쥐고 뒤돌아서자마자 호를 그으며 내질렀다. 떨어지는 별처럼 흰 광채를 흩뿌렸다.

푸욱!

산발한 머리 같은 핏발이 치솟아 허공에 번졌다. 갈라진 짐승의 속내에선 덜 끊어진 생명이 내는 김이 무럭무럭 났다. 잠시 단말마의 버르적거림이 이어졌다. 곧 고요해졌다.

낭떠러지 위에 우뚝 선 자는 손에 쥔 검을 들어 지평선을 가리켰다. 그는 지배자가 되리라. 얼굴은 보이지 않았으나 조각처럼 단련된 몸과 갈기 같은 머리털을 지닌 자였다. 들끓는 땅을 굽어보는 가장 강한 자였다.

칼끝이 한 번 바르르 떨렸다. 이윽고 힘껏 허공을 베었다.

순간, 주위로 눈보라가 흩뿌려지더니 얼음이 대지를 뒤덮으며 뻗어나갔다. 세계는 겨울로 변해버렸다.

다시 검을 쥔 사람은 소녀였다. 탐스러운 금빛 머리털과 짙은 눈썹을 가진 열여섯 살 소녀였다. 소녀는 양손으로 하얀 검을 단단히 쥔 채 앞을 쏘아보았다. 꼭 다물린 입술에 긴장과 오만이 서렸다.

맞은편에는 망토를 두른 삼십대 중반의 남자가 서 있었다. 그의 금발은 소녀의 것과 매우 비슷했다. 남자는 손을 내밀었다. 아무 무기도 없는 빈손이었다.

「네 것이 아니지 않니, 엘비라.」

소녀는 대답하지도, 움직이지도 않았다. 검을 쥔 손에 한층 힘을 주었을 따름이었다.

「지금 네 손에 너 자신조차 파멸시킬 물건이 있다는 걸 알고 있니?」

「난 당신한테 갚아줄 빚을 알 뿐이야.」

「내 마음을 아프게 하지 말아다오. 내가 한 모든 일은 너 하나를 위해서였으니까.」

「내가 왜 그런 것까지 생각해야 하지? 난 요청한 일이 없어.」

남자는 고개를 저으며 우울한 미소를 머금었다. 도저히 더 나은 방법을 찾지 못해, 결국 최악의 선택을 하려는 사람의 눈이었다.

「이리 다오.」

소녀는 대답 없이 두 발짝 물러서며 검을 휘둘렀다. 칼끝은 닿지 않았으나 흰 날이 가른 공기가 얼어붙더니 흡사 유리가 부서지듯 날카롭게 조각나 날아갔다. 소녀의 눈에 일말의 동정심조차 없는 차디찬 악의가 서렸다.

남자는 그 자리에 못박힌 듯 서 있었다. 이윽고 온몸에 난 수백 개의 상처에서 한꺼번에 피가 솟구치기 시작했다.

피 흘리는 순례자의 눈…….

흰 검은 또다시 한쪽 눈이 없는 사내의 손에 쥐여 있었다. 그는 자신의 배에서 흘러나오는 피를 내려다보며 높다란 의자에 앉아 있었다.

넓은 홀이었다. 몇 개인가, 헤아리기 힘든 원들이 벽을 이뤘다가 서서히 좁아지며 둥근 천장의 정점까지 올라갔다. 차가운 돌에 새겨진 잎과 덩굴, 석화된 요정들의 파리한 뺨, 빛 잃은 날개, 암적색 융단의 그림자와 무늬들. 이 홀의 모양을 구상했고, 세우도록 명한 당사자인 그는 생각에 잠겨 있었다. 이걸 인간이 만들었던가……

믿지 못해 결국 죽이고, 품지 못해 끝내 부수고 마는 인간이, 어찌하여 장엄함을 알고 있을까.

사라질 영광을 덧없이 담으려 했던 태피스트리가 홀 양쪽에 걸려 있었다. 기사의 은빛, 왕관의 금빛, 자줏빛 망토로 덮인 순백색 암말. 대지의 녹색은 한때 보았던 것이며 성녀의 손은 아직 젊디젊은 그 자신을 축복하고 있다. 생생한 기억이다. 그러나 이제 아무도 기억하지 않으리라는 것처럼, 태피스트리는 반쯤 찢기고 붉은 얼룩으로 더럽혀져 있었다.

찢긴 태피스트리 아래 웅크린 남자가 쓰러져 있었다. 이 검을 마지막으로 쥐고 꿰뚫었던 자다. 죽어가던 자가 움켜잡았던 태피스트리의 그림은 끝내 일그러져 무너지고, 피가 죄의 증거처럼 남아 흐른다.

뚝, 뚝.

텅 빈 홀을 울리는 핏방울 소리와 함께 자신의 심장이 간헐적으로 떨다가 뛰곤 하는 것이 느껴졌다. 그런 가운데에도 그는 혈육의 시체로부터 눈을 돌려 위를 올려다보았다. 늘 기다리곤 하던 시각을 본능적으로 알아차린 까닭이었다. 지금이었다.

정면 꼭대기의 장미창과, 돔의 지붕을 한 바퀴 두른 열세 개의 창이 서서히 빛났다. 축복의 증표인 양 환하게 타오르고 있었다.

빛이 내렸다.

높은 창들이 막 돋아난 새벽빛을 꽃잎처럼 흩뿌리는 이 순간, 피투성이 인간이 지은 홀이 가장 거룩하고 찬연한 자태를 드러내는 그 순간, 밤새 벌어진 살육으로 피의 강을 이룬 바닥과 석벽은 어떤 참작도, 면죄도, 사면도 있을 수 없을, 종말의 순간까지도 씻어질 수 없을, 오직 죄만을 드러내 보였다.

그러나 이 빛 속에서는 모두 신성해 보인다.

마치 화폭 속에서 저질러진 죄악인 양.

번뜩이는 현실이면서도, 동시에 양피지에 쓴 백 년 전의 선고장처럼 메말랐다.

이것으로 끝인가?

고통 속에서 기묘한 희열이 피어올랐다. 이제 남은 것은 긴 전투 끝에 상금처럼 주어질 안식뿐이리라. 그걸 기대하며 미소 짓는 자신은 일생 그랬듯 죄인이며, 지금도 죄만을 더할 뿐. 우스울 뿐이다. 무엇을 바라 힘을 원하고 피를 흘렸던가. 정말로 무언가를 원했다면, 어째서 아무것도 남기지 않고 부숴버렸나.

그는 자신이 살아온 길대로 행했을 뿐임을 안다. 신의 손에는 구원도, 용서도, 윤회도 있되 사람이 죄를 갚는 법은 피뿐이라고.

절그럭. 팔을 움직여 검을 당겼다. 그 많은 일을 저지르고도 혈흔 한 조각도 묻지 않은, 얼음처럼 깨끗하고 차디찬 검이었다.

끝내 자신은 승리하지 못했다. 검은 다른 자의 손에 들어갈 것이다. 그리고 또다시 감당하기 어려우며 거부하기는 더욱 불가능한 힘을 내보여 그자를 시험할 것이다. 그자 역시 지고 말겠지. 진 자는 검을 떨어뜨리고 핏발 선 눈을 감지도 못한 채 지하로 들어갈 것이다. 파괴의 흔적, 또는 한때 존재했던 위대한 문명의 주춧돌만을 남긴 채.

이 검에 비하면 피 흘리는 태피스트리는 차라리 인간적이다. 후세의 인간들이여, 인간의 것이 아닌 힘은 자연에게 맡겨 영원히, 그대로, 화석처럼 묻혀 있도록 하라.

검이 최후의 목적을 위해 곧게 세워졌다. 위대한 왕이었던 자는 이미 지하로 들어간 그의 백성들을 향해 말했다.

내 손에 피 흘린 자들이여, 지하에서 슬퍼 말라.

나 또한 너희를 뒤따르리니 재회의 날이 가까움이라.

그날 내 남은 살점 한 조각까지 너희 손에 붙이리니

내 피를 붓고 마시며 잔치할 날이 멀지 않았음이라.

검은 수많은 곳에 존재했다. 어느 순간, 검은 풀꽃 핀 동산에서 시골 부인의 손을 잡은 젊은이의 허리에 있었다. 다른 순간 검은, 압도적인 악의 세력과 대치한 야전 천막 앞에서 밤하늘에 춤추는 수백 개의 깃발을 쏘아보는 여자의 손에 있었다. 또한 황무지 가운데 미라처럼 말라붙어 해진 시체와 함께 놓여 있었다. 한 사내가 다가와 시체의 몸을 뒤지다가 검을 찾아내고, 북쪽을 향해 떠나갔다.

또 다른 영상들이 스쳐갔다. 이제 검은, 원뿔 모양으로 높이 솟은 얼음 동굴에 들어와 있었다.

푸르게 언 바닥에 징검다리처럼 돌이 박혀 있었다. 한 사람이 그 위로 긴 망토를 끌며 걸어갔다. 얼음 바닥 밑에는 무엇이라고 말하기 어려운 얼굴들이 흐릿하게 보였다. 호소하는 듯도, 절규하는 듯도 한 표정들은 굳어져 미동조차 없었다. 여자도 있었고 남자도, 어린아이도 있었다. 악하지도 선하지도 않은 혼들, 단지 패했기 때문에 얼음 속에서 영어囹圄의 세월을 보내야 하는 자들이었다.

징검다리는 동굴 중심에 솟은 흰 제단으로 이어졌다. 제단 역시 얼음으로 만들어져 있었다. 차가운 대기가 천장 꼭대기에서 입김처럼 아른거렸다. 제단 앞에 이른 사람은 미리 와 있는 두 사람의 얼굴을 바라보았다. 둘 다 늙은이였고 한 명은 여자, 한 명은 남자였다. 각자 다른 빛깔의 망토를 걸치고 머리에는 관을 쓰고 있었다.

북쪽에 선 자는 푸른 망토를 걸치고 얼음처럼 흰 관을 썼다. 관의 가지들은 마디마디 구부러지며 뻗었고, 끝에는 얼어붙은 물방울 같은 것들이 맺혀 있었다. 서남쪽에 선 자는 자줏빛 망토를 걸치고 이끼 낀 나뭇가지처럼 보이는 관을 썼다. 세 번째로 동남쪽에 자리잡고 선 자는 주황색 망토와 손이 베일 듯 날카로운 금박으로 만든 관을 쓰고 있었다.

제단 위에 검이 놓여 있었다.

「우리가 또 다른 죄악을 저지르고 있지 않다고 어찌 확신합니까?」

「우리는 확신하지 못합니다. 그러나 코앞에 열린 재앙의 문을 방치하는 것이 죄악이라는 것만은 확신합니다. 우리는 우리 세계의 삶들을 지켜야만 합니다.」

「더 연약하고, 더 평화로운 세계로 보내질지도 모릅니다. 그리하여 그 땅의 존재들을 저항해볼 겨를도 없이 멸망시킬지도 모릅니다. 우리는 아직도 이 안에 든 힘을 다 모릅니다. 종내終乃, 그것이 한 개인의 소유로서만이 아니라 스스로의 의지를 갖고 움직이게 될지, 그 누가 알겠습니까?」

「그것은 이미 의지를 품고 있습니다. 이곳에서 그는 소원을 들어주는 존재입니다. 작은 것부터 시작하지만, 결국은 원하는 모든 소원을 끝없이 들어줍니다. 인간은 그런 존재를 감당하지 못합니다. 이 검 자체가 악도 아니고 선도 아닐진대, 우리 인간의 연약한 마음이 그것을 무해한 존재로 내버려두지 못합니다.」

「또는 그것만이 아닐지도 모릅니다. 그러나 모르는 자는 나뿐이 아니라 우리 세상의 존재 모두입니다. 나는 그런 무섭고도 강력한 불가지不可知의 존재를 이 세계에 두지 않겠습니다.」

「심지어 이 안에는 이미 뿌리 깊이 타락해버린 악한 혼들조차 녹아 있습니다. 차라리 나는 이 검이 한 세상을 완전히 멸망시키기를 바랍니다. 그리하여 그 세상의 누구도 검을 다른 곳으로 보내거나, 직접 들고 나오는 일이 없길 바랍니다.」

말을 멈춘 세 사람은 손을 펼쳐 검을 향해 내밀었다. 그들의 손이 빛나고, 그 빛이 손과 손을 잇고, 소용돌이치고, 이윽고 용솟음치는 빛의 고리로 변했을 때였다.

갑자기 높은 곳에서 목소리가 들려왔다.

"그곳은…… 거긴 어디죠? 당신들은 누구죠?"

세 현자는 흠칫 놀라 허공을 올려다보았다. 그것은 신이나 초자연적 존재의 목소리가 아니었다. 단순히 놀라고 두려워하는 소년의 목소리에 불과했다.

「아이야, 너는 누구냐? 어디에 있느냐?」

같은 질문을 교환한 꼴이었다. 소년의 목소리는 잠시 주춤거리다가 말했다.

"저는…… 여기가 어딘지 모르겠어요. 하지만 세 분을 아까 전부터 보고 있었어요. 아니……. 세 분뿐 아니라 다른 것들도 많이 보고 있었어요."

보리스, 한동안 다프넨이라 불렸지만 본래 보리스인 소년은 말을 하고도 자신이 무슨 소리를 하는 건지 혼란스러웠다. 처음에는 꿈을 꾼 줄 알았다. 그런데 왜 자신은 아직도 정체 모를 곳에서 그 '꿈'들을 보고 있을까? 그리고 어떻게 그들과 대화까지 나눌 수가 있을까?

그러니 소년이야말로 묻고 싶었다. 그가 있는 곳은 어딘가? 얼음 동굴의 제단 앞에 선 세 노인과 같은 장소가 아닌 것만은 확실했다. 그들과 자신 사이에는 휘몰아치는 구름을 뚫어놓은 듯한 구멍이 존재할 뿐이었다.

또, 앞서 본 것들은 정말로 꿈이었을까? 짐승을 찔러 죽인 자와 그가 만들어낸 겨울, 이룩한 모든 것을 직접 파괴하고서 새벽을 맞는 지배자, 어둠 속 깃발 아래 밀집한 악과 대결하려 그 검을 택할 것인가 고민하는 왕녀의 눈동자…….

그들은 모두 이 검, 윈터러를 가지고 있었으며, 자신보다 강했다. 굳은 의지, 또는 고귀한 이상을 지녔던 자들이었다. 어떤 모습은 단지 시작이었으나 어떤 것은 끝을 보여주고 있었다. 윈터러가 거쳐온 자들, 끝내 피로 물들고 만 인간들의 역사였다.

「'밖'에 있는 자로구나.」

맹렬히 회전하던 빛의 고리가 서서히 허공으로 떠올랐다. 동시에 제단에 놓여 있던 검도 떠올랐다. 고리의 중심은 회오리치는 안개로 변했다. 그 틈새로 언뜻 다른 세상 같기도 한 풍경의 잔해가 번뜩였다.

세 현자는 마주잡았던 손을 풀고 제단에서 물러났다. 그리고 저들끼리 몇 마디를 나누었다. 잠시 후 한 사람이 소년에게 물었다.

「너와 우리를 잇고 있는 매개가 무엇이냐? 이곳에 네 눈에 익숙한 물건이 있느냐?」

"당신들의 검이에요. 저는 그것과 똑같은 것을 가지고 있어요. 두 검은 쌍둥이인가요?"

푸른 망토의 노인이 고개를 쳐들었다. 얼굴이 섬뜩한 것이라도 본 양 굳어져 있었다.

「무엇이라고? 네가 저 검을 안다고?」

보리스는 혼란을 느꼈다. 그러나 마음과는 달리 입술은 단호히 답했다. 사람들이 흔히 조각난 꿈을 꾸면서 맥락을 모르고도 자신만만하게 행동할 수 있는 것과 같았다.

"윈터러, 제가 가진 검의 이름입니다. 당신들의 검은 무엇이라고 합니까?"

노인들은 당혹한 기색이었다. 주황색 망토의 노파가 떨리는 목소리로 대답했다.

「그것은…… 겨울의 검이라고 한다. 월동자越冬者라고도 불리며, 다른 이름으로는…… 윈터러라고도 한다…….」

이번에는 보리스 쪽에서 충격을 받았다. 같은 검이 두 개라니? 그런 일이 가능할까? 그토록 특별하고 두려웠던 검은 두 개……가 아니라 세 개, 네 개, 그보다 더 많을 수도 있는 것일까? 모든 세계에 같은 검이 존재한다는 걸까? 그가 본 수많은 윈터러가 바로 그것들일까?

그게 아니라면…… 자신은 검의 과거, 혹은 미래와 대화를 나누고 있는 건가?

보리스는 주위를 두리번거리다가 곁에 떨어져 있는 윈터러를 발견하고 주워 들었다. 자루 대신 천을 감아놓은 곳을 쥐고 날을 내린 채 내밀었다. 그 순간, 칼날에 무지개처럼 영롱한 광채가 서리는 것이 보였다.

"정확히는 제 검이 과거에 가졌던 모습과 비슷합니다. 지금 제 검은 단순한 은빛 날로 변해버렸으니까요."

그렇게 말하는 순간 문득 떠올랐다. 저들의 검이 그의 윈터러와 같은 것이든, 다른 것이든, 과거였든, 미래였든, 적어도 비슷한 모양을 하고 있다면 힘 또한 비슷할 수도 있지 않을까? 그렇다면 저들에게 물어볼 수가 있잖은가! 오랫동안 궁금해하던 모든 것들을. 도대체 이 검의 정체는 무엇이며, 어떤 힘을 가지고 있으며, 어떻게 다루어야 하는지…….

그러나 곧 이어 보리스는 조금 전에 보던 광경을 떠올리고 말문이 막혔다. 노인들은 '그들 세계의 윈터러'를 다른 세계로 보내려 하고 있지 않았던가!

자줏빛 망토의 노인이 입을 열었다.

「짐작건대 너는 '겨울의 검'의 옛 주인이거나 또는 나중 주인인 모양이다. 내 분명코 말하건대 이와 같은 검이 하나 더 존재한다면 그물눈처럼 얽힌 세계들 중 어느 곳도 온전치 못했을 것이다.」

「우리는 그 세계들을 다 모른다. 그러나 어딘가에 틀림없이, 수천 수만 수억의 가능성으로 존재함을 안다. 그 가운데 우리 세계는 마법이 지나치게 발달해 저울 축이 기울어진 세계다. 다른 세계로 통하는 문을 열 때면 언제나 우리의 힘이 반대편 세계로 흘러나가 균형을 이루려 했다.」

「그런 우리의 세계가 저 검 하나를 용납하지 못했을진대 다른 세계가 그 검을 품고서 지금껏 침묵하였으랴? 아이야, 너의 세계에서 그 검은 얼마나 오래 존재하였느냐? 얼마나 많은 재앙을 불러일으켰느냐?」

보리스의 손에서 윈터러가 한층 화려한 광채를 냈다. 수백 조각의 색유리로 만든 스테인드글라스처럼 빛났다. 또한 이렇게 말하는 것 같았다.

'넌 나를 놓치고 싶지 않을 거야. 어떤 일이 있어도, 언제까지나……'

"모르겠습니다. 이 검은 아버지가 형에게, 그리고 형이 제게 물려주었을 뿐이고…… 과거에 검을 갖고 싶어 한 사람들이 많은 싸움을 벌였다고 알고 있을 뿐입니다. 그렇지만 재앙이라 부를 정도는 아니었던 것 같은데……. 아니, 사실은 잘 모릅니다. 전 겨우 사 년째 이 검을 지녔을 뿐이라서……."

「잠깐, 사 년, 사 년이라고? 아이야…… 네 나이가 몇이지?」

"올해 7월에 열다섯 살이 됩니다만……."

말하고 나서야 저들의 시간이 여기와 같지 않을지도 모른다는 문제에 생각이 미쳤다. 그러나 세 명의 현자는 다른 문제로 충격을 받아 그런 부분에는 주목하지 않았다.

「믿을 수가 없다. 겨우 열 몇 살의 어린아이가 '겨울의 검'을 사 년이나 지니고도 아무렇지 않단 말인가?」

「과연 저 아이의 검이 '겨울의 검'이 맞을까요?」

「그럴 수밖에 없는 것이…… 검의 힘이 아니라면 어떻게 저 아이가 우리와 대화하겠습니까? 이건 틀림없이 검 때문에 두 시대의 경계가 맞물려…… 오오!」

갑자기 푸른 망토의 현자가 탄성을 질렀다.

「우리는 '겨울의 검'의 또 다른 힘을 보고 있군요! 저 아이는 필시 검에 깃들인 기억일 것입니다. 검에서 솟아오른 옛 기억이 스스로를 실체로 여기면서 우리에게 말을 걸다니! 이 검에 온갖 사악한 혼이 깃들었다더니 어린아이의 혼조차 있었군요!」

현자는 감탄했을지 몰라도 보리스는 기가 막혔다. 멀쩡히 살아 있는 자신이 검에 깃든 기억이라니? 검에 갇힌 혼이라고? 그렇다면 그가 생생하게 기억하는 감정과 추억들이, 바로 얼마 전까지 살아가던 세계가, 전부 까마득한 옛날에 지나가버린 허상이란 말인가?

그럴 리가 없다!

보리스는 상상만으로도 울컥해서 소리쳤다.

"말도 안 되는 소리는 집어치우시죠! 멀쩡히 살아가고 있는 사람을 멋대로 옛날에 죽은 그림자로 바꾸는 근거가 뭐죠? 전 얼마 전까지만 해도 사람들에게 둘러싸여 온갖 일을 겪고 있었고, 방금 전에는 당신들뿐 아니라 수많은 사람들의 손에 쥐어진 서로 다른 윈터러를 보고 있었어요. 전 그게 다 제 꿈에 불과하다고 생각했거든요?"

서로 눈이 마주치지는 않았으나 현자들은 보리스가 내보인 감정에 당황한 눈치였다. 보리스가 말을 이었다.

"그런 정도의 의견이라면 저도 말할 수가 있겠네요. 제 입장에서는 여러분이 윈터러의 과거이고 검에 든 혼들인 것 같군요. 적어도 제가 보기에는!"

제단 위에 떠오른 빛의 회오리를 향해, 함께 떠오른 검의 끝이 서서히 들어갔다. 얼마나 오래 걸릴지 모르지만 분명히 다른 세계를 향해 이동하고 있었다.

「이런 믿을 수 없는 일이…….」

그러나 잠시 후 주황빛 망토의 현자가 말했다.

「아이의 말이 맞습니다. 저 아이와 우리가 똑같이 스스로를 현실로 여긴다면, 어느 쪽이 옳은지 그 누가 판단하겠습니까? 어느 쪽이 허상이고 그림자인지, 또는 둘 다 아닌지 확신할 근거는 아무데도 없는 것 같습니다.」

그 말을 듣는 보리스도 섬뜩함을 느꼈다. 그 말대로라면 자신 쪽이 착각하고 있을 가능성도 배제할 수 없지 않은가? 자신이 사랑하고 집착한 존재들, 고향과 예프넨, 나우플리온, 그리고 이솔렛……. 그들 모두가 까마득한 옛날에 죽었고, 이미 흔적도 기억도 남지 않았을지도 모른다. 오직 기이한 검에 붙들려 끝없이 되풀이되는, 보리스 진네만의 조각난 기억 속에서만 살아가고 있을지도 모른다.

현실이란 어디지? 현재란 언제지? 진짜와 가짜, 실체와 그림자는 어떻게, 누가 구분하는 거지?

얼음 거미의 집

그날 오후, 공회당에서 오랜만에 여섯 사제와 열일곱 명의 수도사, 그리고 스콜리의 선생들까지 소집된 회의가 열렸다. 다른 사람들의 출입은 금지되었지만 그 정도가 모인 것만으로도 온 섬사람들의 얘깃거리가 되고도 남았다.

사제들의 자리인 일곱 원을 중심으로 둥글게 의자들이 놓였다. 의자의 숫자는 이 자리에 올 수 있는 사람의 숫자와 꼭 같았다. 이윽고 사람들이 들어와 자리를 채웠다.

그리고 이솔렛이 와 있었다.

다른 사람들이 미처 나타나기도 전에 들어와 의자 하나를 차지하고 앉아 있었다. 그녀는 사제도 수도사도 아니었다. 하지만 아무도 왜 왔느냐거나, 나가라거나 하는 말을 하지 못했다. 이윽고 와야 할 사람이 모두 들어와 자리에 앉았지만 의자는 모자라지 않고 딱 맞았다.

"모두 와주셨군요. 그러면 공회당의 문을 닫겠습니다."

문이 닫히고 이어 철컹, 하고 빗장이 내려놓아졌다. 데스포이나 사제를 돕는 수도사들이 사방에 열린 창문들을 모두 닫고 자리로 돌아왔다. 실내가 어둡다 싶을 무렵 갑자기 일곱 원의 중심이 환해졌다. 데스포이나 사제가 그 자리에 지팡이를 짚고 서 있었다. 빛은 지팡이 머리에 장식된 초승달에서 솟아나고 있었다.

"회의를 시작합니다. 오늘 우리의 말과 행동은 달여왕께서 눈 떼지 아니하고 굽어볼 것이며, 오늘 우리가 내릴 결론을 저울에 달아 취하고 버리는 이 역시 그분이십니다. 옳고 그름은 그분의 손에만 달려 있나니 우리는 모두 참의 세상에선 장님이자 귀머거리요, 암중暗中에서도 사심 없는 발자국을 남기는 것만이 우리를 열린 문으로 이끌 것입니다. 찬양하라."

"찬양하라."

"찬양하라."

뒤따르는 되풀이는 나지막했지만 한입으로 내는 목소리처럼 어조가 같았다.

"섭정께서는 오늘 함께 자리하지 않으십니다. 대신 한 소녀가 그분의 귀를 대신하고, 또한 입을 대신할 것입니다."

사람들이 모두 고개를 돌렸다. 데스포이나 바로 뒤에 등받이가 높은 의자가 있었는데, 거기에 리리오페가 앉아 있었다.

아직 섭정의 후계자로 선포될 나이가 아닌 까닭에 그냥 '한 소녀'였다. 그러나 무표정한 얼굴로 고개조차 까딱해 보이지 않는 리리오페는 이미 자신의 위상을 충분히 자각한 '섭정의 딸'이었다.

"우리가 모인 것은 한 소년의 불행한 실종에 대해 대책을 세우고, 원인을 밝혀 옳은 길을 내고자 함입니다. 상황은 모든 분이 알고 계실 테니 굳이 재론치 않겠습니다. 수색을 계속할 것인지, 한다면 어떤 방법이 있을지 먼저 의견을 모아보도록 합시다."

열일곱 명의 수도사들 중에는 섬의 산맥 곳곳에 움막을 짓고 천지간의 변화를 살피며 은둔하는 자들이 아홉이었다. 그들 가운데 대표 격인 자가 입을 열었다.

"온 섬을 샅샅이 수색하는 것은 불가능함을 다시 말할 필요는 없겠지요. 지팡이의 사제께서는 마법으로 섬 곳곳을 구석구석 보실 수 있을 텐데 어찌하여 그리하지 않으십니까?"

데스포이나는 솔직하게 고개를 끄덕였다.

"물론 그렇게 했습니다. 그러나 알 수 없는 힘, 또는 물질이 가로막고 있어서 그것을 꿰뚫고 볼 수가 없었습니다."

"지팡이의 사제께서 알지 못하는 힘이 섬 안에 있었습니까? 저는 금시초문입니다."

그때 한 목소리가 끼어들었다.

"왜 없겠습니까? 그 아이가 섬에 들어올 때 가져온 이상한 검은 색다른 힘을 가진 것 같던데요."

수도사 중에서 난 소리였다. 억지웃음 비슷한 것을 입가에 머금고 대답을 기다리는 그자를 보며 데스포이나가 말했다.

"펠로로스 수도사께서는 어디에서 그런 이야기를 들으셨지요?"

펠로로스는 천천히 일어났다. 맏아들과 꼭 같은 붉은 머리를 길게 기른, 키가 매우 큰 사내였다. 하반신 마비로 서서히 시들어가고 있는 친형과는 대조적으로 비대한 몸집이었다. 그의 이름이 가진 뜻은 '거인'이었다.

"그 애와 제 아들 녀석이 몇 번 싸웠지요. 그 애의 검이 희한한 힘을 가지고 있어서 이길 수 없었다고 합디다."

상체를 앞으로 굽힌 채 앉아 있던 나우플리온이 고개를 번쩍 들며 그자에게 시선을 보냈다. 헥토르와 다프넨 사이에 있었던 일은 이미 작년 여름에 함구하기로 합의한 터였다. 그 자리에는 당연히 헥토르의 아버지인 펠로로스도 있었다. 게다가 다프넨은 섬에서 한 번도 윈터러를 사용한 일이 없었다. 다프넨에게 불리한 상황이 닥쳤다고 보란듯 약속을 어기고 여론을 모아 어떻게 해볼 생각인가?

그렇게는 안 될 것이다.

"본 사제로서는 풍문으로도 전해 듣지 못한 이야기로군요. 펠로로스 수도사, 아이들끼리 싸우다가 홧김에 한 이야기를 그대로 믿으십니까?"

데스포이나의 목소리는 대리석 바닥처럼 매끄럽고 차가웠는데, 몇몇 사람들은 그녀가 그런 목소리로 흔히 상대방을 비꼰다는 사실을 알고 있었다. 예상대로 펠로로스의 목소리가 높아졌다.

"허, 무슨! 제 아들이지만 헥토르는 제 잘못을 감추려 허튼 소리 따위를 하는 녀석이 아닙니다. 이곳에 계신 분들도 아시듯이 어른처럼 진중한 아이지요. 제가 언뜻 듣기로는 그 검에서 찬 기운이 쏟아져 주위를 겨울로 만든다고 하던데……. 게다가 그 검은 스스로 모양을 바꾸기도 한다지요?"

데스포이나는 입술만 움직여 미소를 보냈다.

"수도사님은 아드님한테 별난 이야기를 많이 듣고 계시나 봅니다. 본 사제는 헥토르가 검에만 자질이 있는 줄 알았습니다."

사람들이 어이없어하며 약간 웅성거렸다. 지금껏 일어난 일들이 모두 비밀에 붙여졌던 만큼, 그들로서는 펠로로스 수도사의 이야기가 아들이 꿈에서 봤을 법한 이야기들을 옮긴 것처럼 들릴 수밖에 없었다.

"흥, 믿지 않으신다 그 말씀입니까? 그러면 지금 일어난 일은 어찌 설명하시렵니까? 다프넨이라는 아이가 검을 들고 나가 사라졌고, 지팡이의 사제님이 쓰신 마법에도 잡히지 않는다고 하셨죠. 숲을 지키는 자들의 눈에도 띄지 않게 선착장까지 가서, 배를 조종하는 법도 배우지 않은 주제에 섬 밖으로 달아나버렸을까요?"

펠로로스가 슬쩍 말을 끊었다가 다시 말했다.

"아니면, 저번처럼 절벽뿐인 북쪽 바다에 갔다가 물에 빠져버렸을까요?"

마지막 말은 명백히 이솔렛을 끌어들여 비아냥댄 것이었다. 그러나 이솔렛은 눈썹 하나 까딱하지 않았다.

펠로로스의 커다란 목소리만이 계속 울렸다.

"그러니 저야말로 묻겠습니다. 어째서 제 귀에까지 들어온 일을 섬의 모든 일을 보고 듣고 하셔야 할 지팡이의 사제께서 모르고 계십니까? 최근 나이가 드셔서 사제직에 소홀해지신 것이 아닙니까? 아니면 사사로운 정에 눈이 멀어……."

"섣부른 말씀은 삼가세요!"

한쪽에서 왼손을 번쩍 들어올린 사람은 소매의 사제 페트라였다. 그녀의 손목에 감긴 폭이 넓은 팔 장식에서 커다란 은장식 보석이 번쩍, 빛을 냈다.

"사제를 모욕하는 죄가 큰 것을 모르실 분이 아닌데 어찌 그러십니까? 쓸모없는 말로 이야기의 본줄기를 흐리지 마세요. 우리는 순례자의 아이를 잃어버렸습니다. 그 아이에게 죄가 있다면 살아 돌아오고서야 추궁할 일이에요."

소매의 사제는 섬의 순례자들이 먹고, 자고, 일하고, 즐기는 생활 전반을 돌보았다. 출산이나 혼인, 장례 등의 생활 의례를 관장하는 것도 그녀의 직분이었다. 따라서 다프넨과 별 친분이 없다 해도 그에게 닥친 불행에 민감할 수밖에 없었다.

"하, 만일 돌아오지 않으면 어쩌시렵니까? 실은 그 아이가 실종되었다는 부분도 그냥 믿기가 힘듭니다. 자기 검에서 이상한 힘을 발견하고는, 그걸로 섬에 위해를 끼치려고 어딘가에 숨었을지도 모르지요. 그 이상한 능력으로 자기가 있는 곳을 일부러 은폐했겠죠!"

페트라는 어처구니가 없어 눈을 몇 번 깜빡이다가 소리쳤다.

"근거도 없이 확언하는 것은 달여왕의 가르침이 아닙니다! 무엇보다 그 소년이 왜 그런 일을 하겠습니까? 그 애가 섬에 피해를 끼쳐서 무슨 득을 얻는다는 건가요? 갑자기 그런 의심을 늘어놓는 이유가 무엇이지요?"

"그 녀석은 대륙에서 왔잖습니까! 그 녀석의 과거를 조금이라도 아는 사람은 검의 사제님뿐이고, 우리 순례자들이 아는 것은 없잖습니까? 그 녀석을 의심할 근거가 없다면, 믿어도 되는 근거는 무엇입니까?"

그렇게 말하고 자신만만하게 고개를 돌린 펠로로스의 눈에 자리에서 일어나는 나우플리온의 모습이 들어왔다.

"간단합니다. 당신이 나를 믿느냐, 또는 아니냐."

짧은 말이었지만 그 순간 검의 사제의 권위의 상징인 '우레의 룬'이 다리에 부딪혀 덜컥, 소리를 냈다. 의도적으로 낸 소리가 아니었으나 이상스럽게도 공회당에 앉은 모든 사람의 귀에 또렷하게 들렸다.

"흠, 으흠, 거, 검의 사제님……. 다프넨이라는 소년을 당신이 데려왔다고 해서 억지로 감쌀 필요는 없어요. 사제님은 그 애를 선택한 사제님의 눈이 잘못되지 않았다는 걸 증명하려고 너무 애쓰시는 것 같군요. 사제님도 때로 사람을 잘못 볼 수가 있고, 저 역시 사제님까지 이 일에 끌고 들어갈 생각은 없……."

"아니, 그렇지 않습니다."

나우플리온의 눈이 상대를 쏘아보았다.

"전 다프넨을 잘 알고 있습니다. 펠로로스 수도사, 당신의 기준에 그 아이가 악하다면, 그 울타리에는 본인 역시 빠지지 않고 포함될 것입니다. 그 말을 한번 반대로 돌려볼까요?"

나우플리온은 그 정도에서 적절히 말을 그쳤다. 생략된 말은 누구나 예상할 수 있었다. 펠로로스가 뭐라 반박하기 전에 데스포이나가 입을 열었다.

"무익한 논쟁은 그만두십시다. 달여왕께서는 결론을 벗어나 맴도는 토론을 참아주지 않으십니다. 논지를 좁히기 위해 제 의견을 먼저 말할까요."

그녀는 짚고 있던 지팡이에서 손을 뗐다. 지팡이는 일곱 원의 중심에 그대로 우뚝 서 있었다.

"지금까지 여러 산줄기를 돌아다니며 다프넨을 찾으려 한 것은 다프넨이 실종되었을 당시, 오랫동안 다프넨에게 신성 찬트를 가르치던 이솔렛이 순간적으로 동일시를 겪으면서 까마득한 절벽에서 떨어지는 느낌을 받았기 때문입니다."

사람들의 눈이 언뜻 이솔렛에게 쏠렸다.

"신성 찬트를 가르치는 과정에서 스승과 제자 사이에 감각의 공유가 일어나는 것은 과거에도 종종 있었던 일이니 우리에게 이보다 믿을 만한 정보는 달리 없다 할 것입니다. 그러나 우리는 근방의 산 밑바닥 어디에서도 그의 흔적을 찾지 못했습니다. 마법으로도 감지되지 않았습니다. 그는 어디로 가버린 것일까요?"

데스포이나가 말을 끊고 주위를 한차례 둘러보더니 말했다.

"저는 이 문제에 대한 열쇠로 그가 가지고 있던 검에 주목하고자 합니다."

서 있던 나우플리온이 고개를 홱 돌려 데스포이나를 보았다. 펠로로스 수도사는 '그러면 그렇지' 하는 표정이었고, 다른 사람들도 술렁였다. 나우플리온의 옆에 앉아 있던 모르페우스의 얼굴에도 당황한 빛이 떠올랐다.

"그 검은 다프넨이 섬으로 오기 전부터 이미 그의 것이었습니다. 처음부터 나는 그 검에 낯선 힘이 잠재되어 있다고 느꼈습니다. 힘의 성격은 알지 못했으나 그것이 밖으로 나올 기회를 노리고 있는 것만은 틀림없었습니다. 그러나 놀랍게도 다프넨은 그러한 검을 꽤 오랫동안 별다른 문제없이 지니고 있었습니다."

"그의 검에 관해서는 제가 더 잘 압니다. 그건 그 아이가 태어난 집안에 대대로 물려진 가보일 뿐이니까요!"

데스포이나는 대답 없이 눈을 내리깔았다. 소리친 당사자인 나우플리온은 목이 타는 것을 느끼며 데스포이나에게 간절한 시선을 보냈다.

윈터러와 스노우가드, 즉 윈터바텀 킷에 대한 이야기는 섬에 잘 알려져 있지 않았다. 대륙에서 몇 년간 지낸 나우플리온이 전해 들은 이야기도 단편적일 뿐이었다. 그러나 직접 보게 된 윈터러는 결코 단순한 보검이 아니었다. 겉모습만으로 실체를 파악하기 어려운, 위협적인 존재였다.

검의 사제인 자신에게 위험한 힘이 느껴졌는데 마법과 예언을 다루는 지팡이의 사제가 어찌 그것을 몰랐겠는가. 그럼에도 불구하고 데스포이나는 지금까지 그것을 문제삼지 않았다. 심지어 잘 숨겨주기까지 했다. 그러나 더이상은 안 된다는 것일까.

"검의 사제께서 하신 말씀도 맞습니다. 어쨌든 그것은 대륙의 옛 물건으로 우리 순례자들에게는 미지의 존재입니다. 다만 단 하나, 저는 그 검이 이공간異空間을 열고 들어가는 힘이 있음을 알아냈습니다. 일단 그것만 갖고 이야기합시다. 그 아이는 이공간으로 들어갔을까요?"

아무도 대답하지 않았다. 이런 문제를 지팡이의 사제보다 더 잘 알 사람은 없었다. 데스포이나가 말을 이었다.

"단순히 그러기만 했다면 저의 힘이 그를 발견하지 못했을 까닭이 없습니다. 심지어 이공간에 갇힌 그를 부를 수도 있었어야 합니다. 그러나 그의 존재는 이공간 속에서도 감지되지 않았습니다. 그다음은 무엇일까요. 바로 이세계異世界입니다."

이곳에 모인 사람들도 이공간과 이세계의 차이는 알고 있었다. 그러나 어느 쪽이든 가본 사람도, 거기에 무엇이 있는지 아는 사람도 없었다.

웅성거림이 잦아들자 스콜리의 제네시 선생이 입을 열었다.

"이세계란 저…… 옛 왕국에서 우물 너머의 세계와 같은…… 그런 것입니까? 그것과 같은 통로가 다시 생겨났다는 말씀이십니까?"

데스포이나가 답했다.

"하나의 가능성입니다. 이 자리에서 분명히 밝히지요. 저는 검의 사제와는 달리 다프넨이 가진 검에 위험한 힘이 잠재되어 있다고 확신합니다. 그러나 그것을 효과적으로 누르고 있는 것 역시 그 소년의 힘이었습니다. 어떻게 그럴 수가 있을까? 오랫동안 궁금해하며 저는 그 아이에게 특별한 능력이 있는지 살펴왔습니다."

데스포이나는 사람들을 둘러보며 고개를 저었다.

"딱히 드러나는 것은 없더군요. 다프넨이 타고난 핏줄은 마법적인 전통과는 무관했으며 그가 가진 자질도 평범한 아이보다 조금 나은 정도에 불과합니다."

나우플리온은 데스포이나의 목소리를 놓치지 않고 듣고 있었다. 문득 자신이 그녀를 얼마나 알았던가 하는 생각이 들었다. 동시에 다프넨에 대해서도 같은 생각이 떠올랐다.

"미숙한 소년이 막대한 힘이 깃든 마법 무기를 갖게 되면 순식간에 그 마법에 먹혀버리는 것이 보통입니다. 그러나 다프넨은 그 검을 몇 년째 아무렇지도 않게 지녀왔습니다. 이런 경우 순례자의 전통 속에서 내려지는 판단은 한 가지입니다."

데스포이나가 목소리에 힘을 주었다.

"'그에게 그 검을 주라, 그리고 자신의 재생과 파멸을 모두 책임지게 하라.'"

그때였다. 공회당의 문을 거세게 두드리는 소리가 들렸다. 그러나 데스포이나는 무시했다. 그녀의 주름진 얼굴이 미세하게 떨리고, 늘어진 눈꺼풀 안쪽의 눈동자가 힘겹게 빛나고 있었다.

"그래서 저는 아이에게 검을 맡겼습니다. 그가 검의 힘에 맞는 자로 새로이 태어날 것인가, 아니면 힘에 이끌려 스스로를 망칠 것인가, 그것을 지켜보려 하였습니다. 그리고 지금 저는 그가 후자를 택한 것이 아닌가 의심하고 있습니다. 다시 말해, 검은 자신을 탄생시킨 이세계로 돌아가 자유로이 힘을 방출하길 원했고, 문이 열리자 다프넨은 유혹을 못 이겨 거기에 발을 내디딘 거지요."

싸늘한 침묵이 감도는 가운데 문을 두드리던 소리가 멈췄다. 이어 대여섯 명이 저마다 외치는 소리가 들려왔다.

"사제님! 흰 새들이…… 가져왔…… 들어가려…… 창으로…… 문을……."

공회당 밖에서 수십 개의 날개가 퍼덕이는 소리를 모두가 들었다. 소리는 길게 끌리며 공회당을 우회했고, 이윽고 어느 창을 향해 거칠게 달려들었다.

덜컹! 탕!

닫았던 창의 덧문이 걸쇠까지 떨어진 채 바닥에 나뒹굴었다. 뚫린 창으로 스무 마리는 되어 보이는 흰 새들이 줄지어 날아들었다. 날개는 창문보다 폭이 넓었기에 새들은 모두 날개를 살짝 접으며 들어왔다가 천장으로 높이 날아오르며 양

날개를 쫙 폈다. 잠깐 만에 사람들의 머리 위에 흰 새들이 원을 그리며 나는 장관이 펼쳐졌다.

다음 순간, 사람들은 이솔렛이 일어나 몇 걸음 나오는 것을 보았다. 두 팔이 높이 올라가자 길게 늘어진 소매가 또 하나의 날개인 양 흔들렸다.

> 네 깃이 내릴 곳으로 돌아오노라.
>
> 절벽 끝에 솟은 강철의 나뭇가지
>
> 천 년을 기다린 굽어진 홰 끝에
>
> 이제, 날개 접고 앉아 굽어보노라.

사람들이 이솔렛의 신성 찬트를 들은 것은 실로 오랜만이었다. 사실 그들은 찬트가 무엇인지 거의 잊어버리고 있었다. 스콜리에서 마법 주문과 주가呪歌를 가르치는 필로멜라 선생은 충격을 받은 나머지 두 손으로 입을 막은 채 부르르 떨었다. 신성 찬트는 모든 마법적인 노래 위에 군림하는 노래 중의 노래였다. 이솔렛의 찬트가 봄에 한껏 물이 오른 가지와 같다면, 자신이 아이들에게 가르치던 것은 한겨울의 말라비틀어진 가지였다.

찬트가 영창되자마자 새들은 회오리 같은 곡선을 그으며 내려와 이솔렛에게 모여들었다. 맨 앞에 루비 목걸이를 한 흰 새의 공주, 요즈렐이 있었다. 다른 새들은 느리게 날갯짓하며 주위를 맴돌았다.

이솔렛이 손을 내밀자 요즈렐이 살짝 내려앉았다.

"……."

이솔렛은 요즈렐의 입에 물려 있는 투명하고 날카로운 조각을 받아들었다. 요즈렐은 한차례 퍼덕여 이솔렛의 왼쪽 어깨로 옮겨갔다. 그리고 주위 사람들을 둘러보듯 고개를 몇 번 움직였다. 그지없이 침착한 빨간 눈동자가 몇 사람의 얼굴을 주시했다.

이솔렛의 손에서 조각은 파랗게 빛났다. 그리고 매우 차가웠다. 얼음 같았으나 결코 녹지는 않았다. 이솔렛은 요즈렐을 어깨에 앉힌 채 데스포이나에게 걸어갔다. 그리고 투명한 조각을 건네주었다.

데스포이나의 얼굴이 변했다.

"이것은……."

같은 것을 단 한 번 본 일이 있었다. 작년 여름, 폐허의 마을을 뒤덮었던 겨울 속에서.

허공을 돌던 새들이 갑작스러운 기류를 탄 것처럼 입구로 날아갔다. 잠시 후 데스포이나가 손을 들어올렸다. 거역할 수 없는 목소리가 명령했다.

"문을 여시오! 사제들은 모두 저 새들을 따라갈 것이오! 뒤를 따를 자는 따르시오!"

가기 쉬운 길은 아니었다. 그러나 여섯 사제가 모두 앞장선 까닭에 뒤따르는 자들의 걸음은 그리 어렵지 않았다. 이어지지 않는 길은 데스포이나의 주문으로 날아오른 돌들이 채웠으며, 가로막는 나뭇가지와 잡목들은 나우플리온이 잡은 우레의 룬이 짧은 불길을 일으키며 흔적 없이 잘라냈다. 모르페우스의 감지의 지팡이가 있으면 잠깐씩 사라지곤 하는 새들의 뒤를 따르는 것도 간단했다. 사제들이 이렇듯 능력을 주저 없이 보이는 것도 유례가 드문 일이었다.

가파른 절벽으로 이뤄진 협곡을 절반 정도 내려가자 앞뒤 좌우의 석벽에 하얀 자국이 나타나기 시작했다. 가까이 가보니 그건 눈 섞인 얼음이었다. 하지만 지난겨울에 아무리 눈이 많이 내렸다 해도 이런 계절까지 협곡에 눈이 남아 있는 것은 불가능했다. 바닥에 가까워질수록 눈 자국은 한층 늘어났다. 사람들은 저마다 궁금해하며 아래를 내려다봤지만 그날따라 협곡에는 안개가 제법 끼어 있어 몇 발짝 너머는 알아볼 재간이 없었다.

"점점 이상한 기분이 들어요. 뭔가 뜻밖의 것이 기다릴 것만 같단 말이에요."

곁에서 속삭이는 여자 수도사의 목소리를 들으며 펠로로

스는 새삼 목을 가다듬었다. 차근차근 자신이 할 말들을 골라보았다. 그는 특별한 권한이 없는 섭정의 동생에 불과했지만, 신체적 약점 때문에 종종 무기력해지는 섭정 스카이볼라의 가까운 상담역이라는 좋은 위치를 갖고 있었다. 리리오페와 헥토르의 혼약을 오랫동안 추진하고 헥토르가 차기 검의 사제에 가장 적당한 인물이라는 분위기를 조성해온 것도 그였다.

그런 상황에서 뜻밖의 소년이 나타나 검의 사제의 첫 번째 제자가 되어버렸다. 섭정의 말에 따르면 심지어 리리오페의 관심도 끌고 있다고 했다. 이대로라면 펠로로스가 추구해온 두 가지 목적이 모두 어그러지는 꼴이었다. 그런 마당이니 그게 모함이든, 사실 규명이든, 다프넨을 추방하는 일에 앞장설 수밖에 없었다. 다프넨에게 별다른 감정은 없었다. 사실 다프넨이 어떤 아이인지 잘 알지도 못했다. 그러나 아들의 앞을 가로막는 자를 물리치는 일이라면 소홀할 수도, 너그러울 수도 없었다.

이윽고 사방은 빙벽으로 변해버렸다. 처음에는 손을 대면 녹던 얼음이 이제는 칼로 찔러도 끄떡도 않게 되었다. 데스포이나가 일행의 걸음을 멈추게 했다. 그리고 이솔렛을 앞으로 불렀다.

이솔렛은 데스포이나에게 굳이 듣지 않아도 자신이 할 일을 잘 알고 있었다. 요즈렐의 귀에 몇 마디 속삭인 다음 날려 보냈다. 아래로 날아간 새는 안개 속으로 자취를 감추었다.

곧 멀지 않은 곳에서 특유의 울음소리가 들려왔다. 그러자 놀라운 일이 벌어졌다. 이솔렛은 입속으로 몇 마디를 외우는 것 같더니, 망설임 없이 절벽 아래로 뛰어내렸다.

"아니!"

외마디 외침은 곧 의아한 웅성거림으로 변했다. 멀지 않은 곳에서 바닥을 딛는 소리가 울린 까닭이었다. 잠시 후 데스포이나가 지팡이를 휘두르며 몇 개의 룬을 외우자 구름 덩어리 같은 안개들이 골짜기 양쪽으로 밀려났다. 한쪽 무릎을 꿇고 앉은 이솔렛이 보였고, 그리고…….

"저, 저건 대체 무엇인지…….'

이솔렛이 발 디딘 곳, 협곡을 막고 있는 것의 실체는 거대한 얼음덩어리였다.

마치 누군가가 절벽 꼭대기에서 굴려 떨어뜨린 것처럼 보였지만 그러기에는 너무나 컸다. 그리고 절벽 사이에 끼어서 멈춘 것도 아니었다. 얼음덩어리에서 수백 개는 될 얼음 가지들이 뻗어나와 절벽을 붙들고 있는 것이 보였다.

"생전에 이런 것을 보게 될 줄이야…….'

"실로 조화로다……. 여왕께서 임하심이 아닌가?"

"달여왕이시여, 당신의 뜻입니까, 아니면 당신의 뜻을 거스름입니까?"

수도사들이 충격으로 몇 마디씩 내뱉는 가운데 데스포이나는 허공에 자신의 몸을 띄웠다. 그리고 천천히 이솔렛이 딛고 선 얼음 위로 내려갔다.

직경 열 걸음은 넘는 얼음 구체였다. 표면은 거칠었다. 수많은 얼음 조각들이 허공을 떠돌다가 급작스레 하나의 결정에 달라붙은 것 같았다. 굳이 비유하자면 거대한 거미집, 얼음 거미의 집이랄까.

또는 대지 깊은 곳에서 거인의 손으로 뽑아낸 덩이 식물 같기도 했다. 사방으로 수백, 수천의 굵고 가는 뿌리들이 뻗어나가 절벽을 움켜쥐고 있었기 때문에. 그것은 모두 얼음, 희다 못해 푸른 날이 돋은 얼음이었다.

흰 새의 공주가 다시 날아오르더니 절벽으로 이어진 얼음 가지 하나에 날개를 접고 앉았다. 새의 발이 닿자 비죽비죽 돋은 서리가 몇 조각 부서지더니 얼음 위로 떨어져 잘그랑대는 소리를 냈다. 얼음도, 새도, 눈이 아프도록 희었다.

데스포이나가 이솔렛 곁으로 다가가 어깨에 손을 얹었다.

"네게는 보이는구나, 그렇지?"

이솔렛이 고개를 들고 데스포이나를 보았다.

"저들을 물러가게 해주세요."

무표정한 얼굴에 몇 가닥 흘러내린 머리칼도 흰빛이었다.

계승자

「겨울의 검은 우리 세계에 적어도 이백 년간 존재해왔다. 그전에는 이곳 어딘가에 잠들어 있었는지, 또는 다른 세계에 있었는지 그런 것은 모른다.」

「그러나 검은 그 이백 년 동안 세 명의 남녀에게 힘을 주고, 전능하게 만들어, 끝내 스스로를 쓰러뜨리게 했다. 검을 갖자마자 순식간에 잡아먹힌 자의 수는 헤아리기도 어렵다. 힘이란, 그 자체로 악한 것은 아니었다. 그러나 산 자 중에는 아직껏 그 힘을 담을 만큼 큰 그릇을 지닌 자가 없었다.」

「어쩌면 인간이 가누기란 불가능한 힘일지도 모른다. 힘은 필연적으로 존재를 이끈다. 그것은 선악의 문제도 아니요, 고귀함과 천함의 문제도 아니요, 먼저됨과 나중됨의 문제도 아니다. 그리고 힘은 먹이를 필요로 한다…….」

「힘을 가진 자들은 처음에는 힘을 인정받기 위해 가로막는 것들을 부수고 세상을 원하는 모양대로 깎는다. 그러나 깎아낼수록 흉한 것밖에 보이지 않고, 흉한 것을 가리기 위해 더욱더 깎아낸다……. 그리하여 마침내 적은 물론, 사랑하던 것들마저 모조리 부수고 나면, 남은 것은…….」

「스스로를 파괴하는 일뿐이다.」

세 현자는 여전히 허공에 떠 있는 검을 두려운 눈으로 올려다보았다. 이 의식이 끝나면 검은 다른 세계로 사라질 것이다. 그러므로 의식이 끝나기 전까지만 이 낯선 소년, 그들의 과거인지 미래인지 모를 소년과 대화하는 것이 가능했다.

「아이야, 네 말이 옳구나. 우리와 너는 누가 진짜이고 가짜인지 가려낼 길이 없다. 또는 둘 다 진짜일는지도 모른다. 천만 가운데 하나의 우연으로 너의 세계와 우리의 세계 사이에 연결점이 생겨났는지도 모른다.」

「그렇듯 우리와 너의 세계가 다를진대 어느 쪽이 과거이거나, 또는 현재이거나, 미래이거나 하는 것이 무슨 의미가 있겠느냐? 무용無用함을 떠나 진짜와 가짜 따위는 처음부터 없을지도 모르는 것을.」

「오직 상대보다는 자신이 진짜일 뿐, 그 이상의 진실은 누구도 알지 못하니 존재치 않음과 같지 않으냐? 또는 본래 그런 약한 진실밖에 없을지도 모르지. 강한 진실을 규명해줄 유일한 신은 우리 세계에 존재하지 않는단다.」

「그는 우리 세계를 만들어놓고 먼 곳으로 숨어버린 채 다시는 모습을 드러내지 않기 때문이다. 마치 얼떨결에 아이를 낳아놓고 겁에 질려 달아난 어린 부모처럼.」

보리스는 그들의 말을 다 이해하지 못했다. 간밤의 꿈을 모두 기억할 수 없는 것처럼. 그러나 그들이 하는 경고만은 분명히 알아들었다.

「이제 우리의 의식이 끝나면 너와 우리는 두 번 다시 마주칠 일이 없을 것이다. 천만 가운데 하나의 우연이 다시 일어날 거라고는 생각하지 않는다. 하지만 애야, 네게도 우리와 같은 굴레가 있어 그 검을 짊어져야 한다면, 소용없을지도 모르지만 너에게 충고하고 싶구나.」

「진심으로 네게 말한다. 최선은 그 검을 버리는 것이나, 버리지 못한다면 수시로 자신을 돌아보며 네가 가진 힘이 진실로 네 것인가 반성하여라.」

「네가 사 년간 무사히 검을 지녔다고 하기에 우리도 일말의 희망을 갖고 말하는 것이란다. 검의 목소리를 따르지 마라. 겨울의 검은 본래 목소리를 갖고 있지 않지만, 긴 세월 동안 검에 사로잡혀 자신을 파멸시킨 자들의 정신을 삼켰기에, 부서진 영혼들이 수없이 들어 있다. 그런 목소리에 결단코 귀를 기울여서는 안 된다.」

「그것은 검의 목소리가 아니다. 검은 단지 한없이 많은 힘을, 모든 선물을 내려주는, 지나치게 자비로운 왕과 같단다. 이 말의 무서움을 네가 진실로 깨달을 날이 오기를 바란다.」

「목소리들은 악으로 손짓할 뿐이지만, 검은 네가 악과 선을 가리지 않고 모조리 부수고, 너 자신까지 폐허로 만들어버릴 힘을 아무 조건 없이 내어주느니라.」

「우리 살아 있는 자들은 검의 힘 앞에서, 횃불을 들고 마른 짚단 앞에 선 어린아이와 다를 바가 없다. 대부분은 유혹을 견디지 못하고 짚단에 불을 붙여 온 세상을 태워버렸던 것이다.」

또 하나의 윈터러는 이제 빛의 고리를 거의 통과했다. 남은 것은 자루 끝에 붙은 동그란 구멍이 뚫린 무게 추뿐이었다. 마지막으로 푸른 망토의 현자가 두 손을 올리며 외쳤다. 그러나 외침의 끝은 아스라이 멀어져갔다.

「검은 네가 원하는 방향으로 무한히 자라난다! 이것만은 절대로 잊지 말…….」

검이 고리를 통과하여 사라지는 것과 동시에, 안개의 회오리가 소용돌이치며 장면을 닫아버렸다. 그러자 아무 소리도 들려오지 않았다.

보리스는 다시 홀로 남겨졌다. 곁에 놓인 겨울의 검과 함께. 또 무엇을 보게 될까 두려웠다. 그때 그를 부르는 목소리가 들렸다. 그는 뒤를 돌아보았다.

수도사들과 스콜리의 선생들은 의식의 현장을 직접 보지 못했다. 멀찍이 떨어진 곳에 모인 채 데스포이나의 힘으로 증폭되어 이솔렛의 입술을 통해 흘러나오는 마술적인 찬트를 들었을 따름이었다. 그러나 잊다시피 한 고대의 힘, 신성 찬트의 위력을 느끼기에는 그 정도로도 충분했다.

일리오스 사제가 죽고 이솔렛이 홀로 지내며 침묵함에 따라 그녀가 물려받은 아버지의 능력을 목격한 사람은 드물어졌다. 전해지는 이야기도 서서히 흐려졌다. 또한 곧 열여덟이 되는 이솔렛은 아직 어렸고 따라서 그녀의 능력에 대한 인상역시 나이에 구애받지 않을 수 없었다.

그러나 그날, 멀리서 들려오는 찬트를 듣던 그들은 한결같은 생각에 사로잡혀 있었다. 이솔렛은 그날의 목소리로 자신에게 얼마나 강력한 마법이 깃들였는지 체현해 보였다. 소녀는 진정한 신성 바드였다. 옛 왕국 시절부터 마법사들 중에서도 가장 고귀한 존재로 존중받던 신성 바드가 지금 그들 곁에 있었다.

"신성 바드……."

모르페우스는 저도 모르게 중얼거리다가 곁에 선 나우플리온을 곁눈질했다. 다른 사람들이 모두 아래를 내려다볼 때 나우플리온은 절벽 위를 올려다보고 있었다.

"무얼 보나?"

나우플리온은 잠시 후 고개를 저으며 말했다.

"다프넨이 일부러 절벽에서 몸을 던졌을 리 없는데 어째서 저 위가 텅 빈 허공뿐인지 모르겠군요. 발을 헛디뎠다면 위쪽이 낭떠러지여야 맞는 것 아닙니까?"

그 말을 들은 모르페우스도 위를 올려다봤다. 나우플리온의 말대로 양쪽 절벽은 몇 길 올라가지 않아 능선을 따라 흩어져버렸고, 위는 탁 트인 하늘뿐이었다. 가장 가까운 산봉우리라 해도 오른쪽으로 상당히 떨어져 있었다. 인간의 힘으로 그만큼의 거리를 건너뛰어 떨어진다는 것부터가 가능하지 않았다. 하늘에서 뚝 떨어지기라도 했다는 건가?

그들 둘을 비롯한 사제들은 수도사들과 달리 자리를 뜨지 않고 이솔렛 곁을 지키고 있었다. 이윽고 그들은 거대한 얼음이 석류 열매처럼 쪼개지는 광경을 목격했다. 처음에는 느린 금이 이솔렛이 선 곳부터 앞뒤로 뻗어나가기 시작했다. 갈라진 곳을 중심으로 투명하던 곳이 점차 반투명해졌다. 그러다가 흰 가루로 변해 날려가기 시작했다. 가루 사이로 날카로운 조각이 불쑥불쑥 튀어나왔다.

그렇게 파헤쳐진 끝에 깊은 곳이 열렸다. 중심에 하얀 고치와 같은 덩어리가 보였다. 거기까지 해냈을 때 이솔렛은 노래하기를 힘겹게 멈췄다. 이솔렛에게 마력을 빌려주고 있던 데스포이나가 위를 올려다보며 소리쳤다.

"내려와서 도와주시지요!"

사제들 모두가 아래로 내려갔다. 그들의 힘으로 마지막 장애물들이 치워져 고치는 햇빛 아래로 꺼내어졌다. 나우플리온은 얼음 조각들을 베어 치운 뒤 검을 도로 꽂고, 고치에 가득 핀 서리꽃들을 두 손으로 걷어냈다. 희미하게 들여다보이는 얼굴을 본 그가 긴 한숨을 뱉어냈다.

"여왕이시여…… 고맙습니다."

고치는 느리게 녹아내렸고 그 안의 소년은 분명 살아 있었다. 절벽에 매달려 있던 거대한 얼음도 그때부터 녹기 시작하더니 반나절이 가기 전에 완전히 녹아 절벽 아래를 흐르는 강에 흡수되었다. 그것으로 모든 일이 끝나야 옳았다. 그러나 다프넨은 잠든 채 깨어날 줄 몰랐다.

소년은 데스포이나 사제의 집으로 옮겨졌다. 모르페우스 사제의 집으로 가지 않은 것은 신체적인 상해를 입은 것이 아니었기 때문이다. 아무리 살펴봐도 몸에는 아무 이상이 없었다. 숨도 고르게 쉬었고 눈도 가볍게 감고 있을 뿐, 어느 모로 보나 환자는 아니었다. 얼음 속에서 며칠 만에 나왔지만 동상의 흔적도 없었다.

그러나 끝없이 잠을 자기만 했다. 데스포이나는 주의깊게 살펴본 끝에 그의 혼이 어딘가 다른 곳에 가 있는 것 같다고 결론을 내렸다. 다프넨의 손에는 윈터러가 쥐어 있었다. 데스포이나는 그것을 빼내 그의 침대 밑에 넣어두었다.

날짜가 자꾸 흘러갔다. 실버스컬에 갈 아이들을 뽑는 시험이 치러졌고, 끝났고, 출발 날짜가 다가오고 있었다.

"실로 무서운 일이오. 그 검에 정말로 이세계와의 통로를 여는 힘이 있다면 지체 없이 파괴해버리는 것이 옳소!"

한 사내가 무릎을 치며 외치자 동조하는 외침이 일어났다. 섬에는 곡물이 부족해서 술을 제사용으로 아주 조금밖에 빚지 않았기 때문에 술집 같은 것이 없었다. 이야기를 나누고 싶은 사람들은 주로 낮에 공회당 앞 광장에 모였다. 밤에는 귀한 기름을 아끼기 위해 일찍 잠드는 것이 보통이었다. 사람들은 공회당으로 올라가는 계단에 모여 앉곤 했다. 앞마당에는 의자 대신 쓰일 만한 돌이 여러 개 있었다.

지금 그 광장에는 열일곱 명의 수도사 중 열한 명이 모여 있었는데 결코 흔한 일이 아니었다. 수도사가 아닌 사람들도 흥미 있는 얼굴로 둘러서서 그들의 대화를 지켜보았다. 중심에 선 것은 헥토르의 아버지인 펠로로스 수도사였다.

"지금 그 검을 가져온 다프넨이라는 아이가 잠든 채 깨어나지 못하고 있으니 가장 좋은 기회요. 그 아이가 깨어나서 검을 되찾게 되면 더 큰일이 벌어질지 아무도 모르는 거요."

펠로로스가 양 주먹을 꽉 쥐어 보이며 목소리를 높였다.

"그 절벽 사이에 생겨났던 끔찍한 걸 다들 보셨지 않소? 이미 봄이 된 지 오랜데 그렇게 많은 얼음이 어디서 왔겠소? 이 사람은 소름이 쫙 끼쳤소이다."

다들 똑같은 생각을 하고 있었다. 그들은 이세계와의 통로가 열리는 바람에 파멸한 옛 왕국의 후손이었다. 이세계라는 말에 민감하지 않을 수 없었다. 그들 눈으로 보았던 광경 역시 두려움을 자극했다.

그렇게 거대한 얼음이 이세계에서 넘어올 수 있다면 다른 어떤 것도 침입이 불가능하다고 말할 수가 없다. 과거에 그랬듯 악한 생물들이 튀어나와 섬을 완전히 쓸어버릴지도 모른다. 그들 대부분은 역병으로 시작되어 끝내 일리오스 사제가 희생되었던 윗마을의 사건을 잘 기억하고 있었다. 그해 섬 인구의 절반 이상이 죽었다.

"그러면 어떻게 하자는 겁니까?"

"그 검을 파괴하자는 말씀이시죠? 그런데 어떻게 파괴할 수가 있죠?"

"우리 힘으로 파괴할 수가 있다면 그리 무서운 물건이 아닐 수도 있는데……"

"만일 안 된다면 대륙으로 도로 추방하면 되잖소? 대륙 사람을 그렇게 쉽게 받아들이는 것이 아니었는데, 도대체 이게 어찌된 노릇인지……."

옛 비극을 기억하는 나이든 수도사일수록 펠로로스의 의견에 쉽게 찬동했다. 젊은 수도사들은 생각하는 눈치들이었다. 그들은 다프넨이 나우플리온의 하나뿐인 제자이며 차기 검의 사제로 가장 유력한 후보라는 점을 떠올렸다. 함부로 적으로 만들 상대가 아니었다.

"확인되지 않은 위협을 너무 과장하는 것 아닙니까? 아직 증거는 전혀 없잖아요? 다프넨이 일부러 저지른 잘못이 있는 것도 아니고……."

한 수도사가 그렇게 말하자 펠로로스가 목소리를 높였다.

"모르시는 말씀! 위험이 눈앞에 닥친 뒤에 아무리 후회해 봤자 쓸모없는 헛타령이 될 뿐이오. 그래, 우리의 우려가 사실이 아닐 가능성이 아주 없지는 않을 것이오. 하지만 만에 하나 사실이 된다면?"

펠로로스가 눈에 힘을 주며 사람들을 둘러보았다.

"솔직한 말로 대륙에서 받아들인 어린 녀석 하나가 뭐 그리 중요하오? 순례자들 모두의 미래를 위해서라면 오히려 기꺼이 희생되겠다고 나서야 되는 것 아니오? 과거 윗마을에서 참사가 벌어졌을 때는 어떠했소? 우리 가운데 가장 훌륭한 사제님이 스스로 희생을 택하시지 않았소?"

펠로로스가 자신에게도 그런 기준을 적용할 거라고 생각하는 사람은 아무도 없었다. 그러나 그 말은 암암리에 검의 사제로 내정된 것처럼 말해지는 다프넨이 일리오스와 같은 희생을 하지 못한다면, 자질 부족이 아니냐는 논리를 만들어낸 셈이 되었다.

아직 의견이 모아지지는 않았다. 그러나 여론은 펠로로스 수도사의 달변에 뒤따라가는 형국이 되었다. 그리고 다프넨은 여전히 깨어나지 않았다.

능숙하게 절벽을 올랐다. 거머잡을 곳을 찾아내고 디딜 곳을 정확히 밟는 움직임에는 머뭇거림이 없었다. 그러면서도 눈은 주위 경관의 특징을 놓치지 않고 살폈다. 잠시 올라가기를 멈춘 나우플리온은 아래를 한 번 내려다보고 다시 위를 올려다본 다음 생각했다. 몸을 써서 직접 확인하는 것, 이것만큼은 그도 훌륭히 해낼 수가 있다.

결국 해줄 일이 아무것도 없지는 않은 거다.

절벽에 남아 있던 눈의 흔적을 떠올렸다. 지금은 녹아서 사라지고 없는 눈이었다. 기억 속의 얼음인데도 생각하는 순간 오한이 일었다. 이마에 살짝 배어났던 땀이 금세 다 식었다.

이제는 정말로 높아졌다. 자칫 발을 헛디딘다면 다프넨에게 일어났던 기적을 기대할 수는 없겠지만, 또한 나우플리온은 다프넨과 달라서 발을 헛디딜 일이 없는 사람이었다. 이대로 오른다면 곧 설 만한 곳에 도달하리라는 판단도 섰다. 그는 어려서부터 섬 곳곳의 눈 덮인 능선을 누비며 자랐다. 여기도 고향땅에 솟은 산인 이상, 굳이 이 산을 오른 일이 없다 해도 주변 지형은 손바닥 보듯 훤했다.

드디어 손을 놓고 설 만한 곳에 도달했다. 사방 두 걸음도 안 되는 좁은 공간이었다. 잠시 쉬며 하늘을 올려다볼 참이었다. 익숙하다 해도 천길 낭떠러지였으니 긴장하지 않았다면 거짓말이었다. 그런 나우플리온의 눈에 이해할 수 없는 광경이 들어왔다.

"이솔렛……?"

멀리 한 사람이 섰고, 이마에 손을 댄 채 아래를 내려다보고 있는데 발아래에는 아무것도 없었다. 가능한 추리는 몸을 떠오르게 하는 마법 정도였지만, 그렇게 보기에는 너무 자연스러운 자세였다. 수백 길은 될 협곡의 머리였다. 그런 곳에서 마법에 의지해 떠 있을 정도로 이솔렛이 무모한가?

나우플리온은 잠시 망설이다가 소리쳐 불렀다.

"이솔렛!"

그녀가 돌아보았다. 멀어서 표정이 보이지 않았으나 생각에 잠긴 것처럼 한참이나 나우플리온을 내려다보고 있었다.

그러더니 훌쩍…… 발을 움직여 아래로 내려왔다. 다시 말해 보이지 않는 계단을 밟듯 내려오고, 또 내려와서…….

그가 있는 곳 바로 앞까지 왔다.

"이게 어떻게 된 거야?"

그제야 나우플리온도 상황을 깨닫고 눈이 커졌다. 이솔렛은 무표정한 얼굴 그대로 눈을 감았다가 뜨더니, 뒷걸음만으로 간단하게 위쪽 돌로 옮겨갔다. 그리고 그 자리에 앉아 다리를 아래로 늘어뜨렸다. 자연스럽고 익숙한 자세였다.

"……그런 거군."

나우플리온은 아랫입술을 매만지고는 방금 이솔렛이 있던 돌 위로 올라갔다. 발에 뭔가가 닿기까지 입을 꾹 다물었다가, 올라서고 나서야 약한 한숨을 내쉬었다. 등이 서늘한 느낌이 들었다.

"다프넨보다는 대담하시네요."

이솔렛이 예의 매끄럽고 단단한 목소리로 말했다. 감정이라고는 없는, 조각상 같은 목소리였다.

"다프넨도 여길 안다는 말이군."

둘이 공유하는 비밀이었을까, 하는 생각이 들었다. 그러나 약간 쓸쓸할 뿐 그 이상의 감정은 들지 않았다.

"알고 있을 뿐 아니라, 지나치게 익숙했던 거죠."

"여기서 발을 헛디딘 건가?"

이솔렛은 보이지 않는 돌 아래로 내린 다리를 약간 흔들었다. 각반 리본이 바람에 날리고 있었다. 그대로 잠시 말이 없었다. 나우플리온은 이솔렛의 옆얼굴을 내려다보며 천천히 생각을 거듭했다. 그녀가 끝내 손을 들어 두 눈을 가릴 때까지.

"죄책감……인가요, 이런 것이?"

"……."

돌풍이 절벽을 맴돌고, 보이지 않는 돌에서 먼지가 피어올랐다. 머리카락은 뺨과 눈을 감추고 옷자락은 바람을 따라가려 했다.

"헛디디지 않았어요. 헛디디려 해도 디딜 계단이 사라지고 없었던 거죠. 너무 익숙한 나머지 보이지 않는 계단을 보인다고 믿어버린 거죠. 그래서 그렇게……."

"깨어나주겠지."

바람에 덜걱거리는 칼자루를 잡아 소리를 멈췄다. 나우플리온의 눈은 차분했다.

"어딘가에서 즐겁게 지내고 있는 게지. 돌아오고 싶지 않을 정도로 평화로운 곳일지도 모르지만……. 그래도 돌아올 거야. 잊을 녀석이 아니야. 잊지 못할 일이 너무 많은 녀석이야."

이솔렛을 위로하기 위해 한 말이 아니었다. 진심으로 그렇게 믿으며 말했다.

이윽고 이솔렛이 다리를 접어 올리며 몸을 일으켰다. 다시

꼿꼿이 선 채로 나우플리온을 보았다.

"하지만 돌아오기 전에 하지 않으면 안 될 일이 있어요."

나우플리온은 무엇이냐고 묻는 대신 이솔렛의 얼굴을 쳐다봤다. 특유의 단호한 목소리가 울렸다.

"계단을 파괴한 자를 찾겠어요."

나우플리온은 다물었던 입술을 힘주어 떼며 탁한 숨을 내뱉었다. 그가 짐작한 것을 이솔렛 역시 생각하고 있었다. 아마도 사실이리라. 이건 사고가 아니다.

이솔렛이 품에서 가죽 주머니를 꺼내 손을 넣었다가 빼더니 허공에 흩뿌렸다. 얼른 보이지 않는 미세한 가루가 사방으로 날았다. 나우플리온은 그게 무엇인지 알고 있었다. 어딘가에 달라붙으면 스스로 빛을 내는, 금색 반디벌레의 가루였다. 반디벌레를 말려 빻아 가루로 만든 다음 약간의 마법을 불어넣은 것으로 흔히 길을 표시할 때 썼다.

가루가 내려앉으면서 허공에 뜬 징검다리가 나타나기 시작했다. 사방에 세 개의 돌이 윤곽을 드러냈다. 이솔렛은 다시 위쪽으로 걸음을 옮겼다. 나우플리온 역시 돌을 밟고 앞으로 나아갔다.

가루가 다시 내어지고, 뿌려지고, 빛났다. 마법 물건 중에서도 제조법이 간단하지 않아서 귀하게 여겨지는 것인데도 이솔렛은 아까워하는 기색이 없었다. 조금 지나자 몇십 개에 달하는 빛나는 윤곽이 천길 절벽 위에 떠 있는 장관이 펼쳐졌다. 떠 있는 돌들의 수는 다프넨에게 알려주었던 것보다 훨씬 많았다. 여러 군데에 교차점과 시작점이 있었다. 주위의 봉우리와 낭떠러지들은 거의 다 이러한 징검다리로 이어져 있었다. 나우플리온이 서 있던 자리로 이어진 것도 그런 경로들 가운데 하나였다.

그런 돌들 위를 망설이는 기색도 없이 돌아다니고 있으니, 보는 사람의 심장이 조여들 지경이었다. 이윽고 이솔렛은 멈췄고, 돌아서서 나우플리온을 보았다. 광채를 두른 물방울처럼 사방에서 빛나는 돌들과 그 위에 선 소녀의 금빛 머리칼이 바람에 떨며 나부꼈다. 무표정한, 어딘가 텅 빈 듯한 얼굴에서 이미 죽어버린 사람의 옛 모습이 언뜻 겹쳐졌다.

나우플리온은 마음이 조금 아픈 것을 느꼈지만 쉽사리 지웠다. 그는 이솔렛에게 다가가 곁을 들여다보았다. 이가 빠진 것처럼 뚝 끊긴 간격이 눈에 들어왔다.

"……."

높이 올려 묶은 나우플리온의 머리카락이 긴 곡선을 그리기 시작했다. 절벽 사이로 흔히 지나가는 돌풍이었다. 이솔렛의 짧은 머리가 흐트러지고 각반을 묶은 리본, 웃옷자락, 칼자루에 매달린 끈이 날렸다. 그러나 두 사람의 선 자세에는 흔들림이 없었다. 꼿꼿이 선 채 고개만 돌려 바람을 피하려다가 상대방의 얼굴이 눈에 들어왔다.

"이 돌들은…… 일리오스 사제님의 작품인가?"

그 이름이 입 밖에 나올 때 좀더 센 바람이 그들을 휘감고 지나갔다. 이솔렛은 고개를 저었다.

"상당한 규모의 마력장이 이 봉우리와 아래 절벽 주위를 감싸고 있어요. 아주 오래전부터, 어쩌면 우리 순례자들이 오기 전부터 있었을지도 모르죠. 그런데 지금은 균형이 깨졌어요. 새로운 주문이 끼어들어서 돌들이 떨리는 게 느껴져요. 지금 이렇게 서 있는 것도 그리 안전하지 못할지도 모르죠."

나우플리온은 움찔하는 대신 피식 웃었다.

"자칫하다간 동반자살로 오인받겠군그래."

"……."

이솔렛은 웃지 않았다. 그녀 역시 나우플리온이 무슨 의미에서 한 농담인지 알고 있었다. 그러나 그녀는 아직 지난 시간을 한 발짝 떨어져 바라볼 수 있는 나이가 아니었다.

이윽고 나우플리온은 표정을 바꾸어 아래를 내려다보며 말했다.

"그런 거대한 마법장을 뚫을 정도라면 상당한 수준의 마법이겠지. 안 그런가? 섬에서 그런 일을 해낼 사람은 그리 많지 않을 테지. 혐의를 간단히 좁힐 수 있겠군. 오늘 일은 일단 비밀에 부치자."

이솔렛은 한쪽 손을 허리에 짚은 채 나우플리온을 빤히 쳐다보았다. 뭔가 묻고 싶지만 입 밖에 내는 것이 불편한 듯했다. 나우플리온은 입술 끝만으로 미소 지으며 들리지 않는 질문에 대답했다.

"사냥감을 방심하게 하는 것이야말로 사냥의 첫째 단계."

"으응?"

다프넨은 고개를 돌렸다. 곁에서 보이지 않는 두 사람이 이야기하고 있는 기분이 들었던 것이다. 그것도 아주 잘 아는 두 사람이.

"뭐하니? 이리 와! 금방 녀석들이 공격해올 거야!"

고개를 갸웃거리다가 그대로 잊어버리고 말았다. 다프넨은 곧 다른 아이들과 함께 숲속으로 달려갔다. 날아갈 듯 가벼운 발걸음이었다. 두 패로 나뉘어 전쟁놀이를 하고 있던 참이었다. 자신은 그중 한 패의 우두머리였다. 다른 패거리를 맡은 것은 엔디미온이었다.

"자, 이 통나무 더미 뒤를 진지로 삼자. 조금만 수그리면 요 아래로 내다볼 수도 있거든. 어때? 근사하지?"

다프넨의 참모는 오벨리스크 밑에서 처음 만났던 꼬마였다. 이름은 니키티스라고 했다. 그는 자기 이름이 '이기는 사람'이라는 의미라고 가르쳐준 뒤 그런 자기가 안 이길 수 있겠느냐며 키득키득 웃었다.

"엔디미온은 워낙 정석대로 나가는 걸 좋아하는 녀석이거든. 조금만 더 기다려봐. 분명 정면 공격을 해올 거야."

꼬마 니키티스의 입가에 짓궂은, 일견 교활하게도 보이는 미소가 어렸다. 그걸 보자니 오래전에 알던 누군가가 생각났다. 그게 누구였더라. 틀림없이 그를 대단히 번거롭게 한 녀석이었는데.

그러나 얼굴 없는 사람처럼 안개 너머에 가려져 있을 뿐이었다. 옛날 일이야 아무려면 어떠랴. 지금은 즐거운 놀이중인데.

"왔다!"

니키티스가 낮게 부르짖자 다프넨은 재빠르게 빗자루 같은 노간주나무 가지를 두 번 흔들어 신호했다. 그러자 양쪽에 매복하고 있던 두 무리의 소년 소녀들이 일시에 몰려나와 적의 세력을 둘로 갈라버렸다. 곧장 신나게 막대기질이 시작되었다.

"찔러라, 찔러."

"아얏! 눈 찔렸단 말이야! 살살해!"

"야, 싸움에 살살이 어디 있냐? 졌으면 손들고 항복이나 해!"

싸움이 다프넨 편에 유리하게 진행되는 가운데 엔디미온은 어디로 갔는지 보이지 않았다. 다프넨은 나뭇가지를 버리고 통나무 더미 뒤에서 뛰어나와 소리쳤다.

"엔디미온! 어디냐! 숨어 있지 말고 나랑 결판을 내자!"

답은 금방 들려왔다.

"색시처럼 얌전히 기다리고나 있으라고. 금방 가니까."

갑자기 머리 위에서 누군가가 뛰어내리며 다프넨을 덮쳤다. 솜씨 좋게 목을 타고 앉은 엔디미온은 두 손으로 다프넨의 눈을 가려버렸다. 다프넨은 어깨를 흔들어 떨어뜨리려고 안간힘을 쓰며 소리쳤다.

"이런 법이 어디 있어!"

"너도 매복했잖아? 다양한 방법을 알아야 이길 수 있는 법이지! 나라고 적장을 노려 매복하지 말라는 법 있니?"

물론 그런 법은 없었다. 그런데 그 말, 정확히는 '다양한 방법을 알아야 이길 수 있다'는 말을 듣는 순간, 그런 말을 한 사람이 또 있었다는 생각이 들었다. 다프넨은 순간적으로 손을 멈춘 채 생각에 사로잡혔다. 그러자 엔디미온의 움직임도 멈췄다.

"아아……."

머리가 약간 아픈 것 같았다. 기분 탓인지 주위의 친구들이 다 멈춰 선 것처럼 생각되었다. 다프넨은 애써 혼란을 떨쳐내고 엔디미온의 풀린 손을 잡아챘다.

"내려와, 녀석아!"

엔디미온의 몸은 몹시 가벼웠다. 다프넨이 손을 잡아끄는 대로 한 바퀴 뒤로 돌아 가뿐하게 착지했다. 그러나 마주본 얼굴에는 방금 전의 밝은 웃음이 없었다.

엔디미온이 말했다.

「기억이 돌아오는구나?」

엔디미온의 목소리가 갑자기 실체가 없는 떨림처럼 느껴졌다. 착각일까? 그 애는 이렇듯 눈앞에 있고 자신과 마찬가지로…….

「천천히 생각해봐. 서두를 건 없으니까.」

그렇게 말한 엔디미온은 다프넨이 내던진 나뭇가지를 집어 흔들며 아이들 틈으로 달려갔다. 그의 목소리는 다시 일상적 울림으로 돌아왔다.

"이리 와! 내가 전부 상대해줄 테니까! 니키티스! 엔디미온은 고지식한 녀석이니 매복을 하면 틀림없이 이길 수 있다고 다프넨을 꼬드긴 건 너지?"

다프넨은 돌아섰다. 자기 나뭇가지를 빼앗아 간 엔디미온의 뒷모습을 쳐다보다가 문득 빈손을 내려다보았다. 거기에 무언가가 있어야만 할 것 같은데 없었다.

아이들이 대륙으로 떠나는 날이 왔다.

시험을 통과한 아이는 일곱 명이었다. 그들을 보호할 어른 넷이 동행하여 열한 명이 떠나게 되었다. 출발은 함께 하지만 대륙에 상륙하면 세 무리로 갈라져 각각 다른 길을 택하고, 실버스컬에서도 서로 모르는 패인 양 행동하게 되어 있었다. 어른들은 대륙에 다녀온 경험이 풍부했지만 아이들은 모두 이번이 처음이었으므로 열 몇 명이 우르르 몰려다니면 사람들의 이목을 끌 게 뻔했다. 섬에서 나고 자란 아이들의 행동거지며 말씨는 어딘가 모르게 대륙 출신과는 달랐다.

실버스컬 출전자 중에는 당연히 헥토르도 있었다. 그들 패거리였던 소년들 중에서는 유일하게 리코스가 헥토르와 함께 갔다. 에키온이나 그 밖의 아이들은 갈 자격을 따내지 못했다. 여자아이는 둘이었고, 그들을 위해 여자 수도사 한 명이 원정대에 참여하게 되었다.

다프넨이 깨어나지 못하는 동안 섬사람들의 기대는 모두 헥토르에게 쏠렸다. 이번에야말로 새로운 우승자가 나올 거라며 4월 초부터 마을 전체가 떠들썩할 정도였다. 어느 정도는 헥토르의 아버지인 펠로로스 수도사가 일부러 조장한 감도 없지 않았다. 하지만 진심으로 섬 출신 소년의 우승을 바라는 사람도 많았다. 섬의 아이들은 보통 실버스컬에서 높은 성적을 올리긴 했지만, 어쨌거나 진짜 우승자는 일리오스 사제 한 명뿐이었던 것이다.

성대한 환송이라고 하긴 어려워도, 어쨌든 꽤 많은 사람들이 선착장에 몰려나왔다. 곧 세 척의 배가 띄워졌다. 그들은 다프넨이 왔던 것과 마찬가지로 썰물섬을 거쳐 렘므의 수정 제도 어딘가에 상륙할 예정이었다. 상륙하는 섬은 각자 정할 일이었으나 유물 찾기 배가 많이 돌아다니는 엘베섬 근처에 상륙하는 것이 가장 눈에 덜 띄는 방법이었다.

이솔렛은 무엇에 이끌렸는지 그날 환송 장소에 나타났다. 사람들과 대화를 나누지는 않았지만, 멀어지는 배를 한참 동안 바라보고 있는 모습이 여러 사람의 눈에 띄었다. 언제나처럼 감정을 알아보기 힘든 얼굴이었다.

바닷바람이 불어오자 하얀 머리가닥이 오른쪽 눈가를 스쳤다. 그녀는 말없이 이 머리카락에 대해 물었던 한 소년을 생각했다.

"어라, 너 이솔렛이 아니냐?"

한 사람이 불쑥 그녀 앞에 나타나 알은체를 했다. 에니오스, 과거 단센이라는 이름으로 렘므에 있는 나우플리온을 찾아왔던 남자였다. 그는 섬으로 돌아온 후 선착장을 지키는 임무를 맡았기에 마을에 있는 사람들을 만날 일이 거의 없었다.

"아……. 오랜만이에요."

일찌감치 나우플리온과 형제처럼 친했던 에니오스는 어린 이솔렛의 모습도 잘 기억하고 있었다.

"보리스……. 아니지, 다프넨을 데려오고 나서 워낙 마을에 들어가지 않았더니, 그러고서 처음 보는 게 아닌가 싶구나. 실버스컬 나가는 애들을 보러 왔니? 아니 참, 너는 왜 실버스컬에 나가지 않고?"

이솔렛은 말없이 웃을 따름이었다. 에니오스는 그녀의 등 뒤에 엇갈리게 매어진 두 자루 검을 보며 아쉬운 표정으로 웃었다.

"너라면 틀림없이 일리오스 사제님에 이어서 두 번째 실버스컬을 섬으로 가져올 텐데."

선착장에서 먹고 자고 하지만 마을의 소문은 대략 듣고 있었던 모양이었다.

"다른 아이들도 잘해내겠죠."

그렇게 말하는 이솔렛의 머릿속에 어제저녁의 일이 떠올랐다. 어쩌면 그 일 때문에 여기까지 나오게 됐을지도 모른다는 생각이 들었다.

어제저녁, 헥토르가 찾아왔다. 세 번째 방문이었다. 처음 왔을 때 그는 과거의 무례를 사과했다. 사과하든 말든 별 관심을 보이지 않던 이솔렛도 그의 용건이 실은 사과가 아니라는 것쯤은 쉽게 눈치챘다. 그러나 헥토르는 망설이다가 끝내 말하지 못한 채 돌아갔다. 그런 식으로 별 용건도 없이 두 번이나 찾아왔다.

세 번째로 찾아왔을 때, 노골적으로 불쾌해하는 이솔렛 앞에서 헥토르는 다짜고짜 일리오스 사제가 쓰던 쌍검을 잡아볼 수 없겠느냐고 물어왔다. 터무니없는 소리였다. 아버지가 쓰던 물건은 모두 이솔렛에게 신성하거니와, 그중에서도 특히 검은 아버지가 어려서부터 한 번도 바꾸지 않고 써온 것이었다. 지금은 그녀가 사용하고 있는 소중한 유품이기도 했다. 검을 몸에서 떼어놓지 않는 것도 그 안에 아버지의 혼이 깃든 양 느껴지기 때문이었다. 다른 사람이라 해도 허락하지 않을 텐데, 뻔뻔스러운 것도 정도가 있었다.

이솔렛은 처음엔 대꾸를 않다가 몇 번 상대의 말이 되풀이되자 마침내 말했다.

"넌 지금 나를 다시 한번 모욕했어. 나 대신 내 검이 대답하고 싶어 하는군."

헥토르의 얼굴은 진지하다 못해 딱딱하게 굳어져 있었다.

"단 한 번이면 됩니다."

이솔렛은 오른손을 돌려 칼자루를 쥐었다.

"내가 너를 못 죽일 것 같은가?"

한 번만 더 말한다면 정말로 검을 뽑을 작정이었다. 그러나 헥토르는 맥없이 이솔렛의 얼굴을 흘끗 본 다음 밖으로 나갔다.

그날 낮의 일도 생각났다. 데스포이나 사제의 집에 다녀오던 도중 사람들이 많은 공회당 앞마당에서 헥토르가 그녀를 붙들었다. 그리고 다들 들으라는 듯 큰 소리로 말했다. 실버스컬에 가게 되면 누님을 대신해서, 돌아가신 일리오스 사제님의 명예를 드높이겠노라고. 어이가 없다 못해 기가 찰 노릇이었다. 자기가 저지른 일을 기억하고 있다면 어떻게 저런 말을 감히 입에 담는단 말인가?

그러나 헥토르가 까닭 없이 그런 말을 할 리 없었다. 그가 원하는 것이 무얼까? 헥토르가 실버스컬에서 우승한다 해도 아버지의 명예를 높이는 것과는 아무 관계가 없었다. '티엘라'라고 불리는 아버지의 쌍검술을 물려받은 계승자는 이솔렛 혼자였다. 그러니 그녀가 직접 나가 우승하지 않는 한 다른 영광은 없었다.

그러나 이솔렛은 스스로 택한 위치가 머물기에 가장 좋다는 것을 알고 있었다. 다프넨이 사라진 일로 회의가 열렸을 때, 회의장 가운데 앉아 있던 리리오페의 표정을 그녀는 똑똑히 기억하고 있었다. 그 소녀는…… 정말로 소유욕이 강했다.

"이솔렛?"

생각에 잠긴 이솔렛을 에니오스가 다시 일깨웠다. 이미 배들은 수평선 너머로 사라지는 중이었다. 이솔렛은 아픈 사람처럼 미소 지은 다음 그 자리를 벗어났다.

사라진 계단 돌을 발견한 후로 이솔렛은 매일같이 데스포이나 사제의 집을 찾아왔다. 그리고 다프넨의 침대 앞에서 한두 시간을 말없이 보내곤 했다. 소일거리를 가져오지도 않았다. 가만히 앉아 소년의 잠든 얼굴을 바라보고 있을 따름이었다.

초반에는 말동무를 해주려 했던 데스포이나도 이제는 혼자 내버려두는 편이 좋다는 것을 깨닫고 방해하지 않았다. 그날도 찾아왔던 이솔렛은 공회당으로 나갈 준비를 하던 데스포이나와 짧은 이야기를 나눴다.

"여전히 깨어날 기미는 없구나. 몸에는 상처 하나 없는데, 어떤 깊은 꿈이 그를 붙들고 있는 걸까. 마치 절반의 죽음처럼."

조금 후 데스포이나는 고개를 저으며 말했다.

"참으로 기이한 일이다. 보통 어떤 연유로든 혼이 육체를 나가 떠돌게 되면 수일 내로 본래의 세계를 잊고 죽음에 동화되기 마련이다. 그러고 나면 남은 몸은 식어가다가 이윽고 시체로 변하는 거야. 그런데 이 애의 몸은 전혀 변하지 않는구나. 아무런 음식도, 물조차도 섭취하지 않는데 어찌 한 달이 가도록 이렇듯 편안할 수가 있을까. 내가 알지 못하는 불가사의가 깃든 것일까."

데스포이나가 공회당으로 나간 뒤 혼자 남은 이솔렛은 소년의 창백한 눈꺼풀을 내려다보고 있었다.

그의 혼은 어디를 떠돌고 있을까 생각했다. 섬 안에 있기는 한 건가. 아니면 끈질긴 기억을 좇아 대륙으로 날아갔을지도 모른다. 소년이 집착에 가까울 정도로 사랑하는 죽은 형을 찾아서. 그렇다면 돌아오지 않아야 옳을 터인데 왜 그의 몸은 아직 따뜻할까. 무엇을 기다려서? 어디로 돌아오고 싶어서?

섬이 소년에게 준 것, 그가 섬에 남긴 것, 짧다면 짧고 길다면 긴 일 년이 흐르는 동안 어느 땐가 시작된 봄을, 금빛 화살 같던 여름을, 말없는 가을과 긴 겨울을, 잃으려고도 가지려고도 하지 않았는데 어떤 것은 엷어지고, 어떤 것은 두터워지고, 모르는 사이에 다가든 새로운 추억이 울타리를 넘고 여울을 건너뛰고 성벽을 타고 올라 숨겨진 방을 향해 멈추지 않고 걸어서…….

마음속 얼음 성으로, 어떤 4월은 예고 없이 다가와버리는 것이다.

세워 껴안고 있던 한쪽 무릎을 내리고 의자를 당겨 침대로 다가갔다. 잠든 소년의 입가로 손가락을 가져가자 약한 숨이 뿜어져 나오는 것이 느껴졌다. 손끝에 닿는 습기와 이어지는 차가움, 다시 따뜻함…….

이솔렛의 입술이 소리 없이 달싹거렸다. 지워버린 줄로만 알았던 욕망들이 차례로 돌아와 머릿속을 관통했다. 평화와, 고립과, 잃지 않고자 간절히 기도했던 것과, 상처를 보상받고자 하는 마음과, 승리하고픈 충동과 명예…… 그리고 끝내 갖고 싶은 마음이 있었다.

살아 있는 이상 어찌 무욕無慾의 존재가 되랴.

흰 시트에 흩어진 검푸른 머리카락에 손을 댔다. 일 년 동안 자라 다시 어깨를 넘은 머리였다. 그렇게 외딴 수풀처럼 홀로 자란 소년이었다. 몸을 숙이고, 그 귓가에 속삭임을 불어넣었다. 산 자의 욕망이 소년을 불러올 수 있다면 어떤 것이든 관계없었다. 그렇기에 그녀의 가장 오래된, 그러나 한시도 잊지 못한 소망을 들려주려 했다. 그를 위해, 자신의 욕망 앞에 일평생 가장 솔직해지려 했다.

'넌 아직 떠날 수 없어. 너만이 할 수 있는 일이 이 땅에 남아 있으니까. 돌아와야 해. 반드시 돌아와야 해.'

'네 운명은 너만의 것이 아냐. 네 승리는 널 위한 것만이 아냐.'

'내 아버지의 이름을 빌리려는 무례한 자들에게 그 이름의 가치를 다시 한번 증명해줘.'

'그리하여 네가 물려받을 자리가 네게 가장 합당하다는 걸 보여줘.'

'내 아버지의 자리였던 검의 사제, 오직 너에게만 그것을 허락할 수 있으니까.'

나를 대신할 단 한 명의 계승자.

그것이 너이길 원해.

각자의 전쟁터

꺼져가는 모닥불 앞에 모여 앉은 소년들이 저마다 나뭇가지를 들고 덜 식은 재를 들쑤셨다. 한 녀석의 나뭇가지가 드디어 한 덩이를 찾아내자 시시덕대는 웃음이 퍼져나갔다.

"다 익은 거 같은데?"

다프넨은 그게 무엇인지 몰랐지만 어쨌든 달콤하다는 것만은 알았다. 길쭉한 뿌리인데 불에 구우면 노르스름한 속을 먹을 수 있었다. 입술이 델세라 호호 불면서 하나씩 까먹다 보니 어느새 손이며 입가가 까맣게 되었다. 밤하늘로 연기가 한 줄기 피어올랐다. 어스름 숲속에서 작은 새들이 울고 있었다.

다프넨은 문득 옛일을 떠올리고는 말했다.

"불 피우는 건 참 어렵더라. 옆에서 보기엔 쉬울 것 같았는데 혼자 해보려 하니까 도저히 안 되더라고."

그 말을 하고 사방을 둘러보는데 친구들의 얼굴이 언뜻 투명해진 것 같았다. 아주 잠시였지만. 다프넨은 말을 이었다.

"불을 잘 피우게 된 건 한참 지나고 나서였어. 그래도 렘므 땅에 들어가기 전이었을 거야."

말하고 나니 '렘므'라는 단어가 혀끝에 남아 맴돌았다. 이상했다. 이곳에서는 쓰이지 않는 단어인 것만 같았다.

"렘므로 넘어가서 그 사람을 만난 후로는……."

이상하다.

말을 이을수록 없는 일을 꾸며대는 기분이었다. 또는 까마득한 과거의 이야기를 전하는 사람이 된 것 같기도 했다. 애써 말을 이으려 하자 누군가의 목소리가 귓가를 맴돌며 커졌다. 여자의 목소리였다. 누구였더라. 그래, 그녀였지.

돌아오라고?

그때 소년들은 저들끼리 마주보며 눈짓으로 의견을 교환하고 있었다. 잠시 후 곁에 앉았던 니키티스가 다프넨에게 손을 내밀며 말했다.

"오랜만에 네 덕택에 재미있었어."

열두 살 꼬마 모습인 니키티스는 코에 주름을 잡으면서 씩 웃어 보였다. 그의 뺨과 콧잔등에는 검댕이 스친 자국이 있었는데 어느새 희미해지더니 사라져버렸다. 다프넨이 눈을 크게 뜨는 순간, 그의 얼굴이 다시 한번 투명하게 변했다.

"그래, 돌아갈 때가 된 거지? 너랑 노는 동안 정말 재미있었다. 다음에 또 같이 놀자고 할 수야 없겠지만 말이야."

다른 소년이 말하고, 또 다른 소녀도 다가와 다프넨의 어깨를 툭툭 쳤다. 잠깐 만에 친구들에게 빙 둘러싸인 다프넨은 고개를 빼고 그들 밖에 선 소년을 보았다.

엔디미온은 조용히 웃었다.

"잊지 못할 만큼 실컷 놀았니? 행복했어?"

기억이 썰물처럼 빠져나갔다가 돌아오는 느낌이 들었다. 텅 비었다가, 다시 새로운 것들로 채워졌다.

"행복……."

생각보다 긴 시간이 흘렀음을 깨달은 것도 바로 그때였다. 이제 친구들은 방금 전처럼 생기 있는 얼굴이 아니라 예전처럼 뼈와 살이 없는 창백한 모습으로 변해 있었다. 그리고 그제야 깨달았다. 자신도 그들과 똑같은 모습이라는 것을. 동시에 손에 없는 검에 대한 기억이 되살아났다.

윈터러가 그를 불렀다. 분명히 목소리가 느껴졌다. 물론 다른 목소리들도 많이 섞여 있었다. 어떤 것은 악했고, 어떤 것은 중립적이었다. 또한 그 모두가 위험했다.

다프넨은 입속으로 중얼거렸다. 혼돈의 존재인 겨울의 검, 왜 네가 나를 살려줬지? 한번 싸워볼 만한 상대 같아서? 혼을 삼킬 때까지는 살려둬야 하니까? 그것도 아니면, 이번에 야말로 진짜 지배자가 되어주리라고 기대해서인가?

한 소녀가 말했다.

「난 누가 널 부르는지 알아. 그 예쁜 아가씨지?」

내용보다 목소리의 기이한 울림에 놀랐다. 그리고 또 한 가지를 기억해냈다. 다프넨이 처음 유령 아이들을 따라 이곳, 숲의 땅으로 왔을 때 그들의 목소리가 바로 저러했다. 그런데 어느새 사람의 목소리로 바뀌어 있었던 것이다.

하지만 이제 다시 처음의 목소리로 되돌아왔다. 우린 너와 다르다고, 그렇게 말할 필요도 없었다. 목소리만으로도 뚜렷한 거리감이 생겨났다.

「응, 나도 그 아가씨 보았어. 어렸을 때부터 봤잖아.」

「어렸을 때가 더 사랑스럽지 않았니? 아가씨 아빠가 살아 있던 때는 정말 천진한 고집쟁이였잖아.」

"지금 너희가…… 그러니까 이솔렛을 어렸을 때부터 봐왔다는 거야?"

한 꺼풀의 기억이 다시 씌워졌다. 이솔렛, 그녀가 자신의 곁에 앉아 있었다. 매일같이 찾아와 그의 얼굴을 들여다보며 말을 걸고 있었다. 늘 듣고 있었는데 왜 지금에야 깨달았을까?

다프넨과 어울렸던 작은 유령들은 서로 마주보더니 이윽고 엔디미온을 쳐다봤다. 다프넨도 엔디미온을 보았다.

"엔디미온, 말해줄 수 있어? 이솔렛의 옛날 일들을……. 아냐, 그래, 난 정말로 알고 싶은 것이 있어. 이솔렛과 나우플리온 사제님은 무슨 오해를 하고 있는 거야? 둘 사이에 무슨 일이 있었던 거야? 너희는 봐서 알고 있니? 전부 다?"

숲이 어두워졌다. 모닥불은 꺼지고 빛은 사라졌다. 그들이 떠들고 놀던 아늑한 숲은 어두컴컴한 그림자의 숲으로 변해 있었다. 엔디미온이 손을 쳐들자 손가락 끝에서 파랗게 빛나는 동그라미가 생겨나 숲을 비췄다.

「그런 일은 본인들에게 직접 들어야 해. 다만 한 가지는 말해줄 수 있어. 네가 오늘 돌아간다면 그녀에게 가장 좋은 선물을 하게 될 거야.」

선물?

동그라미가 점점 커졌다. 동시에 다프넨의 머릿속은 밝아졌고, 눈앞은 아득해졌다.

「잊지 마. 잊지 않으면 다시 만날 수 있어. 누구라 해도, 네가 그토록 다시 보기를 원하는 그 사람이라 해도.」

「부르는 거야. 부름이 모든 영혼을 묶어놓는 거야.」

「그리하여 우리는 이 땅을 떠나지 못하고…….」

빛이 시야를 뒤덮어버렸다. 숲이 재처럼 사그라지고 친구들의 손짓이 나비 가루처럼 날려갔다. 잃어버렸다. 그러면서 되찾고 있었다. 또 다른 것, 그가 원하던 것, 산 자의 혼만이 아는 욕망을.

그는 돌아왔다.

눈을 뜨자, 흰 수건으로 반쯤 가려진 천장이 보였다. 수건은 실재하는 물건이 아닌 양 느리게 펄럭이고 있었다. 그래서였을까, 옆을 볼 때까지 자신이 어디로 돌아왔는지 깨닫지 못하고 있었다.

등받이 없는 의자에 이솔렛이 앉아 있었다. 긴 무명 치마 끝단에 갈색 실로 수놓은 십자 무늬들이 보였다. 여밈 사이로 드러난 발목에 그늘이 드리워져 흔들거렸다. 손목에 감긴 긴 끈이 치마 주름 사이로 늘어졌고, 그 끝에는 작은 열쇠가 숨겨진 약속인 양 달려 있었다.

푹 자고 일어난 기분이기도 했지만, 아름다운 꿈이 지워지는 느낌에 안타깝기도 했다. 그러나 무엇보다도 오랜만이라는 생각이 들었다. 긴 항해를 끝내고, 오랜 방랑을 끝내고, 마침내 집으로 돌아온 듯했다.

둘의 눈이 마주쳤을 때 다프넨이 느리게 첫마디를 뗐다. 울림 없이 나오는 목소리가 신기했다.

"생일 축하해요, 이솔렛."

마법 같은 한마디로 모든 것이 다시 시작되었다.

늦잠을 잔 아이처럼 머쓱하게 마을을 걸었다. 사람들은 지나쳐가는 다프녠을 흘끔거렸지만 말을 걸지는 않았다.

유령들과 꿈처럼 노는 동안 한 달이 넘는 시간이 흘렀다. 그동안 다프녠은 사나흘 정도, 숲을 헤매며 전쟁놀이를 하고, 동굴과 통나무집을 찾아내고, 조약돌을 주워 빈터에 늘어놓고, 모닥불가에서 웃으며 잠들었을 뿐이었다. 기억나는 것은 그게 전부였다. 옛이야기 속에서 잠깐 다른 세계에 다녀왔더니 몇십 년, 혹은 몇백 년이 흘렀다는 것에 비하면 아무것도 아닐는지 모른다. 물론 다프녠은 다른 곳에 다녀온 것이 아니라 단지 잠들어 있었을 뿐이지만. 데스포이나 사제의 이야기를 들어보면 몸은 남겨두고 영혼만이 다른 세상에 가 있었다는데, 그렇게 생각하면 유령 아이들이 자신과 똑같은 보통 아이들로 보였던 것도 이해가 갔다.

무엇보다도 한 달 동안 아무것도 먹지 않고, 또 깨어나지도 않았는데 이렇듯 일어나자마자 멀쩡히 돌아다니는 것이야말로 이상했다. 조금 기운이 없을 뿐, 아픈 곳은 전혀 없었다. 하지만 기억을 더듬어보면 마음속 깊은 곳에 설명하기 힘든 불편함이 밀려왔다. 한 달여 전, 다프녠은 있어야만 할 계단을 디뎠고, 아래로 떨어졌다. 몸이 산산조각이 났어야 마땅할 텐데 그는 살아남았다. 그것을 가능하게 한 것은 아마도 윈터러의 힘……

생각이 멎었다. 정신을 차려보니 문에 코를 부딪히기 직전이었다.

"산책은 잘했냐?"

한 발짝 물러났다가 문을 밀고 들어가자 들려온 목소리였다. 갑자기 새로운 만족감이 마음속을 비집고 들어와 조금 전의 혼란을 밀어냈다. 다프넨은 나우플리온의 등뒤로 다가가 목을 와락 껴안았다.

"손 베일 뻔했다, 이 녀석아."

나우플리온은 소일거리 삼아 짧은 단도를 숫돌에 갈던 참이었다. 그러나 다프넨이 들어오자 일을 놓았다.

"네, 벌써 완전히 봄이던데요."

잠든 동안에 슬그머니 봄이 와버렸던 것이다. 나우플리온은 숫돌을 수건에 감아놓으면서 대꾸했다.

"인간을 기다려주는 건 같은 인간밖에 없지."

"인간이라고 시간을 거스르는 건 아니잖아요?"

"예외 없이 늙은 얼굴을 보여줘서 안도감과 만족감을 조성하지."

"그게 기다리는 거예요? 기다린다는 건 그런 뜻이 아닌 것 같은데."

나우플리온은 다프넨의 팔을 풀게 하고는 몸을 돌렸다. 나우플리온의 얼굴을 이렇듯 가까이에서 본 것도 오랜만이었다. 그러나 다음 순간, 다프넨은 말을 삼키고 말았다. 새파랗게 젊지는 않아도 나이에 비해 말끔한 얼굴이었던 나우플리온이었다. 벨노어 저택에서 지내던 때 쾌활하던 모습도 생생하게 기억났다. 그런 그의 얼굴 곳곳에 잔주름이 퍼진 것이 보였다. 이마와 미간에는 굵은 주름의 전조마저 느껴졌다.

다프넨이 뭐라 말하기 전에 나우플리온이 먼저 입을 열었다.

"기다리지 않는 녀석들도 있지. 실버스컬 원정단은 한참 전에 출발했거든."

"……."

실버스컬 따위야 어찌되든 상관없었다. 그제야 자신이 섬에 따라와 나우플리온에게 얼마나 많은 걱정을 끼쳤는지 실감이 났다. 동시에 혈육도 아닌 그에게 이런 짐을 지운 자신이 공정하지 못했다는 기분에 사로잡혔다.

아버지와 아들도, 스승과 제자도, 동등한 친구도, 단순한 동거인도 아닌…… 그들 두 사람. 차라리 엄격한 보호자와 세상 물정 모르는 소년이었다면 더 좋았을까. 자기 갈 길을 가는 위대한 인물과 그를 동경하는 아이였다면 모든 것은 단순했을까. 그러나 그들 둘은 똑같이 결점을 안고 자갈밭에서 상처투성이가 되도록 구르는 자들이었으며, 서로 다른 구원이 필요한 맨몸의 망명자였다.

"왜 전 당신의 말을 무작정 따라도 좋은…… 착한 아이가 아닐까요?"

때로는 나우플리온이 손잡아 이끌어주기를 바랐다. 탁 트인 길을 가리키며 이곳으로 가라고, 이렇게만 하면 모든 일이 잘될 거라고 말해주는 것을 상상하곤 했다. 검을 버리라면 버리고, 대륙의 일들을 잊으라면 잊고, 누군가와 다투지 말라면 화해하고, 그가 사랑하라는 사람만 사랑하고, 미숙한 소년답게 그의 손을 거친 과일만을 받아들고 싶었다.

가장 추웠을 때는 특히, 갈 길을 잃었을 때는 더더욱······.

그러나 그럴 수 없었다. 나우플리온은 그런 길을 보여주지도 않았고, 따를 수 있는 자신도 아니었다. 누가 무어라 하든 자신은 검을 버릴 수 없었고, 형의 기억을 지우거나 삼촌의 일을 잊을 수도 없었으며, 헥토르를 용서할 수도 없었다. 석연치 않은 느낌을 주는 이솔렛에 대한 감정 역시 포기할 수 없었다. 모두 그의 전쟁들이었다. 어느 것 하나 그만둘 수 없었다.

"모두 네 삶이니까. 승리하거나, 패배하거나, 스스로 포기하거나, 어느 쪽으로든 해결되는 수밖에 없으니까. 나 역시 내 삶의 전투들을 다른 사람에게 대신하게 하지 못하니까. 다른 사람의 짐을 대신 져줄 수 있는 사람은 아무도 없으니까."

나우플리온은 자기 뺨을 한번 쓰다듬더니 몸을 일으켰다. 그의 얼굴이 멀어졌다. 동시에 어두워졌다. 다프넨은 따라 일어나기 전에 나우플리온의 얼굴을 쳐다보았다. 그리고 실로 오랜만에 찾아온 예지를 느꼈다.

멀어지는 얼굴처럼, 나우플리온의 존재 역시 멀지 않은 미래에 자신의 삶에서 퇴장하게 되리라고.

다프넨의 몸은 빠르게 회복되었다. 닷새 만에 평소 일과로 자연스럽게 돌아왔다. 스콜리에도 나갔고, 이솔렛과 찬트 수업도 재개했다. 나우플리온과 목검을 부딪치는 일도 다시 시작되었다. 다프넨은 실버스컬에 못 가게 되었다고 나태해지는 모습을 보이고 싶지 않았으므로 일부러 검 수련에 열심히 덤벼들었다.

윈터러는 다시 나우플리온이 맡았다. 그러나 잠들었던 때 본 영상들의 영향인지, 다프넨은 윈터러에 대한 생각이 달라졌다. 피할 수 없다면 즐기라고 했던가. 그것이 버릴 수 없는 검이라면……

한 달 동안 잠을 잤을 뿐인데 다프넨의 몸이 상당히 가벼워진 것도 변화라면 변화였다. 엔디미온을 비롯한 유령들과 놀 때는 혼뿐인 상태였으므로 그들처럼 날렵하고 교묘한 몸놀림이 가능했던 것도 놀랍지는 않았다. 그러나 현실로 돌아오고도 그때의 능력이 남기라도 한 것처럼 바닥을 차고 뛰어오르는 발은 빨랐고, 목표가 나타나면 반사적으로 목검을 쥔 손목에 탄력이 붙었다. 스승의 검에 비해 정확도는 현저히 떨어졌지만 나우플리온이 그의 속도를 앞질러 막는 데 애를 먹을 지경이 되었다.

갑작스러운 실력 향상의 원인이 무엇일지 갸웃거리는 다프넨과는 달리 나우플리온은 꽤 만족해하는 기색이었다. 동시에 무언가를 생각하는 것 같았지만 입 밖에 내지는 않았다.

그러나 다프넨은 목검을 치고 막고 그으며 생각했다. 이로써 헥토르와의 재대결도, 어려서 실버스컬에 나가지 못했던 나우플리온의 명예를 세우려던 일도, 모두 물거품이 되었구나.

실버스컬을 위해 겨우 열한 명이 떠났을 뿐인데도 섬의 분위기는 가라앉아 있었다. 떠난 자들이 목소리가 큰 자들이었던 모양이었다. 그러나 남은 자들 중에도 원하는 것을 잊지 않은 무리가 있었다.

"그 녀석이 깨어났을 뿐입니다. 잠재적 위험이 조금이라도 줄어든 것은 아니지 않습니까? 끔찍한 물건은 여전히 섬 안에 있고, 우리는 멸망의 두려움을 떠안고 하루하루를 연명하는 꼴이 되었습니다!"

나날을 조바심치며 보낸 사람은 펠로로스 수도사 자신이었다. 맏아들을 대륙으로 보내느라 지체했던 기간을 만회하려고 하루가 멀다 하고 사람들을 만났다. 다프넨이 깨어나고부터는 매일같이 마을을 돌아다니며 윈터러를 가진 소년을 대륙으로 쫓아내거나, 심지어 죽여 없애야 한다고까지 역설했다. 섭정을 찾는 횟수도 눈에 띄게 잦아졌다.

만약 다프넨이 영영 깨어나지 않았다면 펠로로스도 소년을 처벌하자는 주장까지는 하지 않았을지 모른다. 이제는 검과 검의 주인을 구별하는 것이 오히려 소모적이었다. 둘은 똑같은 악이었고, 마찬가지로 파괴되어야 했다.

데스포이나 사제는 세 번째로 찾아온 펠로로스가 전과 같은 주장을 되풀이하는 동안 피곤한 표정을 숨기려 하지도 않았다. 실제로 질려 있기도 했고, 옳은 판단을 내리기가 간단하지도 않은 까닭이었다.

"하고 싶은 말은 충분히 알았어요. 그래서 다프넨에 대해 공개 재판을 요청하는 겁니까?"

"그렇습니다. 궤의 사제이신 페이스마 님께서도 재판에 붙이고 싶으면 마음대로 하라고 하시더군요. 그래서 말씀입니다만, 사제님께서 제 발의에 재청을 해주셨으면 합니다."

"재청이라고요?"

페이스마 사제가 이자에게 얼마나 시달렸을지 보지 않아도 훤했다. 펠로로스의 속셈도 뻔히 들여다보였다. 섬에서는 무분별한 재판을 막기 위해 재판을 발의할 자격이 수도사 이상에게만 주어져 있었다. 일반인이 억울한 일이 있거나 해서 재판을 열고 싶으면 수도사나 사제를 찾아가 자신의 입장을 설명하고 재판 발의를 부탁해야 했다. 수도사는 열일곱 명이고 스콜리 선생은 다섯, 사제는 여섯이었으므로 이 가운데 한 명만 설득하면 재판은 열렸다. 그러나 재판이 열리면 발의를 한 수도사나 사제, 선생이 고발자 역할을 해야 하기 때문에 섣불리 요청을 응낙할 수는 없었다.

펠로로스는 수도사였으므로 물론 직접 발의를 할 수 있었다. 그러나 수도사 본인이 자신의 일로 재판을 열 경우에는 독단을 막기 위해 다른 수도사나 사제의 재청이 필요했다. 재청하는 사람이 사제라면 더할 나위 없는 선택이었다. 그것도 섬에서 가장 지혜로운 지팡이의 사제라면 재판은 시작하기도 전에 절반은 이긴 거나 마찬가지였다.

"뭐, 굳이 이런 말씀은 안 드려도 될 것 같지만…… 수도사들은 열 명 넘게 찬동 의사를 표시한 상태입니다. 페이스마 사제님께서 판결을 내리시기야 하겠지만 이 정도의 여론을 무시하진 못하시겠죠. 한마디로 죄의 존재 여부를 가리자는 것이 아니라 그 애한테 어떤 처분을 내리느냐, 그것만이 문제란 말씀입니다."

데스포이나가 대답하지 않자 펠로로스의 미간이 꿈틀거렸다. 그러나 말씨는 정중했다.

"개인적으로 대륙 추방령이 가장 관대한 처분이라고 봅니다만, 그 이상의 것을 주장하는 사람들도 있었습니다. 이만하면 사제님께서도 뜻을 정리할 수 있으시겠지요?"

데스포이나가 다프넨에게 호의적이라는 것을 모를 펠로로스가 아니었다. 그러나 섬의 안전이 걸린 문제는 개인적 감정으로 처리될 성질의 것이 아니었다. 그리고 데스포이나가 재청을 거절한다면 이후 벌어진 재판에서 펠로로스가 이길 경우 데스포이나는 객관성을 잃었다는 비난을 면치 못하게 될 터였다.

펠로로스가 이렇게까지 말하지 않아도 데스포이나는 재판이 벌어질 경우 다프넨의 입장이 압도적으로 불리하다는 것을 알고 있었다. 그리고 다프넨이 져서 추방령이라도 받게 된다면 나우플리온이 가만히 있지 않으리라는 것도 짐작했다. 어쩌면 같이 나가겠다고 할 것이다. 그러나 그건 안 될 일이었다.

데스포이나는 나우플리온의 상처가 섬 밖에서는 치료될 수 없다고 생각하고 있었다. 대륙을 떠돌던 나우플리온을 돌아오도록 설득한 것도 그녀 자신이었다. 이미 많은 시간이 흘렀고, 끝은 멀지 않았다. 그렇기에 먼 땅에서 죽게 내버려둘 수는 없었다. 그리고 데스포이나는 다프넨보다 나우플리온을 더 아꼈다.

"재청에 대해서는 좀더 생각해보겠습니다. 내일까지 확답을 드리지요. 대신, 내일까지는 다른 사제들에게 같은 요청을 하지 말도록 하십시오."

"여부가 있겠습니까? 그런 예의도 모를 제가 아닙니다."

펠로로스는 기분 좋게 데스포이나의 집을 나섰다. 그리고 세 걸음도 못 가 나우플리온과 마주치고 말았다. 나우플리온은 마침 데스포이나를 찾아오는 길이었다.

둘 다 걸음을 멈췄다. 펠로로스는 나우플리온보다 훨씬 나이가 많았으나 무표정하게 쏘아보는 검의 사제 앞에서 제 발저린 도둑처럼 뺨을 움찔거렸다.

"요즘 바쁘신 모양이더군요."

한마디를 남기고 나우플리온은 데스포이나의 집안으로 들어갔다. 뒤에 남은 펠로로스는 불쾌한 얼굴로 닫힌 문을 쳐다보다가 땅바닥에 침을 탁 뱉었다.

데스포이나는 펠로로스가 나가자마자 곧장 들어오는 나우플리온을 보며 약한 한숨을 내쉬었다. 그가 의자를 끌어당겨 앉는 것과 함께 손을 내저으며 말을 막았다.

"무슨 말을 하러 왔는지 다 안단다. 나도 더이상 네 소년을 돕기가 힘들게 됐구나."

그럴 수만 있다면, 나우플리온이 다프넨과 자신의 운명을 분리해서 생각해주길 빌었다. 다프넨은 강인한 아이였다. 홀로 대륙으로 돌려보내지더라도 쉽사리 꺾이지 않고 살아갈 아이였다. 물론 아직은 어린아이였기에 그런 처분이 잔인하다는 것은 알고 있었다. 그러나 오래 살지도 못할 나우플리온의 문제가 더 중했다. 절대 같이 보낼 수는 없었다.

"사제님. 아니, 데시 누님."

긴장했던 데스포이나의 얼굴이 약간 밝아졌다가, 다시 처연해졌다. 그녀는 이제 늙었고 막냇동생처럼 돌봤던 작은 소년의 얼굴에는 주름이 생겨나고 있었다.

"네가 수염이 나기 시작했을 때 왠지 모르게 웃음을 참을 수 없었던 기억이 나는구나."

평소에도 수염을 잘 정리하는 편은 아니었지만 오늘따라 유난히 까칠해 보이는 뺨이었다. 나우플리온은 턱을 한번 매만진 다음 미소를 지었다.

"누님이 첫 아기를 낳았을 때 전 은근히 그 녀석을 질투했었지요. 알고 계셨나요?"

잠시 동안 둘은 말없이 서로를 바라보고 있었다. 나우플리온이 입술을 뗐다. 느린 목소리였다.

"요즘 전, 제 혼과 육체가 꺼지기 직전의 촛불처럼 갑자기 밝게 타오르는 걸 느낍니다."

데스포이나는 말문이 탁 막혔다.

"너……."

"말씀하시지 않아도 됩니다. 제 일은 제가 가장 잘 알지요. 그래서 제가 더더욱 그 녀석에게 집착하는지도 모릅니다."

데스포이나가 고개를 세차게 저었다. 그러지 않으려 했지만 목소리가 툭툭 끊기며 흘러나왔다.

"나우플리온, 안 돼. 아무것도, 포기해서는 안 돼. 네 삶은 네 것이고, 그 아이의 삶과는 달라. 별개야."

"물론 그렇습니다. 그러나 줄 수만 있다면 전부 그 애한테 주고 싶군요. 제 삶에 남은 미련이 있다면 그 녀석을 좀더 오래 보아주지 못하는 것뿐인 것 같습니다. 아직 더 가르치고 싶은 것이 있는데……."

둘의 눈이 마주치자 나우플리온이 쓰게 웃었다.

"하지만 어차피 다 끝나겠지요? 누구나 언젠가는? 그렇게 오랜 유예가 있었지만 이제 한두 해 정도면 끝을 보겠지요? 어쩌면 올해일지도 모르지요?"

"나우플리온!"

미소가 사라졌다. 나우플리온은 두 손을 깍지 끼고 턱을 짚었다가, 고개를 숙였다가, 다시 천장을 올려다보았다. 오래 된 옛집이었다. 어린시절에 그토록 높아 보이던 천장도 똑똑히 기억났다.

"그 녀석과 이솔렛도…… 행복해졌으면 좋겠습니다. 둘은 잘 어울려요."

"……."

데스포이나의 눈앞에도 옛일들이 펼쳐졌다. 고집 센 사람들. 일리오스 사제도, 나우플리온도, 한 발짝 양보할 생각조차 앉던 그때의 기억을 되새겼다. 원만하게 해결되기를 얼마나 간절히 바랐던가. 그러나 끝내 부술 수 없는 벽이 세워지고…… 그리고 잃어버리고…….

데스포이나는 손을 내밀어 나우플리온의 손등에 얹었다. 그녀의 주름진 손등에 돋은 파란 핏줄이 가볍게 꿈틀거리고 있었다.

"무엇을 원하니?"

나우플리온의 입가에 아이 같은 웃음이 떠올랐다. 소년 시절이 떠오르는 웃음이었다.

"누님은 항상 제 소원을 잘 들어주셨죠."

데스포이나는 고개를 끄덕였다. 나우플리온의 말이 이어졌다.

"펠로로스 수도사가 재판 발의를 하겠다고 했지요? 제 목표는 무슨 수를 써서라도 재판을 막는 것입니다. 그걸 위해서라면 어떤 협상이나 협박도 불사할 생각이고요. 증거도 다 준비되었습니다. 누님께서 판단해보세요."

"그게 무슨 말이냐?"

"다프넨은 절벽에서 실수로 떨어진 것이 아닙니다. 음모가 개재되어 있죠. 섬의 어떤 사람, 그를 죽이고 싶어 하는 녀석 말입니다."

데스포이나가 눈을 몇 번 깜박였다.

"헥토르를 말하고 싶은 모양이구나. 하지만 명백한 증거 없이 그를 의심할 수는 없는 일이다."

"헥토르는 아마 아닐 겁니다. 다프넨을 죽이고 싶어 하는 마음은 가장 크겠지만 웬만해서 그런 뒷손을 쓸 성격은 아니니까요."

"그럼 누가 그런 일을 한단 말이냐?"

"제 추리의 결과를 보여드릴까요?"

그때 방밖에서 시중드는 아이가 새로운 손님이 왔다고 알렸다. 데스포이나가 손님을 물리치려 하자 나우플리온이 손을 저어 막은 뒤 직접 물었다.

"장서관의 제로 씨가 오셨나?"

"예, 꼭 뵙겠다고 하세요."

"잠시만 기다리라고, 금방 부르겠다고 하십시오. 그분은 저를 위한 자료를 가져오신 겁니다."

데스포이나는 아이에게 나우플리온이 부탁한 대로 말한 후 그의 얼굴을 한참 동안 보고 있었다. 하고 싶은 말이 많았지만 모두 삼킨 채 한마디만을 했다.

"네게…… 정녕 다른 길은 없느냐? 좀더 행복해질 수 있는…… 그런 방법은 없겠니?"

"제게 남은 행복은 모두 여기에 달려 있습니다. 무엇이 달리 있겠습니까?"

"아직 끝나지 않았다. 너 자신을 위해 싸울 시간은 많아. 삶은 그렇게 간단히 끝나는 게 아니란다. 왜 네게 남은 삶의 다른 면을 보지 못하는 것이냐?"

"아뇨."

나우플리온은 고개를 저으며 눈을 감았다가 떴다.

"제 삶의 전투는 제가 선택한 전쟁터에서 치르겠습니다."

다시 대륙으로

"헥토르가 와서 사과하더란 말인가요? 진심으로요?"

이솔렛은 한쪽 어깨만 약간 올렸다.

"그게 진심인가 아닌가는 중요하지 않아. 어차피 받아들이지 않으니까."

다프넨은 바위에 걸터앉아 목검을 짚고 생각에 잠겼다. 그즈음 다프넨은 변성기 증상이 심해지고 있어서 직접 노래하는 것은 무리였다. 대신 이솔렛은 창작 숙제를 종종 냈다. 수업을 하러 올라오면 새 노래를 이솔렛이 몇 번 불러본 뒤 평가했고, 그다음엔 금세 수많은 화제가 나와 끝도 없이 이야기가 계속되곤 했다.

"그건 저도 그렇지요."

왜 헥토르는 대륙으로 떠나기 전에 이솔렛에게 일리오스 사제의 검을 보여달라고 했을까? 사람들이 보는 앞에서 일리오스 사제의 명예를 높인다고 말한 이유는 무엇일까? 그가 처음부터 이솔렛의 환심을 사고 싶었다면 그전에 저지른 수많은 무례가 설명되지 않았다.

최근 생각이 바뀐 듯한 태도를 보이기는 했다. 다프넨이 절벽에서 떨어지기 전에 우연히 마주쳤을 때 '세 번 너를 돕겠다'고도 말했고, 에키온 등과의 관계도 예전과는 확실히 변했다. 그러나 그것이 이솔렛하고 연관될 이유는 없었다.

문득 떠오른 것은 실버스컬 우승 문제였다.

"순례자들 중에 실버스컬에 나가서 우승한 사람은 이솔렛의 아버님이 유일하다고 하던데 정말인가요?"

"응."

짧은 대답이었다. 다프넨은 이어 물었다.

"그럼 섬사람들은 새로운 우승자가 나오길 대단히 바라겠군요? 만일 우승자가 나오게 된다면 옛날 아버님이 살아 돌아오시기라도 한 양 기뻐하지 않을까요?"

"그럴지도."

"그러면 그 우승자는 그분처럼 검의 사제가 될 자격이 있다는 이야기를 듣겠군요?"

"조금쯤은."

“그러면 나우플리온 사제님의 제자인 저는 그의 유력한 경쟁자가 되는 셈이군요?”

“그렇겠지.”

“혹시 이솔렛의 아버님은 이솔렛처럼 쌍검을 쓰셨나요?”

“물론이야.”

“역대 검의 사제들 중에는 쌍검을 쓰는 사람이 많았나요?”

“……”

이솔렛은 다프넨을 가만히 쳐다보다가 말했다.

“들은 것도 없는데 잘도 아는구나. 네 짐작이 맞아. 옛날부터 섬에는 소검 두 자루를 쓰는 검술과 장검 한 자루를 쓰는 검술이 각각 계승되어왔어. 첫 번째 것은 ‘티엘라’라고 불러. ‘폭풍’이라는 의미지. 두 번째 것은 ‘티그리스’, 그러니까 ‘호랑이’라는 뜻을 가지고 있어.”

티엘라, 티그리스, 둘 다 처음 들어보는 말이었다. 기껏 천 명 남짓 살아가는 이 섬에는 신기할 정도로 특별한 전통이 많았다. 이 정도밖에 안 되는 인구가 이어왔다고는 믿어지지 않을 정도로.

다프넨은 이솔렛의 얼굴을 잠시 바라보았다. 지금 물어보면 그녀가 자세히 대답해줄 거란 확신이 섰다.

“좀더 정확히 알고 싶어요. 두 검술은 어떤 차이가 있죠? 그걸 이어받은 사람들은 어디에 있어요?”

이솔렛은 일어서서 등뒤에 꽂힌 두 자루의 검을 잡았다. 그러나 뽑지는 않았다.

"처음 들어봤을 거야. 왜냐면 저 윗마을에서 너도 알고 있는 그 사건이 벌어졌을 때 제대로 검을 쓰던 사람들은 거의 죽었으니까. 지금 섬에는 그도 저도 아닌 어중간한 검술만 남았어. 흔히들 검 하나를 쓰니까 굳이 말한다면 티그리스에 가깝다고 해야 할까? 어쨌든 보다시피 현재 티엘라의 정통을 이은 사람은 나 하나야."

그 말대로 섬에서 쌍검을 가지고 다니는 사람은 이솔렛밖에 없었다. 머릿속에서 한 가지 추리가 떠올라 구체적으로 변해갔다.

"게다가 당신은 아무한테도 그걸 가르치지 않았고 말이지요. 그럼 티그리스는요?"

"아버지께서 살아 계시던 시절에도 어쩐 일인지 티그리스의 전통은 상당히 퇴색되어 있었어. 티그리스의 계승자였던 한 노인이 계셨는데, 실력이 그저 그래서 아무도 그분의 제자가 되려 하지 않지. 그때 아버지의 제자가 되려는 사람은 많았는데 아버진 딱 몇 명만을 받아들이시고 그 이상의 제자를 거둘 생각은 없다고 분명히 말씀하셨거든. 그런데도 사람들은 언젠가 자리가 날 것을 기다리며 티그리스 쪽에는 눈을 돌리지 않았어."

"왜 그랬죠?"

"대략 백여 년간, 티엘라의 계승자만이 검의 사제가 되어 왔기 때문이지."

다프넨은 바위에서 벌떡 일어나 손에 쥔 목검을 내려다보았다. 얼마 전 나우플리온이 그에게 새로 가르치기 시작한 몇 가지 자세들을 생각해보았다.

"그건 쌍검의 티엘라가…… 티그리스보다 우월하기 때문인가요?"

"아니."

이솔렛은 짧게 답하고 몇 걸음 물러섰다. 빠르게 검을 뽑더니 기본자세를 취했다. 다프넨은 약간 놀랐다. 지난여름의 사건 이후로 검을 잡은 모습은 처음이거니와, 평소 이솔렛은 자신의 검술을 누구에게 가르치려 하지도, 심지어 보여주려 하지도 않았다.

"티엘라는 초반에는 좋아 보이지만 갈수록 배우기가 힘들어져. 티그리스에 대해서는 잘 모르지만, 검 하나를 쓰는 대륙의 다른 검술과는 달리 특이한 속검 기술들을 초반에 익혀야 하기 때문에 중반까지가 상당히 힘들다고 해. 그 속검기들을 배우기 위해선 단순한 연습 이상의 무엇이 필요하다고 하던데…… 나로선 모를 일이지."

이솔렛의 검이 짧게 허공을 긋고 다시 거두어졌다. 신속한 동작이었다.

"그렇다면 티그리스 쪽이 후반에는 쉬워지나요?"

"쉬워진다고 할 순 없겠지. 어쨌든 입문자 단계에서는 티그리스로 티엘라를 이기는 것이 사실상 불가능해. 하지만 어느 정도 수준을 넘고 나면…… 티그리스를 세 단계 올릴 노력을 해야 티엘라를 한 단계 올린다고들 하거든. 그 차이는 갈수록 더 벌어져서, 경지를 앞둔 티엘라는 노력 외에 특별한 신체적 조건이나 정신 상태까지 요구해."

이솔렛은 검을 도로 꽂더니 두 손을 내밀었다.

"예를 들면, 무아지경에서 양손을 완전히 따로 써야만 하지. 티엘라의 쌍검은 길이 차이가 없기 때문에 실전의 한순간 어느 검을 내밀 것인가, 그리고 그 선택이 옳은가는 순전히 소질이 좌우할 정도야. 그만큼 정밀한 차이가 승패를 가르지."

"만일 그 소질이 없으면요?"

"그러면 티엘라를 완성하는 건 불가능해. 연습으로 되는 일이 아니야. 티엘라에 맞는 인간이어야 하는 거지. 하지만 불행하게도 처음 입문할 때는 자신이 그런 인간인지 아닌지 알 방법이 없어."

이솔렛은 자기 손을 들여다보았다. 양손 똑같은 곳에 굳은살이 박혔지만 모양이 똑같지만은 않았다. 그녀의 선택이 만들어온 형태였다. 이솔렛이 말을 이었다.

"벽에 부딪혔을 때, 다른 사람은 문을 열고 나가는데 자신한테는 그 문이 없다는 것을 깨닫는 순간이 오지. 그러면 그는 낙오자가 되어 2류 검사로 남는 수밖에 없어. 그건 의지로도 기적으로도 넘지 못하는 경지야. 어차피 티엘라에 맞는 인간이 아니라면 그런 순간이 빨리 오는 편이 본인을 위해 나을 정도지."

도저히 수긍하기 힘들었지만 이솔렛의 목소리가 워낙 진지했기에 고개를 끄덕이지 않을 수 없었다.

"슬픈 일이군요. 그럼 당신은 어때요?"

"아직까지는 더듬다 보면 문고리가 잡히더군. 하지만 앞으로 어찌될지는 모르지."

쓸쓸한 기색도 없는 대답이었다. 길이 막힌다면, 어차피 다른 방법이 없음을 알기 때문에 오히려 쉽게 포기할 수가 있는 것일까.

"그렇다면 티그리스로 경지에 오르기가 더 쉽단 말인가요?"

"그럴 리야 없겠지만……. 티그리스에는 사람을 한없이 달려나가게 하는 힘이 있다고 해. 언뜻 듣기로는 어느 단계를 넘으면 티그리스의 발전은 마치 마른 들판에 불을 놓는 것 같아서 앞도 없고, 뒤도 없고, 어느 방향으로 먼저 가야 할지 모를 정도로 사방팔방으로, 그렇게 재능이 뻗어나간다는 거야."

티엘라에 대해 말할 때와는 달리 이솔렛도 다소 유보적인 말투였다.

"실력이 향상되는 속도를 감당하지 못해서 하루하루 수준을 가늠하지도 못하고, 그러면서도 즐거워서 매일같이 지쳐 떨어지도록 검을 휘두르게 된다고 들었어. 나도 배워보지 않은 터라 그게 어떤 상태인지는 잘 모르겠지만."

말을 듣고 있는데 조금 전 티엘라를 설명할 때와는 달리 이해가 잘되는 느낌이었다. 그럴 수도 있겠구나 싶달까. 어쩌면 더 납득하기 어려운 말일 수도 있는데 겪어본 일처럼 고개가 절로 끄덕여졌다.

"그러면 그 노인분에게 제자가 없었기 때문에 티그리스의 맥은 끊겼나요?"

이솔렛은 갑자기 웃을 듯 말 듯 하는 표정이 되어 다프녠을 바라보았다.

"정말로 몰라서 묻니? 티그리스를 계승한 사람이 누군지 몰라서?"

"네?"

"너 자신, 아니야?"

"네에?"

다프녠은 의혹 섞인 눈길로 자신의 손을 내려다보았다. 그리고 고개를 저었다.

"그런 것, 배운 적 없어요. 그런데 지금 하신 말씀은, 나우플리온 사제님이 티그리스의 계승자라는 건가요?"

"그래, 그 노인의 하나뿐인 제자가 바로 그 사람이야."

이솔렛의 목소리가 살짝 신랄해졌지만 다프넨은 얼른 눈치 채지 못했다. 나우플리온이 정말로 자신에게 티그리스를, 또는 그 비슷한 것이라도 가르친 적이 있는지 기억을 더듬는 데 정신이 팔려 있었다.

"내가 전에 말한 일이 있지. 나우플리온 사제님은 자수성가형이라고 말이야. 나우플리온 사제님이 그 노인의 실력을 뛰어넘는 데는 그리 오랜 시간이 걸리지 않았어. 노인이 말로만 떠들던 것들을 사제님은 스스로 전부 해냈어. 그런 사람이니 아버지가 부르려 한 것도 무리는 아니⋯⋯."

이솔렛은 갑자기 입을 다물더니 여전히 생각에 잠겨 있는 다프넨을 불렀다.

"다프넨, 너 실버스컬에 나가고 싶어 하지 않았어?"

"네? 아⋯⋯. 물론 나가고 싶었죠."

그제야 현실로 되돌아왔다. 이솔렛이 그사이에 무슨 말을 한 것 같긴 한데 잘 기억이 나지 않았다.

"지금도 늦지 않았어."

"다들 떠났는데요?"

"다 같이 떠나봤자 어차피 대륙에서는 함께 행동하지 않아. 흩어져서 여행하다가 제 날짜에 대회장에 도착하기만 하면 되지.”

“하지만 저 혼자는 아무데도 안 보내주겠죠. 전에 데스포 이나 사제님께서 말씀하시길 정식 순례자가 되기 전엔 혼자 서 대륙에 나갈 수 없다고 했거든요.”

“동행이 있으면 가능하지.”

“누가 저를 위해 만사를 제쳐놓고 대륙까지 가주겠어요? 나우플리온 사제님은 너무 바쁜걸요.”

“도와줄까?”

다프넨은 순간적으로 잘못 들었나 했다. 그러나 목소리는 또렷했고, 착각할 여지는 전혀 없었다.

“진심이에요?”

“네가 원한다면, 진심이야. 아니라면 그냥 농담.”

이솔렛의 얼굴을 빤히 쳐다봤지만 새로운 표정은 찾아낼 수 없었다.

“아……. 생각 좀 해봐야겠어요. 아니, 그것보다…… 이솔 렛 당신도 실버스컬에 나갈 마음이 있는 건가요?”

“전혀 없는데.”

“그럼 도대체…….”

이솔렛은 천천히 풀밭을 걷다가 몇 걸음 뛰어오르며 보이 지 않는 상대방의 검을 피하는 것 같은 동작을 취했다. 그러 나 그녀가 한 바퀴 도는 순간 다프넨은 그 움직임이 검술의

스텝보다는 춤에 가깝다는 느낌을 받았다. 너무나 가벼웠다.

"모든 것이 어렵지. 나도 대륙에 나가본 일은 없어."

숙제가 주어진 셈이었다. 그러나 다프넨은 고민하기에 앞서 새로운 길이 열린 느낌을 받았다. 그러자 피식 웃음이 나왔다. 정말로 실버스컬에 가지 못한 게 아쉬웠던 건가. 꽤나 가고 싶었던 모양이다.

"좋겠지."

나우플리온이 너무 간단하게 허락해서 다프넨은 잠시 할말을 찾지 못했다.

"내일 시험 볼까? 단독 시험이 되겠지만 말이야."

"아…… 네. 자, 잠깐, 정말인가요?"

"어려운 일은 아냐. 이솔렛이 같이 가준다고 했다면서? 이솔렛이라면 원정대의 보호자 역할을 할 자격이 충분하거든. 뭐, 솔직히 말해 대륙에서는 이솔렛보다 네 쪽이 더 쓸 만한 여행자겠지만 말이다."

나우플리온은 머리를 갸웃거리다가 이어서 말했다.

"만일 이솔렛도 출전할 생각이 있다면 스콜리 졸업을 하지 않은 것이 약간 문제가 되긴 하겠군. 하지만 간단한 시험으로 해결할 수도 있지. 그런데 출전할 생각이 있긴 한 건가?"

"이솔렛이 스콜리 졸업을 하지 않았나요?"

"음, 이솔렛은 알다시피 신성 찬트의 유일한 계승자이고 그 외에도 실전된 몇 가지 전승들을 오직 홀로 잇고 있거든. 그것들은 모두 스콜리에서 하나의 과목으로 인정할 수 있는 것들이라서 그 아가씬 처음부터 입학도 하지 않았어."

"좀 특권 같네요."

"섬 안에서 첫째가는 석학의 딸이다 보니 그런 특혜도 생겨나는 거 아니겠어?"

그렇게 말하며 나우플리온은 싱긋 웃었다. 그 미소를 보니 생각나는 질문이 있었다.

"이솔렛의 검술, 그것도 혼자만 이어받고 있는 거죠?"

"이솔렛이 직접 말해주든? 티엘라라고 하지. 일리오스 사제는 역대 티엘라의 계승자들 가운데 최고 경지에 오른 사람이었어. 이솔렛도 이미 상당한 수준이고."

"그리고…… 티그리스라는 것도 있다면서요?"

"있지."

"그러니까 그게……."

나우플리온은 아무렇지도 않은 표정으로 대꾸했다.

"티그리스의 계승자는 나지. 하지만 쓰지 않은 지 오래되었어."

"그런가요……."

그렇다면 자신에게 가르친 일도 없다는 얘기였다. 역시 이 이야기는 잊어버리는 편이 좋을 것 같았다.

"그런데 네게 진검을 허락해도 좋을지 잘 모르겠구나. 네 생각은 어떠냐?"

이 점에 대해서는 이미 오랫동안 생각해왔다. 다프넨은 대답했다.

"제 생각엔 문제없을 것 같아요."

"어떻게 확신하지?"

"확신이 아니면, 언제까지나 불신뿐일 테니까요."

나우플리온은 미간에 주름을 잡으며 다프넨과 눈을 맞췄다. 잠시 후 다프넨이 손가락을 쳐들며 말했다.

"눈에 힘주지 말아요! 주름이 자꾸 뚜렷해지잖아요."

"그러거나 말거나 내 얼굴이야. 주름 좀 펴진다고 나이를 안 먹는 것도 아니고. 하던 얘기나 마저 해봐. 그러니까 되든 안 되든 덤벼보고, 잘못되어 끝장나도 그만이다 그거야?"

"그럴 리가요. 전 머리가 나쁜 것인지 항상 늦게 깨닫는 편이기도 하고, 스스로를 과신할 만큼 대단한 점도 없죠. 하지만 이 일만은 정면 대결을 벌이는 편이 낫다고 생각합니다."

다프넨의 얼굴은 드물게 확신 어린 빛이었다.

"어차피 피하지 못할 대결이니까, 단숨에 끝장낼 수 없는 일이니까, 끈질기게 버틸 방법을 배워두는 편이 좋겠죠. 실패하면 돌아와서 다시 십 년 동안 목검만 잡게 되더라도 말이에

요. 숨기만 하다가 제대로 덤벼보지도 못한 채 잡아먹히고 싶
진 않거든요."

"돌아와서 숨어 있을 기회가 있다면 운이 좋은 거지. 대결
은 종종 눈 깜짝할 사이에 끝나버려. 승산 없는 싸움을 시작
하는 주제에 '여기서 지면 십 년 동안 열심히 연습해야지' 하
고 생각한다 해서 그 싸움이 조금이라도 유리해질 것 같으
냐?"

"전 승산 없는 싸움을 시작하려는 게 아닌데요."

다프넨은 일어나 한쪽 어깨로 윈터러를 넣어둔 곳을 가리
켜 보였다.

"알고 계시겠지만, 절벽에서 떨어지는 저를 살려낸 건 바
로 저 녀석이었어요. 그때 전 그냥 이솔렛의 숙제를 가지러
가려 했을 뿐인데, 갑자기 검이 저를 불렀죠. 다음 순간 저는
홀린 것처럼, 어디에 있는지도 몰랐던 장소에서 검을 찾아내
어 쥐고 나갔어요."

검을 갖고 나가게 된 사정을 말하기는 했지만 이렇게 명확
하게 설명하는 건 처음이었다.

"무얼 가지고 나왔는지를 깨닫고 놀란 건 이미 절벽 위의
계단까지 간 후였죠. 뭐랄까……. 그러니까 검은 다가올 위기
를 알고서 저를 보호하려고 했던 거예요. 틀림없이 그래요."

나우플리온은 팔짱을 낀 채 다프넨의 이야기를 듣고만 있

었다.

"왜일까 오랫동안 생각해봤어요. 호의만은 아니었으리란 것쯤이야 저도 알죠. 또 검에게 인격이 있다고도 생각하지 않고요. 하지만 무생물도 수천 년쯤 흐르면 본능 비슷한 것을 갖게 된다면서요? 오래된 바위나 집이나 보물 같은 것들이 가끔 신기할 정도로 사람의 행동을 이끈다고 하잖아요."

다소 미심쩍은 이야기를 하면서 다프넨도 웃었다. 하지만 곧 진지해졌다.

"그런데요, 저 검이 저를 도우려는 게 아니라면 뭘 원했을까요? 허무하게 죽어버리지 말고 제 녀석 손에 죽어달라는 걸까요? 혹시 한바탕 싸움을 벌여보자는 도전이었던 건 아닐까요?"

"걸어온 싸움은 거절하지 않는다는 거냐?"

다프넨은 윈터러가 든 마룻바닥 쪽을 돌아보았다.

"전 말이죠……. 저 검이 아주 진지한 상대라고 생각해요. 그때 잠들어 있으면서 많은 걸 봤죠. 수많은 사람들이 저 검을 잡았다가 끝내 스스로를 파멸시키는 장면들이 보였어요. 나중에 왜 제게 그런 것을 보여줬을까 생각해봤죠. 자신 없으면 얼른 달아나라는 얘기였을까요? 아니면 결투가 벌어지기 전에 전적을 죽 읊는 식으로 제게 자신을 소개한 거였을까요?"

나우플리온은 어이가 없는 표정이었다.

"아예 검이 주인공으로 나오는 옛날얘기를 하나 짓지 그러냐. 아니, 네 얘기를 듣다 보니 나도 하나 쓸 것 같다."

다프넨은 웃음을 터뜨렸다. 그러나 말을 이을 때 그의 눈은 열의로 반짝이고 있었다.

"이 검은 지배자를 원해요. 겁을 내는 상대는 단숨에 달려들어 잡아먹지만, 강한 자에게는 굽혀줄 마음이 있는 거죠. 물론 앞으로도 기회를 보아 절 집어삼키려 하겠죠. 절벽에서 떨어지던 날처럼 제 마음을 강력하게 지배하는 것이 언제든지 가능하다면, 아무리 피한다 해도 같은 일은 또 벌어질 거예요. 차라리 정면 대결이 나아요."

"전투에는 당위가 필요해. 네가 그 검과 생명을 걸고 싸워야 할 사명이라도 있단 말이냐?"

나우플리온도 다프넨이 윈터러에 어떤 책임감을 갖는지 알고 있었다. 그러나 생명이 걸렸을 때는 다른 문제였다. 다프넨은 고개를 끄덕였다.

"저도 이 검을 가졌던 숱한 영웅들이 실패했다는 걸 알아요. 그들도 승리를 바라며 뛰어들었겠죠. 그런데 문제는 제게 검을 버릴 생각이 전혀 없다는 거예요. 그러니 지든 이기든 전 이미 도전을 선택한 셈이에요. 물론 검은 강하고 저는 아직 약하지만…… 저는 죽을 때까지 계속 강해질 테니까요. 끝없이, 멈추지 않고 계속 커나갈 거니까요."

"궤변이야. 네겐 아직 시간이 많아. 벌써부터 그걸 시작할 필요가 없어. 적과 싸우면서 강해지는 법도 있지만, 그것도 적의 공격을 받아 넘길 정도가 된 다음이야."

"그 말이 맞아요. 한 방에 죽을 실력으로 덤벼서야 안 되겠죠. 그래서 윈터러를 쓰는 것은 뒤로 미룰 생각이에요."

"그 말은 언젠가는 윈터러를 사용하겠다는 뜻이냐?"

"제 검인데, 당연한 것 아닌가요?"

둘의 눈이 마주쳤다. 나우플리온의 눈빛은 진지했다.

"누구나 자신만은 이길 줄 알기 마련이야. 백 명이 지는 것을 보고도 자신이 백한 명째가 될 거란 생각은 안 하지."

"맞아요. 저도 질 수 있어요. 하지만 지더라도 직접, 제 뜻으로 파멸을 택할 겁니다. 손발이 붙어 있는 한 파멸을 찾아 움켜쥐고, 파멸로 걸어 들어갈 권리 정도는 있으니까요. 이젠 피할 수도 없어요. 피하는 순간 저는 순식간에 녀석한테 먹힐 거예요."

나우플리온은 소년의 목소리가 자신이 과거에 한 말의 메아리인 양 울린다고 생각했다.

그리하여 시험은 치러졌고, 출발이 결정되었다.

섬은 다시 한번 술렁거렸다. 가장 강력한 우승 후보였던 소년의 뒤늦은 참가, 은둔자에 가까웠던 이솔렛의 파격적인 제

안, 단둘이서 떠나지만 이슬렛은 보호자 역할만을 하게 된다는 것까지, 모두 엄청난 이야깃거리가 되었다.

데스포이나는 펠로로스 수도사가 요청한 재청을 거절했다. 불쾌하게 혀를 찬 펠로로스는 며칠에 걸쳐 다른 사제들에게 부탁해봤지만 묵계라도 있는 것처럼 수락한 자가 아무도 없었다. 그러므로 재판은 지연되고 있었다. 다프넨의 실버스컬 참여가 결정되는 바람에 화제에서 밀린 펠로로스는 소년이 돌아오기 전까지 여론을 일으켜 대륙에서 돌아올 때 아예 추방시킬 계획을 짰다.

나우플리온은 다프넨이 떠나기 전날 밤, 펠로로스 수도사를 찾아갔다. 내일은 날이 맑을 거라고 말하듯 캄캄한 밤이었다.

"사…… 사제님?"

문을 열어준 사람은 에키온이었다. 그는 나우플리온을 보자마자 눈에 띄게 겁에 질려 몇 걸음 물러났다. 나우플리온은 싸늘한 표정으로 그를 내려다보며 말했다.

"아버지께 검의 사제가 뵙자고 한다고 일러라."

나우플리온이 거실로 들어가자 에키온은 어디로 숨어버렸는지 기척도 없었다. 둥근 방패를 매만지고 있던 펠로로스 수도사가 헛기침 소리를 내며 일어나 그를 맞았다.

"어쩐 일로 이런 곳까지 오셨습니까. 밤이 늦어 그만 자려던 참이었습니다."

나우플리온은 자리에 앉으며 단숨에 말했다.

"잠이라면 걱정하실 것 없습니다. 조금 있으면 밤새 잠들지 못하고 생각할 거리가 생길 테니까요."

펠로로스는 얼굴을 묘하게 찌푸리며 고개를 기울였다.

"무슨 말씀이신지 저로선 통……."

이날 나우플리온의 얼굴은 전에 없이 냉담하고 오만했다. 무릎에 얹어 깍지 낀 채 내민 손은 사냥감을 앞에 두고 도사린 인상마저 주었다. 펠로로스는 의식하지 못했지만 본능적으로 몸을 젖히며 조금이라도 멀어지려 했다.

"다프넨은 곧 대륙으로 떠납니다. 실버스컬에 출전하려는 거지요. 보호자 자격으로 이솔렛이 따라가게 됩니다."

"그거라면 섬사람 전부가 다 아는 사실 아닙니까?"

"그리고 돌아올 겁니다, 반드시."

펠로로스는 버릇처럼 한쪽 뺨을 움찔거리며 나우플리온을 쳐다봤다. 나우플리온은 '거인'이라는 뜻의 이름을 가진 펠로로스가 내려다볼 수 없는 몇 안 되는 섬사람 가운데 하나였다.

"물론 돌아온다는 것은……."

"돌아오지 못하게 하려고 획책하시지 않았습니까? 그게 헛된 행동임을 알려드리려고 온 겁니다."

그의 말을 대뜸 끊어버리는 나우플리온을 보며 펠로로스의 얼굴이 붉게 달아올랐다. 나우플리온의 어조는 직설적이기도 하거니와, 심지어 훈계에 가깝기까지 했다.

"당신……! 그, 검의 사제가 할 말입니까, 지금 그게? 다프넨 소년이 갖고 있는 검이 위험하다는 것은 지팡이의 사제께서도 인정한 일이고 다른 사람들도 이미 충분히 느끼……."

"물론입니다."

나우플리온은 입술만 움직여 미소를 보였다. 조소보다 한층 공격적인 의사 표현이었다.

"물론이라니?"

"다 안다는 말씀입니다. 되풀이하지 마십시오. 그래보았자 제 기분만 더 나쁘게 만들지 않겠습니까? 지금 저를 불쾌하게 해보았자 그리 좋은 일이 없을 거라는 점만은 확실히 말씀드리지요."

"도대체 무슨 소리요!"

"이해를 못 하십니까? 당신이 지금까지 해온 일들, 다프넨을 해치려던 계획을 그만두십시오. 다시는 시도하지 마십시오. 혹시 이미 피해를 줬다면, 수습해서 본래대로 되돌리십시오. 향후 다시 그런 짓을 하려는 자가 있다면 당신이 지금까지 해온 행동의 결과라는 것을 알고 몸소 나서서 막으십시오."

나우플리온은 깍지 끼고 있던 두 손을 꽉 움켜쥐며 말을 맺었다.

"완벽히, 제가 일말의 기미도 느끼지 못하도록."

펠로로스는 나우플리온의 강압적인 말투에 크게 당황했다. 평소와 달라진 차가운 얼굴에도 내심 압박감을 느꼈다. 사람들과 어울려 지낸다고는 하나 본래 검의 사제란 순례자들에게 지극히 두려운 존재였다. 섬에서 죄가 있어 벌을 받아야 할 자가 있다면, 검의 사제가 형을 집행했다. 태형도, 사형도, 참수도 마찬가지다. 그러므로 섬에서 가장 많은 사람을 죽여본 인물은 언제나 검의 사제였다. 검의 사제의 상징인 '우레의 룬'은 즉결 처분을 한 후에 사후 재판을 받을 권한을 지닌 유일한 검이기도 했다.

그럼에도 불구하고 내용만은 전혀 이해가 가지 않았다.

"무슨 소리! 내가 왜 그래야 한다는 거요? 그런 식으로 협박한다고 내가 조금이라도 물러설 성싶소? 나, 나는 신……신념을 가지고 있소이다! 다프넨이 가진 그 검은 섬에 재앙을 불러올 것이고, 나는 무슨 대가를 치르더라도 그걸 막을 것이오!"

말을 하면서 결심이 강해졌다. 왜 물러선단 말인가? 이만큼이나 유리하고, 이만큼이나 잘해왔는데. 그러나 이어진 나우플리온의 말이 펠로로스의 혼을 빼놓고 말았다.

"대가라……. 당신 아들을 대가로 치르고도?"

나우플리온은 자리에서 벌떡 일어나 방을 반 바퀴 돌았다.

그리고 경악한 펠로로스의 등뒤에 서며 말했다.

"대답하시오. 아니, 선택해도 좋소."

펠로로스는 부르르 떨고는 일어나 몸을 돌렸다. 분노로 눈까지 충혈된 얼굴이 보였다.

"무슨…… 말……도 안 되는 소리요! 당신이 무슨 수로, 아니 무슨 근거로 내 아들을 죽이…… 아니, 위해를 가한단 말이오? 내 당장 섭정 각하를 찾아가서 이 일을 고하고 당신을…… 아니, 그래, 당신까지 내쫓고야 말 것이오! 감히, 감히, 내게 협박을 해? 내 아들을 놓고 뭘 어쩐다고? 내 아들에게 손끝 하나라도 댔다가는……."

화가 나자 반말이 마구 튀어나오는 펠로로스를 보며 나우플리온이 말했다.

"당신이 사제에 대한 예를 지키지 않았다는 것은 기억해두겠소. 그리고 그렇게 당황할 것 없소이다. 펠로로스 수도사, 당신이 목숨처럼 아끼는 맏아들이 아니라 둘째 아들에 대한 이야기니까. 어떻소? 조금 충격이 줄어드시오?"

에키온?

펠로로스는 다시 한번 멍해졌다. 상황이 정리되지 않았다. 나우플리온의 목소리가 또렷하게 이어졌다.

"간단하게 말하지요. 내 제자, 다프넨이 절벽에서 떨어진 것은 단순한 실수도, 가지고 있던 검의 영향도 아니었고, 단지 한 소년의 치졸한 술수 때문이었소. 자세한 내용이 궁금하다면 아들에게 직접 물어보는 것도 좋을 거요.”

나우플리온은 주위를 한번 휘둘러보았다. 에키온이 어딘가에 숨어 이 이야기를 엿듣고 있으리란 것은 의심의 여지가 없었다.

“어쨌든 나는 이를 밝힐 충분한 증거를 가지고 있소. 물론 사제 회의에 붙여 긴급 재판을 열 수도 있소. 당신이 그쪽을 선호한다면 말이오. 잘 알고 있겠지만 사제는 재판을 열 때 다른 사람의 동의가 필요하지 않으며, 필요하기만 하다면 즉석에서, 심지어 한밤중에도 열 수가 있소.”

의자를 두고 마주선 두 사람 사이로 침묵이 흘렀다. 펠로로스는 나우플리온의 말을 어디까지 믿어야 할지 헷갈렸다. 나우플리온은 침착한 시선을 떼지 않았다.

“에키온이…… 다프넨을 죽이려 했다고? 그리고 그 증거를 당신이 가지고 있고? 이해가…… 가지 않는군. 직접 보기라도 했단 말인가? 만일 직접 보았다면 왜 지금까지 가만히 있었던 거요?”

“안타깝게도 직접 보진 못했소. 그러나 에키온이 이 집의 서재에서 마법 무효화의 룬이 기록된 두루마리를 꺼냈고, 그것으로 다프넨과 이솔렛이 신성 찬트를 수련하던 절벽 위의 마법 걸린 돌을 없앰으로서 그를 죽이고자 획책했음을 명백히 증명할 수 있소.”

“어떻게? 만에 하나 그런 일이 있었다 한들 그게 그를 죽이려 한 행동이란 걸 어떻게 안단 말이오?”

“다프넨이 아니라면 이솔렛을 죽이려 한 것이라 봐야겠소만? 그곳은 일리오스 사제께서 이솔렛에게만 물려준 비밀스러운 수련 장소였고 다프넨은 그녀의 제자가 되었기에 그곳을 알게 된 것이오. 그리고 아시겠지만 다프넨보다 이솔렛을 해치려 했다는 고발 쪽이 훨씬 사람들에게 안 좋은 인상을 줄 텐데, 그쪽을 택하시겠소?”

펠로로스는 허둥거렸다.

“아니……. 그건 아니고……. 그럼 그렇게 비밀스러운 곳을…… 우리 에키온이 어떻게 알고 있었단 말이오?”

“어떻게 알았는지, 미행을 했는지, 잠복을 했는지, 그런 것까지 내가 알 필요는 없소. 하지만 그런 강력한 마법을 해제하는 룬이 적힌 두루마리는 한 가지뿐이고, 섬 안에는 오직 다섯 장이 있으며, 그 가운데 한 장이 바로 당신의 서재에 있었다는 것을 부인할 순 없을 거요.”

펠로로스는 대꾸 없이 불안정하게 눈을 깜빡거렸다. 나우플리온이 말을 이었다.

“마법의 흔적을 직접 감식한 이솔렛은 섬에서 몇 손가락 안에 꼽히는 마법적 지식의 소유자라는 것을 당신도 모르지는 않을 거라 생각하오."

펠로로스도 알고 있었다. 본래 마법사도 아닌 펠로로스의 집에 마법에 쓰이는 두루마리 따위가 있을 까닭은 없었다. 그러나 전 섭정의 세 자식 가운데 막내딸이었던 그의 동생은 마법사였다. 그녀는 살아생전에 연구 핑계를 대며 장서관과 공회당에 보관된 마법 물품들을 자주 꺼내 자기 것으로 삼았다. 섭정의 딸이었기 때문에 그런 행동은 대부분 눈감아졌고, 그녀가 죽은 후 남은 물건들은 오빠인 펠로로스의 집으로 옮겨져 보관되었다.

그러나 눈감아주었다고 해서 마법 물품의 행방을 기록하는 것마저 생략되지는 않았다. 일정 수준 이상의 마법적 힘을 가진 물건들은 섬에 위험을 가져올 수 있기 때문에 예로부터 장부에 적혀 있었고 장부의 관리는 장서관을 지키는 제로의 소관이었다.

그리고 며칠 전에 서재를 정리하던 펠로로스는 두루마리 가운데 하나가 없어졌다는 것을 발견했다.

본래 전사 체질로 태어난 터라 검의 사제 자리를 노렸지만, 희대의 천재인 일리오스 사제와 동시대에 태어난 죄로 깨끗이 포기해야 했던 펠로로스였다. 그랬기에 헥토르를 검의 사제로 만들려고 그토록 노력해왔다. 그런 사람답게 그는 마법에 흥미도 없었고 마법 물품 따위를 중요하게 여기지도 않았다. 따라서 없어진 두루마리가 무엇에 쓰이는 것인지도 몰랐다. 없어지거나 말거나 잊어버리자고 생각하고 말았던 것이다.

"그…… 그런 두루마리가 다섯 개라면 하필 우리집의 것을 사용했다는 증거는 어디 있소?"

"그건 당신이 직접 증명할 수 있소. 있어야 할 두루마리를 가져와보시오, 지금 당장."

펠로로스의 얼굴이 흙빛이 되었다. 그는 겨우겨우 침착해지려 애쓰며 마지막 항변을 시도했다.

"다른 일로 이미 사용되었을 수도…… 있지 않소? 내가 왜 그것의 행방을 당신에게 증명해야 하오?"

"첫째로, 당신은 섬의 순례자로서 사제의 조사에 응할 의무가 있소. 둘째로, 그런 마법 물품은 개인의 소유물이 될 수 없으며 당신이 그런 물건을 임의로 사용했다면 당연히 지팡이의 사제에게 보고했어야 마땅하오. 셋째로, 당신 집에는 마법 물품을 사용할 줄 아는 사람이 에키온 한 명밖에 없소. 넷째로, 나머지 네 장의 두루마리는 현재 안전하게 보관되어 있으며 아무도 손대지 않았소. 장서관의 제로 씨가 이 사실을 보증할 것이오."

빠져나갈 구멍 따위는 없었다. 펠로로스의 숨이 거칠어졌다. 다프넨을 내쫓자면 자기 아들의 죄가 밝혀질 판이다. 나우플리온의 표정으로 보아 일이 간단히 끝날 것 같지도 않았다. 헥토르를 위해 다프넨을 없애고 싶어 하는 사람은 아버지인 자신뿐이 아니었다. 그러나 어리석은 둘째 아들은 모든 것을 망쳐놓고 말았다.

헥토르를 위해 에키온을 희생시킬까?

그것도 쉬운 일은 아니었다. 그렇게 쉽게 분리할 수 있다면 좋겠지만 에키온의 죄는 집안의 자질로 연결되기 마련이다. 더구나 펠로로스도 바보는 아니었기에 여기서 버티다가는 음모의 동조자로 헥토르까지 끌려 들어갈 수 있음을 모르지 않았다. 섬사람들은 다프넨이 온 후로 헥토르와 에키온이 함께 그를 미워했고, 오랫동안 행동을 같이해온 것을 알고 있었다. 심지어 에키온은 늘 헥토르의 명령을 받는 입장이었고, 사람들 앞에서 형의 말에 절대 복종해왔다. 그것도 어느 정도는 아버지인 자신이 시킨 대로였던 것이다.

그런 생각을 하는 순간 갑자기 등골이 오싹해졌다. 실제로 헥토르도 관여했던 것은 아닐까?

"알겠어……. 아, 아니, 알겠소이다. 그러면…… 내가 이제 부터 다프넨에 대해 아무 말도 꺼내지 않으면 되는…… 것이오?"

"말을 되풀이하게 하지 마시오. 당신은 이 순간부터 사람들이 다프넨과 그의 검에 관해 말할 때 가장 열렬한 변호자가 되어야 할 거요. 나는 이제 사실 여부는 관계치 않소. 우리는 서로 비밀을 지켜주게 될 것이오."

비밀을 지켜준다는 말에 안도의 한숨을 내쉬기는 일렀다.

"그러나 펠로로스 수도사, 당신의 음해는 이미 꽤 많은 사람들의 머릿속을 파고들었기에 당신이 입을 다무는 것만으로는 해결되지 않을지도 모르오. 당신은 노력하는 것이 좋을 것이오. 만일 누구의 탓으로든 다프넨과 그의 검을 추방하자는 의견이 다시 한번 여론화되어 실행에 옮겨질 경우, 오늘 서로 지키기로 한 비밀에 대한 협약은 바로 끝장날 것이오. 당신은 한 소년을 추방하는 대가로 두 아들을 잃게 될 거요."

검의 사제의 목소리는 냉혹했다. 평소 소탈하던 나우플리온은 그 자리에 없었다. 자칫 실수했다가는 단숨에 검을 뽑을 듯 무시무시한 눈빛을 한 사내만이 있었다.

"하나 더, 다시는 내 제자 다프넨을 견제하려 하지 마시오. 아들들에게도 분명히 일러두시오. 앞으로 당신 집안의 누구라도 그 아이를 다치게 한다면, 단지 시도만이라도 내 눈에 보인다면, 검의 사제가 모든 것을 바쳐 반격하리라는 사실을 염두에 두시오."

더이상 변명 따위가 들어갈 여지는 없었다. 거한인 펠로로스는 볼썽사납게 허리를 굽혀가며 사정했다.

"잘못했소! 내가 다 잘못했소! 용서하고 빌겠소……. 하지만 뿌린 말을 거두는 것은 간단하지 않아요. 나우플리온 사제……. 내가 하지 않은 모험에 내 아들들을 끌어들이지는 말아주시오. 난들 어쩌겠소? 최대한 노력하겠지만 난 내 아들들 없이 살 수 없소……."

"잘못을 거두는 것이 쉬울 리 있겠소? 노력하겠다는 말은 높이 사겠지만 만에 하나 일이 벌어진다면, 나 자신이 파멸되는 한이 있더라도 두 녀석의 목이 매달리는 꼴을 보고야 말겠소. 내 검, 우레의 룬에 두고 맹세하는 바요."

"그건 사적인 복수요! 나우플리온 사제, 그런 말은 제발……."

"복수?"

나우플리온은 나머지 반 바퀴를 돌아 다시 처음의 자리로 돌아왔다. 그의 입술에서 차가운 목소리가 흘러나왔다.

"검의 사제는 달여왕의 가장 강한 복수자요. 잊으셨소?"

출발하는 날의 아침은 밝은 보랏빛으로 빛났다.

선착장에 나온 사람은 몇 되지 않았다. 그러나 다프넨이 보고 싶은 사람은 모두 나와 있었다. 데스포이나와 모르페우스, 오이지스와 제로, 그리고 나우플리온이 있었다.

에니오스가 배를 끌어내는 동안 나우플리온은 다프넨과 이솔렛에게 각각 가벼운 악수를 청했다. 이솔렛은 잠깐 망설이다가 응했다. 엷게 미소 지은 나우플리온은 이어 다프넨을 보며 말했다.

"이솔렛이 찬트로 배를 잘 인도해줄 테니 넌 곁에서 도와 줘라. 엘베섬을 통해서 렘므로 들어간 다음에는 내가 말해준 대로 하면 편히 여행할 수 있을 거다."

어젯밤, 어딘가에 갔다가 밤늦게 돌아온 나우플리온은 자지 않고 기다리고 있던 다프넨에게 자신이 대륙에서 쓰던 검을 내주었다. 드디어 진검을 허락한 것이다. 또한 그 검을 보이고 '이실더 산'이라는 이름을 대면 좋은 대접을 받게 될 곳을 몇 군데 알려주었다.

윈터러 역시 다프넨의 등에 매달려 있었다. 다프넨은 이제 그 검을 몸에서 떼어놓을 생각이 없었다. 다만 실버스컬에서는 나우플리온이 준 검을 쓸 생각이었다. 그렇게 해서 과거 실버스컬에 나가지 못했던 나우플리온을 대신해 그의 명예를 높이겠다는 생각을 갖고 있었다.

선착장에 나온 사람들 중에는 리리오페도 있었다. 그러나 그녀는 다프넨에게 다가와 말을 걸지 않았고 숲으로 올라가는 언덕바지에 멀찍이 서서 내려다보기만 했다. 다프넨은 리리오페의 표정이 많이 달라졌음을 느꼈다. 이제 전처럼 쾌활한 친절을 베풀지도 않았고 짓궂게 까부는 일도 없어졌다. 그러나 스콜리에서 문득 시선을 느끼고 돌아보면 가만히 쳐다보고 있는 그녀를 발견하곤 했다. 말을 걸지도 않고 무표정하게, 해석하기 힘든 시선을 보내고 있었다.

뜻밖의 환송객이 두 명 더 있었다. 에키온과 그의 아버지였다. 그냥 구경하러 나온 건가 했는데 다가와서 잘 다녀오라는 인사까지 전했다. 어색하긴 해도 불쾌감을 주지 않을 정도로 예절을 갖추려 애쓰는 모습이었다. 그게 더 괴상하게 보이긴 했지만.

나우플리온은 에키온과 다프넨의 인사가 끝나자 쾌활하게 웃으며 소리쳤다.

"조심해서 잘 다녀와라! 이솔렛이 내 대신이라고 생각하고 시키는 대로 말 잘 들어야 된다. 험한 일은 다 네가 해야 되는 거야."

다프넨도 씩 웃으며 대답했다.

"늙은 어머니와 여행한다고 생각하도록 하죠."

곁에서 이솔렛이 어이가 없어 하, 하는 소리를 내는 것이 들렸다.

이윽고 두 사람을 태운 배가 바다로 미끄러져 나갔다. 난바다로 흐르는 해류를 타자 섬 기슭에 선 사람들의 모습은 순식간에 멀어졌다.

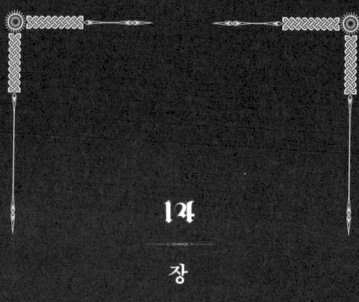

14
장

RISKY PARTY

이름들을 위하여

"오늘, 트레비조 땅으로 들어갔다고 합니다. 다음달 중으로 산맥을 따라 올라가 로젠버그 관문까지 가겠다더군요."

론의 통령 관저에서도 가장 깊숙한 곳에 있는 방이었다. 칸 통령은 팔걸이의자에 앉아 반쯤 졸기라도 하는 것처럼 고개를 끄덕거렸다. 그러나 오랜 경험을 통해 통령이 졸기는커녕, 가장 기민하게 머리를 굴리고 있을 때 저런 모습이 된다는 것을 통령의 마법사인 종그날은 잘 알고 있었다.

"사실 연락이 좀 늦었습니다. 각하의 1익답지 않게요."

"그렇지, 그럴지도 모르지."

"렘므에서 소년의 흔적을 놓친 후로 상당한 시간이 흘렀습니다. 물론 그들이 노력하지 않았다는 것은 아닙니다만."

"그래, 그럴지도 몰라."

종그날의 말대로 실로 '류스노답지' 않았다. 칸 통령이 류스노 덴에게 일을 맡겨 이토록 오래 걸린 경우는 한 번도 없었다. 전적을 생각한다면 이미 목표물을 세 번은 가져오고도 남을 시간이었다.

"산스루리아에서 렘므 북부까지 갔다가 남쪽으로 내려오고 있다더군요. 어쨌든 이번에 2익과 3익을 부른 것을 보면 무언가 냄새를 맡긴 한 모양이니 성과가 있기를 바랍니다."

칸 통령의 '네 날개'는 론 밖으로 나갈 경우 대마법사 종그날과 언제든지 연락할 수 있도록 감응 마법이 깃든 물품들을 지니고 다녔다. 떠난 지 약 열흘 만에 카투나 산맥의 험로를 넘어 트레비조에 도착한 마리노프와 톤다로부터 첫 연락이 온 것이 그날 저녁이었다. 종그날은 보고가 끝났는데도 나가지 않고 잠시 칸 통령의 눈치를 살폈다. 예상대로 통령의 목소리가 들렸다.

"하고 싶은 말이 있는 모양이군. 윈터러 연구에 새로운 진척이라도 있나?"

"별 진척이랄 것은 없지만 이런 기록이 입수되었습니다."

종그날은 칸 통령에게 보고할 때 별것 아닌 것처럼 말을 꺼내는 버릇이 있었다. 그는 자신의 주인이 기대했다가 실망하는 것을 극히 싫어하는 성격임을 잘 알고 있었다.

양피지 조각 비슷한 것이 통령의 손에 건네졌다. 귀퉁이가 심하게 훼손된 종잇조각은 어느 책에서 찢어낸 책장처럼 보였다. 칸 통령은 그것을 한참 동안 되풀이해서 읽었다.

종그날은 기다리는 동안 창밖의 봄 날씨를 내다보며 블라도 진네만의 어린 딸을 떠올렸다. 요즈음 그는 그 꼬마 때문에 별 용건도 없이 진네만 저택을 종종 드나들었다. 어린 예니 진네만은 놀랍게도 평생 연애도 결혼도 해본 일이 없는 늙은 마법사의 마음을 첫눈에 사로잡아버렸던 것이다. 진네만 저택의 뒤뜰에서 기우뚱거리며 걷다가 뛰다가 하는 노란 치마의 꼬마는 우중충한 저택에 내린 햇빛 같은 존재였다. 그것도 초봄의 어리고 노란 햇빛.

예니는 사람을 잘 따랐다. 처음 보는 음침한 마법사 노인한테 까르륵 웃으며 달려와 안긴 것이 첫 만남이었다. 낯선 사람이 준 과자도 오물오물 맛있게 먹는 것을 보고 '유괴당하기 딱 좋은 꼬마'라고 말하긴 했지만 실은 꼬마의 다정함이 그렇게 예뻐 보일 수가 없었다. 다정한 것이 아니라 단순히 낯을 가리지 않는 것뿐일지도 모르지만 이미 그런 사실은 중요하지 않았다.

음울한 집주인을 좋아하지 않는 사람들도 천사 같은 예니를 보려고 진네만 저택을 종종 드나든다는 것은 론의 상류층 사이에 꽤 알려진 이야기였다. 그 가운데 통령의 대마법사 종그날이 포함되어 있다는 것도 일찌감치 화제에 올라 있었다.

통령이 양피지 조각에서 고개를 들고 종그날을 불렀을 때, 종그날은 일말의 아쉬움까지 느끼며 창가에서 시선을 거뒀다.

"이 이야기가 맞다면 윈터바텀 킷은 가나폴리의 물건이라는 건가?"

"조금 다릅니다. 필멸의 땅의 물건은 맞겠지만 가나폴리의 물건이라고 확신할 수는 없지요. 그렇게 보기에는 문헌들 속에서 윈터바텀 킷이 등장하는 연대가 너무 늦습니다. 그동안 다른 곳에 감춰져 있었다고 보기도 힘들고요. 짐작건대 윈터바텀 킷의 첫 주인이었던 자는 필멸의 땅에 직접 뛰어들어 모험을 겪은 끝에 이 무구를 손에 넣은 것 같습니다."

"그거 놀라운 이야기군. 그러면 가나폴리가 멸망한 후에도 그곳에서 무언가가 활동하고 있었다는 건가?"

"그게 아니라면 가나폴리가 멸망하는 바람에 오랫동안 발견되지 않았다고 여기는 수밖엔 없겠지요. 그러나 그렇게 보려면 가나폴리 사람들이 그 무구를 알고 있었다는 증거가 있어야 할 텐데, 이 또한 그렇지가 못합니다."

종그날은 양피지 문서를 돌려받아 들며 말을 이었다.

"가나폴리의 옛 문서가 많이 사라지긴 했지만, 그래도 위대한 무구들에 대한 기록이 남은 페이지는 많습니다. 그러나 어느 행간에서도 윈터바텀 킷이라는 이름, 또는 그 비슷한 힘을 가진 무구의 존재조차 발견하지 못했습니다."

"혹시 가나폴리에는 그보다 훌륭한 무구가 많아서 이 정도는 기록에 남지도 않은 것 아닌가?"

"아니요, 그렇게 생각하지 않습니다. 제가 보기에는 기록에서도 이 정도의 물건이라고 생각되는 것은 손에 꼽을 정도였습니다."

"그렇다면 결론적으로 윈터바텀 킷은 가나폴리가 멸망한 후 세월이 흐르다가 갑작스레 필멸의 땅에서 솟아나기라도 했단 말인가? 현재 필멸의 땅에서 살아갈 자는 아무도 없다. 누구도 만들지 않았고, 누구도 가져온 일이 없는 무구가 어째서 그 땅에 놓여 있을 수가 있나?"

"그것이 바로 저의 의문입니다. 정말로 땅에서 솟아나거나, 하늘에서 떨어지기라도 한 게 아닌가 싶은 기분입니다."

창밖에서 5월의 비가 떨어지기 시작했다.

"비가 그칠 생각을 안 하네요."

대륙에서 섬의 이름을 써서는 안 되기에 상륙하고부터 '보리스 산'이 된 소년은 하늘을 올려다보다가, 곧 눈을 비비며 빗물을 떨어냈다. 늦은 봄비는 따뜻했지만 오래 맞고 있자니 몸이 점차 서늘해졌다.

"멀지 않은 곳에 있을 텐데……."

본명이 아니라는, 억지에 가까운 이유로 이솔렛이라는 이름을 그대로 쓰고 있는 소녀는 젖은 앞머리를 줄곧 쓸어 올리며 걸음을 재촉했다. 발목 언저리에서 거치적거리는 풀이 자꾸만 거슬렸다. 누군가가 긴 여행에는 장화를 신는 편이 좋다고 말해주었지만 익숙하지 않은 터라 거절했다. 잡목이 적은 섬의 산지에서는 불편한 줄 몰랐던 양가죽 단화였다.

"일단 숲부터 벗어나고 보지요. 이 일대는 마을이 드문 편이긴 하지만 그래도 이만한 숲을 끼고는 하나씩 있는 편이거든요."

오랫동안 여행했던 나라였다. 가보지 않은 길이라 해도 처음 대륙에 발 디딘 사람보다는 여러모로 나을 수밖에 없었다. 여기뿐 아니라 낯선 땅을 방랑한 경험이 많은 보리스는 지형과 식생을 잘 보았고, 돌발 상황에서도 판단이 빨랐다. 다만 렘므에서 봄을 맞는 것만은 그도 처음이었다.

"저기서 잠시 비를 피할까?"

기울어진 바위가 얕은 동굴을 만들어놓은 것이 보였다. 그리로 다가간 둘은 겨우 비를 피할 정도로만 들어가 앉았다. 더 깊이 들어갈 수도 없었다. 흡사 남의 집 처마 밑에 앉은 기분이었다.

"저기, 신발 좀 벗어도 돼요?"

보리스의 난데없는 질문에 이솔렛은 고개를 갸웃하다가 무심히 끄덕였다. 그러나 곧 이유를 알게 되었다. 꽤 오래 걸었고 한참 전부터 비까지 맞은 터라 벗은 발에서 좋은 냄새가 날 리 없었다.

"당신도 벗어요. 발이 오래 젖어 있으면 안 좋아요."

"우리 서로를 위해 등을 돌리고 앉는 게 어때?"

"그럴까요?"

돌아앉아 신발을 벗은 다음 거꾸로 들어 올리니 물이 주르륵 떨어졌다. 보리스는 장화 목을 수건 짜듯 비틀며 물을 빼고 있었다. 갑자기 이솔렛이 푸훗, 하고 웃음을 터뜨렸다. 보리스가 뒤를 돌아보았다.

"뭐가 재미있어요?"

"아니, 재미없어서 웃었어."

"재미없는데 왜 웃어요?"

"그럼 넌 이 재미없는 상황이 안 웃기니?"

이솔렛이 젖은 신발을 내려놓더니 발을 빗속으로 죽 뻗었다. 흰 맨발 위로 빗방울이 튀며 부서졌다. 보리스는 도로 고개를 돌리며 미소를 지었다.

가만히 귀를 기울이자 빗소리는 때로 사각거리고, 재재거리고, 종종거리며 사방을 둘러쌌다. 풀잎들이 쉴 새 없이 흔들렸고, 빗줄기 사이로는 바람이 불어왔다. 축축한 옷이 신경쓰이지만 않았더라면 좀더 시원한 기분이었을 것이다. 게다가

젖었던 얼굴이 마르자 여기저기 당기기 시작했다.

그럼에도 불구하고 보리스는 마음이 편안했다. 섬으로 가기 전 '이실더 산'과 함께 다니던 시절과는 또 다른 느낌이었다. 돌아보니 이솔렛의 턱에 빗물 한 방울이 맺혀 떨어지려 하는 것이 보였다. 잎사귀에 맺힌 이슬처럼 맑은 물빛이었다. 그 안에는 자신의 눈동자가 있었고, 비에 젖은 숲이 있었고, 한 조각 하늘이 비쳐……

아, 떨어졌다.

"7월까지는 두 달쯤 남았으니까 아직 시간은 충분하겠지?"

이솔렛이 혼자 중얼거리더니 뒤쪽의 바위를 더듬어본 다음 조심스레 등을 기댔다.

함께 다녀보니 이솔렛은 생각 이상으로 신중한 성격이었다. 나이에 비해 헤아리기 힘든 지식을 갖고 있었지만, 필요한 때가 아니면 말을 꺼내는 법이 없었다. 대륙에 대해서도 읽고 들은 것이 많았지만 경험이 없다는 것을 스스로 잘 알고 있어서 곤란한 문제가 생겨도 먼저 주장을 내세우지 않았다. 보리스가 상황을 설명하고 의견을 물으면 좀 생각한 끝에 입을 열었고, 그럴 때마다 본질을 정확히 꿰뚫고 있는 경우가 대부분이었다. 그러면서도 또한 섣불리 자신을 낮추지 않았다. 이솔렛 자신은 스스로가 가장 존경하는 사람의 딸이었다. 예의를 지키는 것과 긍지를 버리는 것은 이야기가 달랐다.

여행은, 당연한 일이지만 서로 알지 못했던 모습들을 많이 보여주었다. 보리스는 자신이 이솔렛에게 조언하고 뭐든 도울 수 있다는 것이 즐거웠다. 섬에서는 늘 스승이었던 이솔렛도 그것을 불쾌해하지 않았다. 그녀는 모르는 것을 접하면 즉시 배우려는 자세가 되었다. 함께 있어보니 그녀가 어린 나이에 어떻게 그렇게 많은 지식을 흡수할 수 있었는지 알 것 같았다.

"너무 일찍 도착해도 문제예요. 먼저 도착한 애들하고 마주치면 뭐라고 말하죠?"

"맞춰서 간다 해도 어차피 마주치겠지. 말하지 못할 문제는 없다고 생각하는데."

그렇게 말했지만 절벽에서 마법의 흔적을 찾아냈던 이솔렛은 이미 에키온이 저지른 짓을 알고 있었다. 다만 나우플리온에게 이야기를 듣고 모든 일을 불문에 붙이기로 합의한 것이다. 헥토르가 얼마나 관여했는지는 아무도 모를 일이었다. 만난다면 확실히 서먹하긴 할 것이다. 그 일은 보리스가 실버스컬에 나가지 못하게 하려고 벌인 것이 틀림없으니까.

"간다 해도 잘 해낼지 모르겠군요. 여기까지 와준 당신이나 이실더 님을 실망시켜서는 안 될 텐데 말이죠."

섬을 나온 후에는 주위에 낯선 사람이 없다 해도 나우플리온이라는 이름 대신 대륙에서 쓰는 이름을 말해야 했다.

"부담 가질 것 없어. 어차피 쉬운 일은 아니야. 최선을 다하지 못할까 봐 걱정할 뿐, 그 밖의 문제는 논외의 것이지."

이솔렛이 말하는 방식을 알고 있는 보리스는 그냥 빙그레 웃었다. 그리고 말했다.

"이솔렛의 아버지는 정말로 대단한 분이었던 것 같아요. 저, 가끔은 그분을 위해서 이기고 싶다고도 생각해요. 그렇게 한다면 당신에게도 기쁜 일이 아닐까요?"

"……."

이솔렛은 얼른 대답하지 않았다. 지난 겨울밤에 찾아온 보리스와 나눈 대화가 떠올랐다. 그날, 자신은 분명 거절했다. 거절한 채로, 그의 곁을 떠나지도 않았다. 자신도 자신의 마음을 다 이해할 수가 없었다. 몇 번이고 생각해봤지만 받아들이는 것도 떠나는 것도 할 수 없었다. 자신답지 않게도.

조금 있자니 보리스가 다시 말했다.

"부담은 갖지 마세요. 그 녀석이 검의 사제가 되고 싶어서 그분의 명성에 어떻게든 기대보려 애쓰는 것은 당신에게 정말로 불쾌한 일이겠죠. 전 그런 짓을 막을 수 있다는 것만으로도 만족해요. 물론 열심히 해야겠지만……."

말끝을 흐리는데 이솔렛이 입을 열었다.

"보리스, 네가 정말로 그렇게 생각한다면 내 부탁 한 가지만 들어주겠어?"

둘은 얼굴을 마주보았다. 길쭉하게 튀어나온 암반 아래, 비를 피해 앉은 소년과 소녀가 서로를 보고 있었다. 입김이 하얗게 서렸다가 스러졌다.

"제가 들어드릴 수 있는 것이었으면 좋겠는데요. 진심으로."

이솔렛은 짧게 미소했다.

"아버지가 실버스컬에 나갔을 때 사용했던 가명이 있어. 대회에서 그 이름을, 아니 성만이라도 써줄 수 있겠어?"

"아⋯⋯."

보리스는 잠시 생각에 잠겼다. 나우플리온이 떠올랐다. 그가 대륙에 나와 굳이 '산'이라는 성을 사용한 것은 나우플리온의 뒤를 잇는다고 생각하고 싶었기 때문이다. 그러나 '산'이라는 성을 사용한다면 누가 보아도 렘므 사람이라고 생각할 테니 그것도 약간은 문제였다. 국적이 불분명한 이름을 사용해야 같은 국적인 사람의 눈길을 끌어 의심받는 것을 피할 수 있기 때문이었다.

"그분은 무슨 이름을 쓰셨지요?"

"카민 미스트리에."

확실히 국적 불명의 이름이었다. 이름은 아노마라드 북부 사람 같은데 성은 오를란느 사람 같고, 억지로 끌어다 붙인다면 렘므 사람이라고 우길 수도 있는 이름이었다.

"제가 좋은 성적을 거두지 못한다면 오히려 그 이름에 누가 될지도 몰라요. 옛일이지만 혹시라도 기억하는 사람이 있다면……."

"실버스컬이 시작된 루그란에 가면 우승자들의 이름이 궁전의 동판에 새겨져 있다고 해. 하지만 이번 개최지는 아노마라드야. 아버지의 우승은 오래된 일이고. 실버스컬은 매해 열리지."

그 말도 맞았다. 모든 우승자의 이름이 기억되기란 쉽지 않을 것이다.

"그리고 난 네가 모든 이름들을 위해 최선을 다할 것을 믿어. 그게 내 아버지의 이름이었든, 네 스승의 이름이었든, 또는 너 자신의 이름이었든. 우승은 중요하지 않아."

"우승은 중요해요. 아니, 적어도 결승까지는 가야 해요. 만일 운이 없다면…… 그때까지 그 녀석과 한 번도 만나지 못할수도 있잖아요. 제가 만일 미스트리에라는 이름을 빌린다면그 녀석을 반드시 이겨야 되는 거죠. 그래야 빌린 값을 하는거니까."

비가 서서히 멎어갔다. 똑, 똑, 빗방울 소리가 하나하나 선명하게 들렸다.

"이름이란 내킨다고 멋대로 빌려도 되는 것은 아니죠. 그녀석이 그 이름을 빌릴 수 없다는 것을 증명하는 데 그보다좋은 방법은 달리 없지 않겠어요?"

이솔렛은 맨발로 일어나 비 그친 숲으로 나갔다. 그 뒷모습을 보며 보리스가 말했다.

"보리스, 미스트리라는 이름을 쓰도록 하죠."

그 이름에 어울리는 승리를 거두는 것은 나우플리온의 검이 될 것이다.

"……."

보리스의 말을 들은 듯했으나 이솔렛은 다른 기척을 느낀 듯 두 손을 등뒤로 가져갔다. 칼자루를 쥐었다. 이솔렛의 민감한 귀를 아는 보리스도 벌떡 일어났다.

"너희들은 누구냐! 여기는 디캄 영주의 땅이다!"

수풀 뒤에서 한 사람이 나타나더니 곧 십여 명의 병사가 쏟아져 나와 분분히 검을 뽑아 들었다. 보리스는 검을 마주 뽑기 전에 잠시 기다렸다.

"좋은 나무로군요. 여기서 기다릴까요?"

칸 통령의 4익, 유리히 프레단은 유쾌하게 중얼거리더니 가지를 잡고 나무 위로 몸을 솟구쳐 올렸다. 순식간에 제 키의 두 배나 되는 곳에 올라가 굵은 가지에 편안히 자리를 잡았다.

"형님은 거기 계실 거요?"

류스노 덴은 나무를 올려다보더니 손을 내저으며 둥치에

몸을 기댔다. 그리 오래 기다릴 필요도 없었고, 매복할 필요는 더더욱 없었다. 그는 점잖게 기다릴 심산이었다.

동행하던 야만족 사내는 사라지고 없었다. 유리히는 마침 그 일을 생각해낸 듯 짧게 콧노래를 흥얼거렸다.

"이렇게 속이 시원할 수가 없네."

정말 긴 시간이었다. 산스루리아에서 님 반도까지, 고통스럽고 진절머리 나는 여행이었다. 이자크의 고향인 캄자크 부락에 가서 마지막 정보를 손에 넣고서야 그들은 드디어 이자크와 헤어졌다. 고생한 값은 하는 정보였다. 북해 건너에 사람이 사는 섬이 있다고 했다. 그러나 야만족들은 그 섬이 아주 멀며, 거기서 온 사람이 아니면 물길을 몰라 접근도 불가능하다고 말했다.

이렇게까지 추적했는데 갈 방법이 없다니, 기막힌 노릇이었지만 얼마 후 그들은 달리 생각했다. 간 건 갔다 치고, 설마 거기서 평생 안 나오지는 않을 것 아니야?

고향을 잘 떠나지 않는 트라바체스인다운 생각이었다. 물론 섬의 규모에 대해 아무것도 몰랐기에 한 생각이기도 했다. 진짜 이유는 전혀 달랐지만, 어쨌든 그들의 예상은 적중하게 되었다.

물론 노력이 없었던 것은 아니었다. 류스노와 유리히는 그간 엘베섬과 수정 제도 전체에 첩자들을 사서 연락망을 이어놓았다. 또한 해안 마을들을 돌며 열다섯 살 안팎의 낯선 소년이 바다 건너에서 배를 타고 올 경우 즉각 알려달라고 요청한 뒤 상당액의 금화를 뿌려놓았다. 그런 후에는 끈질기게 기다렸다. 너무 돈을 많이 뿌렸는지 가끔 관계도 없는 정보를 가져와 귀찮게 구는 사람들만 빼면 무난하게 흘러간 시간이었다.

아니, 실은 그렇지 않았다. 인내심이 인성에 탑재된 것 같은 류스노에 비해 유리히는 하루하루 짜증이 늘어갔다. 그나마 매일 해변으로 아침 산책을 나가던 류스노가 초일류 관찰력을 쓸데없는 데 발휘하여 유물을 세 개나 주워 오는 바람에, 유리히는 그걸 비싸게 팔아보겠다고 경매의 세계에 진출했다. 그런 식으로 유리히의 시간도 겨우겨우 흘러갔다.

그리고 기다리던 정보가 들어왔다.

한 척의 배에 어른 둘과 소년 셋이 탔고, 모두 낯선 자들이라 했다. 혼자서 처치하기에는 많은 숫자였지만 유리히는 자신만만했다. 그까짓 일반인들쯤이야. 이자크가 영문도 모르고 도와주겠다는 것을 좋게 돌려 사양하고 혼자 간 유리히가 간단히 어른들을 제압한 뒤 소년들을 족쳐보려던 그때, 멋대로 뒤따라온 이자크가 나타났다. 그리고 이러쿵저러쿵 참견하더니 '어른이라면 애들을 용서할 줄 알아야 한다'고 점잖게 충고하는 게 아닌가?

"아, 뒷목이야······."

지금 생각해도 짜증이 솟구쳤다. 하지만 참아야 했다. 기습 위주의 전투술을 익힌 유리히는 정면 대결로는 절대로 이자크를 이길 가망이 없었다. 일전에 이자크를 따라 캄자크족 부락에 갔을 때 이자크라는 이름보다 훨씬 유명한 다른 이름을 알게 되었거니와, 캄자크족의 무서움에 대해서도 질릴 만큼 봤던 것이다. 그들이야말로 문명화된 인간이 대적할 수 없는 강적들이었다.

그래서 유리히는 이자크와 다니는 동안 익숙해진 억지웃음을 지으면서 그들에게 보리스라는 소년을 아느냐고 물어봤다. 그리고······.

아무 정보도 못 얻고 보내는 수밖에 없었다.

이제 다음 제보가 오기 전에 이자크와 영영 이별을 하는 것이 시급한 과제가 되었다. 죽여버릴 순 없으니 산스루리아로 돌려보내든지, 캄자크족 부락으로 보내든지, 그게 아니면 혼자 여행을 떠나게 하든지······. 그러나 지금껏 피나는 노력을 한 결과 이자크는 두 사람을 '지켜줘야 할 약골들'이라고 굳게 믿게 되어, 무슨 소릴 해도 진심으로 듣지 않았다.

유리히가 안절부절못하다 못해 폭발할 지경에 이르렀을 때, 류스노가 문제를 해결해주었다. 새로운 정보가 들어오자 그들은 거점으로 쓰던 여관을 떠나면서 이자크에게 이렇게 부탁했다.

"저희가 급한 일로 아주 잠깐 동안 자리를 비우게 됐는데, 계속해서 들어오는 정보를 놓칠 것이 걱정되거든요. 그러니까 친절한 당신이 여기서 기다리며 잠시만 대신 보고를 받아주시겠습니까? 금방 돌아올 테니까, 그때까지는 절대로 자리를 비우지 말아주세요. 알겠죠?"

이자크는 그동안 친절을 베풀어준 두 신사를 위해 기꺼이 그 일을 맡기로 했다. 특유의 순진무구한 미소를 띤 채 말이다. 그리고 둘은 떠나왔다. 그건 그렇고 잠깐이란 게 원래 사흘이 되려다가 삼 년이 되기도 하고 그런 거지, 안 그래?

"아직도 그 여관에 박혀 있으려나."

"상대를 떠나보낼 수 없으면, 자신이 떠나야 하는 법이지."

류스노가 나직이 대꾸했지만 유리히한테는 들리지 않았다. 아직도 거기 있든 아니든 앞으로 눈앞에 나타나지만 않으면 됐다. 이자크도 싫고 야만족도 싫고 밥도 싫고 하여간 다시는 그림자도 볼 일이 없었으면 좋겠네?

"요호!"

나무 위의 유리히가 먼저 사냥감을 발견하고 신호를 보냈다. 저만치에서 소년 둘과 어른 하나가 오고 있었다. 나무에 기대어 고개를 숙이고 있던 류스노가 천천히 등을 뗐다. 허리에 찬 검을 반쯤 뽑으며 예의 우울한 눈으로 상대를 포착했다.

"이렇게까지 하실 필요는 없는데……."

사양해봤자 소용없었다. 보리스와 이솔렛은 오랜만에 보는 사치스러운 내성으로 정중하게 떠밀려 갔다. 사치스럽다고 하지만 옛날 벨노어 성의 화려함과 비교하기는 어려웠고, 오히려 고향 트라바체스의 집 쪽에 가깝지 않을까 싶었다. 대영주의 거처일지라도 렘므의 성은 안락함보다 방어 목적에 충실한 구조였다. 장식품이나 가구도 섬세하기보다는 호쾌했다. 그럼에도 불구하고 세공된 안락의자, 양털 이불이 깔린 육중한 침대, 금제 램프와 은식기 같은 것들이 충분한 성이었다. 그런 성에서 두 사람은 귀한 손님으로 대접을 받았다.

병사들에게 이끌려 디캄 영주의 성으로 간 보리스가 나우플리온이 준 검을 보이며 '이실더 산'이라는 이름을 대자마자 벌어진 일이었다. 갑작스러운 환대에 이쪽도 정신이 없었지만, 저쪽은 더욱 혼비백산했다. 만찬을 준비하랴, 제일 좋은 방을 준비시키랴, 갈아입을 옷을 내오랴, 온 성이 들썩거렸다. 나우플리온이 렘므에서 쓰던 가명인 '이실더'라는 이름을 아는 사람은 영주와 그의 가족만이 아니었다. 일개 병사나 하인에 이르기까지 왜 이들을 대접해야 하는지 잘 아는 모습이었다.

보리스와 이솔렛은 옷이 다 젖었기에 어쩔 수 없이 그들이 준 실내복으로 갈아입었다. 그리고 식사가 준비될 동안 잠시 쉬도록 안내받은 곳에서 머쓱하게 얼굴을 마주봤다. 안락의자에 어색하게 앉은 이솔렛이 어깨를 움츠려 보였다.

"뭔지 몰라도 엄청난 은혜를 입긴 한 모양이구나."

보리스는 문간에 선 채 방을 둘러보며 말이 없었다. 이솔렛이 그의 얼굴을 보더니 말했다.

"옛일이 떠오르나 보구나. 그분과 함께 다니던 때를 생각하는 거지?"

"아니⋯⋯. 저 없이 그분 혼자 다니던 때를 생각하고 있었어요."

나우플리온이 벨노어 백작의 성으로 흘러들어와 보리스를 만날 때까지 홀로 떠돈 세월이 약 이 년. 온 대륙을 돌아다녔다니 별별 일을 다 겪었을 것이다. 즐거웠을까? 어쩐지 쓸쓸하지 않았을까 하는 생각이 떠올랐다. 보리스가 처음 만난 나우플리온은 낙천적인 괴짜였고, 한없이 어둡기만 했던 자신은 그의 밝음을 좋아했다. 그러나 결국 그의 기대를 꺾어버렸고, 그는 떠나버렸고, 그후의 만남, 그리고⋯⋯.

나우플리온은 무엇 때문에 고향을 떠나야만 했던 것일까?

처음으로 가진 의문은 아니었다. 나우플리온이 그에게도, 다른 누구에게도 말하지 않는 비밀이 있음을 어렴풋이 눈치채고 있었다. 굳이 알아내려 하지 않은 것은 존중하고자 하는 마음 때문이었다. 그런 것이 보리스의 성격이었다.

"아무도 그 사람을 추방하지 않았어. 그를 섬에서 추방한 사람은 자기 자신이었지."

흡사 마음을 들여다본 듯한 대답이었다. 보리스가 다시 물으려 하는 순간 문 두드리는 소리가 들렸다. 이어 하녀가 들어오더니 식사가 준비되었으니 내려오시라고 알렸다.

준비된 음식은 두 사람을 당황시키기에 충분했다. 식사할 사람이라고 해봤자 그들 둘, 디캄 영주와 그의 아내, 그리고 젊은 아들까지 다섯 사람뿐이었다. 그런데 스무 걸음은 걸어야 끝에 닿을 정도로 기나긴 식탁에 각종 요리가 산처럼 쌓여 있었다. 상당수의 요리는 보리스조차도 처음 보았다.

식탁 주위에는 의자가 없었다. 앉는 식탁은 곁에 따로 마련되어 있었다. 다마스크 천으로 만든 식탁보 위에 작은 꽃바구니, 은촛대와 은식기가 반들거렸다.

"마음껏 덜어 드시오. 이곳 식사법에 익숙하지 못하실 테니 저 아이가 시범을 보여드릴 거요. 자, 접시를 들고 이쪽으로 오시오."

디캄 영주의 아들은 스물서넛 정도 된 얌전한 젊은이였다. 다들 접시를 가지고 긴 식탁 쪽으로 가자 그가 다가와 말했다.

"찬 접시로는 생선부터 드시지요. 이쪽에 절인 청어가 있고, 저쪽에는 겨자를 곁들인 연어가 있습니다. 뱀장어는 드셔

보셨습니까? 생선이 싫으시면 저쪽에 훈제 햄이 있습니다."

음식을 조금씩 덜어서 테이블로 가져오니 영주와 영주 부인도 비슷한 음식을 덜어 온 것이 보였다. 그걸 먹고 나니 하인들이 접시를 치워 갔다. 이번엔 따뜻한 접시에 육류 요리들을 담아 오라고 젊은이가 말해주었다.

부드럽게 삶은 소 허벅지살에 라드로 볶은 감자, 무와 사과를 갈아 만든 소스를 곁들인 요리는 렘므의 수도인 엘티보에서 유래된 것이라 했다. 야채와 치즈가 든 소시지구이, 달짝지근한 완자를 곁들인 송아지 가슴살 등을 가져오자 하인들이 작은 접시에 신선한 샐러드를 담아다 주었다. 보리스가 작은 생선처럼 보이는 것이 잔뜩 담긴 절임을 들여다보고 있자 젊은이가 '앤초비'라고 말해주었다.

맞은편을 보니 맥주를 권하는 영주 부인에게 고개를 젓고 있는 이솔렛의 모습이 보였다. 농토가 적은 섬에서 술을 만들 곡류를 키울 여유는 없었기 때문에 섬사람들은 거의 술을 마시지 않았다. 술에 익숙하지 않은 이솔렛은 가볍게 마시는 한두 잔으로도 문제가 생길 수 있었다.

식사가 끝나자 달콤한 후식이 연달아 나왔다. 동그랗게 말아 구운 사과파이, 녹인 초콜릿을 가득채운 두툼한 팬케이크, 아몬드와 산딸기와 라즈베리 잼을 얹은 패스트리 등이었다. 한두 조각만 입에 넣어도 곧 우유라도 마시지 않으면 안 될 정도로 다디단 것들이었다.

"시간이 없어 제대로 된 요리를 내지 못했군요. 은인께서 아신다면 저희의 소홀함을 탓하실지도 모르겠습니다."

영주 부인의 말을 듣고서야 물어볼 정신이 들었다.

"그럴 리가요. 그분은 제게 검을 빌려주시며 렘므를 여행하다가 혹시 도움 청할 일이 생기면 들러보라고 하셨을 뿐입니다. 이런 과분한 대접을 받게 될 줄은 꿈에도 몰랐습니다. 실례가 안 된다면 그분과 어떤 관계이신지 말씀해주시면 안 될까요?"

"아아……. 안타깝지만……."

영주 부인이 말꼬리를 흐리자 디캄 영주가 얼굴을 굳히며 입을 열었다.

"정말 미안하지만 그것만은 말할 수가 없소. 은인께서 금지하신 일이니 어쩔 도리가 없구려. 다만 이렇듯 은인을 아는 분들을 만나 1000분의 1의 은혜라도 갚게 된 것이 기쁠 뿐이오."

젊은 아들이 말을 이었다.

"저도 실은 두 분을 뵙게 된 것이 꽤 놀랍습니다. 물론 저희는 언제라도 보답할 수 있길 고대해왔습니다만, 솔직히 그런 기회는 오지 않을 거라고 체념하고 있었거든요. 은인의 성품으로 볼 때……. 아, 두 분은 은인에게 아주 귀중한 사람들인 모양입니다."

'이실더 산'이라는 이름을 듣자마자 이들이 너무나 감격해하는 바람에, 보리스는 감히 '산'이라는 성을 사용하지 못하고 '보리스 미스트리에'라고 자신의 이름을 밝혔다. 만일 '보리스 산'이라고 말했더라면 이곳에 며칠쯤 붙잡혀 빠져나가지 못할 분위기였다. 이솔렛도 마찬가지로 '미스트리에'라는 성을 사용하고 있어서 이들은 둘을 당연히 남매로 여겼다.

"오히려 저희는 두 분께서 어찌 은인과 이토록 친밀하신 것인지 궁금하고 또 부럽습니다. 혹시 괜찮으시다면……."

설명할 것은 전혀 없었다. 사실대로 말할 수도 없는 노릇이었다. 보리스는 재빨리 말했다.

"아, 죄송합니다. 역시 저희도 그 일만은……."

이들은 서로 비밀을 밝히지 못하는 것을 사과하며 꾸벅꾸벅 절을 나누었다.

실버스컬 개막

적갈색 머리를 헐렁하게 땋아 늘인 소녀가 풀밭에 앉아 있었다. 잘 땋아지지 않은 머리를 자꾸만 만지작거리며 사방을 두리번거렸다. 익숙하지 않은 장소였다. 섬 안이지만 한 번도 와보지 못했던 곳이었다.

"여기가…… 둘이서 노래하곤 하던 곳이고……."

바닥에 박힌 하얀 바위가 빛을 냈다. 여기도, 저기도, 빈자리뿐이었다. 함께 떠나버린 두 사람은 여기에 없었다.

리리오페는 고개를 흔들었다. 그들은 돌아올 것이다. 그리고 죽 이곳에, 이 섬에서 살 것이다. 아버지의 지배를 받으며, 곧 그녀의 지배를 받으며.

그렇게 생각하는데도 이상하게 마음이 개운치 않았다. 리리오페는 발딱 일어나 풀밭을 몇 걸음 거닐었다. 예전에 자주 그랬듯 가볍게 발끝을 퉁기며 춤을 추어보았다. 나직한 홍얼거림에 맞춰 다리를 뻗고, 빙글 돌고, 원을 그리며 날리는 머리카락……. 이곳은 자신의 장소가 아니었지만 관계없었다. 섬 전체가 그녀의 땅이었다. 두려워할 것은 없었다. 꺼릴 것도 없었다.

따뜻한 마음이 되어 소년을 생각해보았다. 사랑하는가? 그런 질문에는 쉽게 대답이 나오지 않았다. 잘라 말하기에는 너무 부드러운 감정이었다. 좀더 깊이 생각해보면 그 애는 그리 다정한 사람이 아니며, 영리한 사람도 아니고, 야망 넘치는 사람도 아니었다. 다시 말해 그녀에게 줄 만한 것은 거의 없는 사람이었다. 그러니까 마음에 들었다.

섭정의 딸에게는 부족한 것이 없었다. 더한 사치도 원하지 않았고 더한 편안함을 원하지도 않았다. 그러니 뭔가 얻을 게 있다는 것은 그리 매력적인 요소가 못 되었다. 오히려 뭔가 줄 수 있는 상대가 더 좋았다.

더구나 그 애에게는, 행복이 없잖아?

자기 힘으로 행복하게 해주고 싶었다. 상처 입고 섞이지 못하고 방어적인 표정을 짓는 사람을. 그가 마음놓고 쉴 수 있기를 바랐다. 이 섬에서, 그녀의 땅에서.

어떻게?

소녀는 땅에서, 하늘에서 춤추네.
해날 빛 아래서 행복하게 춤추네.
세상 모든 이야기에는 기쁜 결말
이 땅 모든 사람에게도 좋은 봄날

리리오페는 행복한 소녀였다. 어떤 선물도 줄 수 있었다. 행복은 간단했다. 세상에서 가장 즐겁고, 모든 것을 가졌고, 불안한 미래도 슬픈 과거도 없는 그녀의 것이 되면, 그러면 된다.

동무를 부르네, 밤종다리 우는 숲
은달빛 아래서 밤새도록 춤추네.
은방울꽃 고개 숙인 하얀 언덕
옛친구와 함께 부는 초록 휘파람

폰티나 영지에 도착한 보리스와 이솔렛은 성문 위로 해가 높이 솟은 것을 보았다. 섬을 떠나 석 달이나 걸린 여행이었다.

렘므를 여행하는 동안 몇 번이나 나우플리온의 검을 알아보는 사람들에게 친절한 대접을 받았다. 보리스가 이렇게 여행하게 될 것을 나우플리온이 미리 알고 일부러 준비하기라도 한 것 같았다. 로젠버그 관문보다 남쪽에 있는 로마리온 관문을 넘어 아노마라드로 들어오고부터는 길이 잘 닦여 있어서 다른 의미로 쾌적한 여행이 되었다. 드디어 날씨는 한여름이었다.

아노마라드의 7월.

보리스가 기억하는 아노마라드는 도저히 가까워질 수 없는, 지독히 따사로운 연녹빛의 나라였다. 지나치게 아름다워서 액자 속 그림처럼 보였던 마르그리트 꽃밭과 숲, 은빛 시내에 드리워진 무지개다리가 있는 그곳에서 세 계절을 보냈다. 불안한 행복으로 시작해서 잔인한 배신으로 끝나버렸던 열두 살의 겨울과 봄. 그 땅에 다시 돌아온 것이다. 열다섯 살이 되어서.

비록 벨크루즈보다 북부였으나 아노마라드에 돌아왔다는 사실만은 느끼지 않으려 해도 생생했다. 저만치 보이는 폰티나 성은 벨노어 성보다 훨씬 높고, 방어탑이 많은 화강암 성이었다. 본성 주위로 높이 솟은 성벽이 상당한 넓이의 땅을 둘러쌌다. 내려진 도개교를 통해 수많은 사람들이 말과 수레를 끌며 들어가고 있었다. 성벽 주위에 깊은 해자가 파인 것을 본 이솔렛이 말했다.

"전쟁이 많은 땅인 모양이구나."

성에는 '기사의 기쁨'이라는 시적인 이름이 붙여져 있었으나 대부분의 사람들은 잊어버린 채 그냥 폰티나 성이라고 불렀다. 보리스는 기억을 더듬어보았다.

"그렇더라도 예전의 일일 거예요. 지금의 폰티나 공작은 아노마라드 최고의 권력가라고 알고 있어요. 아노마라드에 새 왕정이 세워질 때 남부 영토를 국왕과 함께 평정한 사람이라고 들었거든요. 왕비의 친오빠이기도 하고요."

벨노어 성에서 로즈니스의 가정교사에게 몇 마디 들었던 이야기가 새삼 떠오르는 것이 신기했다. 동시에 '월넛 선생'이 했던 말도 생각났다. 폰티나 공작에게 아름다운 딸이 있다고 하니 로즈니스가 샘이 나서 어쩔 줄 몰라 했고…….

로즈니스. 참 오랜만에 떠올려본 이름이었다. 아예 잊어버린 줄 알았는데. 하지만 그 아이가 준 선물만은 아직도 지니고 있다는 데 생각이 미쳤다. 네잎클로버가 수놓아진 작은 주머니였다. 실은 그걸 로즈니스가 줬다는 것도 지금껏 까맣게 잊어버리고 있었다. 가짜 결투를 위해 떠나던 날 아침의 일이었을 것이다. 그때 보리스는 란지에가 안내해준 비밀 전시실에 들어갔다가 큰 충격을 받은 나머지 로즈니스가 무슨 소리를 했는지 거의 기억하지 못했다. 그저 내미는 선물을 받아들었을 뿐이다.

지금 네잎클로버 주머니에는 섬에 처음 들어갈 때 숲지기 중 한 사람이 주었던 은제 메달이 들어 있었다. 그걸 가지고 있어야 섬에 걸려 있는 몇 가지 방어 마법으로부터 안전했다. 넓은 숲을 순식간에 통과하거나 마을을 둘러싼 벽에서 문을 찾아내는 것도 그 메달의 힘이었다. 따라서 몸에서 떼어놓아선 안 되었기에 그 주머니도 늘 지니고 있었다.

도개교를 통과하자 장관이 펼쳐졌다. 도개교에서 본성에 이르는 넓은 빈터에 형형색색의 천막이 빼곡히 들어차 있었다. 몇백 개는 되어 보이는 천막 틈으로 각양각색의 옷을 입은 사람들이 웅성거리며 돌아다녔다. 이런 천막들에 가려져 정작 본 경기가 이루어질 장소는 어딘지 보이지도 않았다.

보리스가 나직이 중얼거렸다.

"여기서 누군가와 마주치리라고 생각한 건 괜한 걱정이었네요."

이솔렛이 손차양을 만들어 주위를 둘러보며 답했다.

"숨고 싶으면 예선에서 지면 돼."

보리스는 피식 웃었다.

"진심 아니죠?"

그때 이솔렛이 뭔가 발견한 듯 손가락질하며 보리스를 돌아보았다.

"저기로 가자. 출전을 접수하는 곳 같거든. 그리고 진심은 아닌데, 진실이긴 해."

아노마라드 국왕의 오른팔, 폰티나 공작이 연 올해 실버스컬은 역대 최고의 대성황이라고 했다. 다음날 오후가 되도록 온갖 소문이 귀에 들어왔다. 가장 큰 화제는 단연 우승 후보들이었다. 그들의 출신이나 전적, 화려한 천막과 마차 같은 것들도 함께 얘깃거리에 올랐다. 다음으로 이어지는 화제는 셋 중 하나였다. 어디서 얼마나 많은 사람이 몰려왔다는 과장 섞인 소문, 다크호스 소리를 듣는 출전자들, 마지막으로 폰티나 공작 영애의 대단한 미모였다.

　폰티나 영애, 클로에 다 폰티나는 보리스와 동갑내기로 보리스가 벨노어 성에서 지내던 몇 년 전보다 한층 명성이 높아졌다. 사람들이 떠들어대는 말로는 폰티나 양이 발코니에 나타나면 태양보다 밝은 별이 뜨는 느낌이라고 했고, 치맛자락에서 꽃잎이 흩날리는 환각이 보일 지경이라고도 했다. 소녀가 몸을 돌려 안으로 들어가면 넋 놓고 쳐다보던 남자들은 허탈해져서 한동안 일도 연습도 떠오르지 않는다는 그런 얘기였다.

　놀랍게도 그런 이야기를 듣고 와서 보리스에게 전해준 사람은 이솔렛이었다. 그녀는 이 이야기가 몹시 재미있는지 시종 입가에 미소를 띠고 있었다.

　"난 못 믿겠어요. 이런 데 모인 사람들은 쉽사리 소문에 휩쓸리기 마련이라고요."

"못 믿겠으면 직접 가서 봐. 매일 저녁 똑같은 시각에 발코니로 나온다고 하니까. 아, 나도 궁금한걸. 같이 가서 볼래?"

"이솔렛, 당신은 참……."

하고 싶은 말이 있었지만 결국 못 하고 말았다. 이솔렛 같은 사람을 매일같이 보며 지낸 보리스의 눈에 다른 미인이 쉽게 들어올 리가 없잖은가.

그러나 이곳에서 이솔렛은 사내아이보다 짧은 머리에 각반 친 바지 차림이었고, 등에는 두 자루나 되는 검까지 메고 있는 터라 언뜻 보아선 잘생긴 소년일 따름이었다. 그녀는 그런 모습으로 경쾌하게 천막 사이를 돌아다니며 여러 가지 이야기를 듣고 왔다. 실버스컬의 규칙이 작년과 변한 데가 없다는 것, 대목을 놓칠세라 각지에서 원정 온 대장장이들 중에 누가 솜씨가 좋은지, 지금까지 예선 출전을 신청한 사람이 총 몇 명이라든가, 그 가운데 귀족은 얼마나 되고 평민은 몇 명이며, 그리고 강력하게 거론되는 우승 후보가 누구인지까지도. 이렇게 많은 사람이 모인 광경은 처음일 텐데, 이솔렛은 위축되기는커녕 오히려 즐거워하는 것 같았다. 어떤 면에서는 보리스보다도 적응이 빨랐다.

날이 저물었다. 내일은 드디어 무지막지하기로 소문난 예선전이 치러지는지라 출전자들은 일찍 천막으로 들어갔다. 귀족 자제들을 모시고 온 시종이나 말구종들, 그리고 구경꾼들만이 소문이나 재밋거리를 찾아 밤늦게 천막 사이를 어슬렁댔다. 사방에서 술판과 노름판이 벌어져 그들의 발걸음을 잡았다.

그러나 흔한 주사위 놀이를 하는 사람들 말고, 한쪽 구역에서는 우승 후보를 놓고 벌이는 본격적인 도박판이 사람들을 끌어들이고 있었다. 보리스가 일찍 잠자리에 들고 나서 혼자 천막들 사이를 쏘다니던 이솔렛도 그곳을 발견했다. 사나운 사내들과 술꾼, 사기꾼들이 판치는 곳이었지만 자기 몸 하나 지키는 것쯤이야 걱정하지 않는 그녀는 몰려 선 사람들 사이로 대담하게 고개를 들이밀었다.

잠시 후 미소가 떠올랐다. 아버지가 생전에 말해주던 풍경과 크게 다를 것도 없었다. 아버지는 대륙 사람들에 비하면 섬사람들의 일상은 마치 사제들 같다고 했다. 질펀한 술 냄새, 향신료가 무절제하게 든 요리 냄새, 아까운 줄 모르고 태우는 램프 기름과 지지 않겠다고 질러대는 고함소리, 부딪히든 말든 밀어대는 거친 몸놀림. 그러나 섬사람들이 고립된 자들답게 기회만 있으면 내보이는 잔인한 적개심과 비교하면 어떨까.

"여기 500고블룬! 오를란느 아가씨한테!"

"어허, 저 큰일낼 친구로구먼. 고블룬 금화 두 개면 100엘소라는 걸 알아야지. 어디 걸 데가 없어 **빼빼** 마른 아가씨한테 거나 글쎄."

"남의 일에 참견 마쇼! 그 아가씨는 확실한 우승 후보야! 늙은 나귀 판 돈을 사기꾼 같은 술장사 여편네가 다 처먹어서 그렇지 더 있으면 더 걸었을걸?"

"승률이 낮은 데 걸어야 한몫 보는 법이지, 암!"

"난 역시 자작 아드님한테 걸겠소! 윗대부터 확실한 핏줄에다 걸어야 피 같은 돈을 안 날리지. 여기 100엘소, 옛다!"

"어허, 거 조금씩만 겁시다! 100엘소 금화가 왔다갔다하니 겁나서 어디 끼겠나……."

"주머니에 구리 돈만 짤랑짤랑 하나? 돈이 없으면 잔소리 말고 꺼지슈!"

"뭐야? 그까짓 돈푼 갖고 트레비조 살쾡이를 무시해? 한 번 되게 데어볼 테냐?"

"하이아칸 왕족한테 100고블룬!"

"식민령 놈들이야 죄다 반편이 아닌가? 오죽 못났으면 남의 나라에 기대어 그 꼴을 하고 있나 그래……."

"어허, 여기 티아 사람도 있네! 주둥아리들 좀 닥치지?"

"저쪽으로 나와, 이 풋내나는 애송아! 내가 오늘 살쾡이 발톱 맛을 단단히 보여주마!"

"여기 자작 아드님한테 800고블룬……."

재미있는 구경거리였다. 판돈이 쌓이자 흑판에 석필로 그려놓은 숫자가 하늘 높은 줄 모르고 치솟았다.

'자작 아들'이라는 사람이 최고의 승률, 즉 최저 배당을 기록하고 있었다. 다들 알 정도로 유명해서인지 아무도 본명을 말하지 않아서 오히려 이름을 알 길이 없었다. 다음으로 많이 불리는 이름은 '오를란느 아가씨'였다. 이름이 샤를로트라는 것까지는 간신히 알아냈다. 누구냐는 질문이 종종 오가기에 귀를 기울여보니 오를란느 공국의 공녀인 모양이다. 그 외에는 '하이아칸 왕족', '아라종 키다리', '나르비크 뱃놈' 같은 이름들이 수시로 불렸다.

이곳의 배당은 일등에게 총액의 절반을 몰아주고, 준결승 진출자에게 건 사람들에게도 조금씩 분배가 되는 방식이어서 낯선 이름들도 종종 불리곤 했다. 준결승 진출자의 숫자는 본선에 몇 명이나 진출하느냐에 달려 있어서 지금 상태로는 몇 명이 될지 아직 몰랐다.

돈을 건 사람들은 100고블룬당 한 개씩, 인두로 낙인이 찍힌 나뭇조각을 가져갔다. 나중에 이것으로 판돈을 받게 되는 모양이었다. 그런 모든 풍경이 섬에서 태어나 처음 대륙에 나와 본 이솔렛에게는 생소하고 흥미진진했다.

처음에는 자신도 몇 푼 걸어볼까 궁리해봤으나 곧 생각을 바꿨다. 평상시 목소리가 그리 큰 편도 아니었고, 돈을 걸자면 눈에 띄어야 하는데 자신의 모습이 필요 이상으로 이목을 끌 것 같다는 생각이 들었다. 여기 모인 사람들은 대부분 나이든 사내들이니 자신이 입을 연다면 누구나 소녀라는 것을 알아차릴 터였다.

그런데 곁에서 생기 넘치는 소년의 목소리가 들려왔다. 이곳에 온 소년들은 예선전을 위해 일찍 잠자리에 들었을 텐데?

"아, 음, 여기까지 왔으니 우리 아버지의 재산을 좀 불려 갖고 가야겠다. 네가 보기엔 누구한테 거는 게 좋을 것 같으냐, 바나나?"

"그거야 당연히 강피르 자작 댁 아드님한테 거는 것이 제일 안전합죠. 그렇지만 도련님이 이런 일을 안 하셔도 주인님의 재산은 나날이 얌전히 불어나고 있다굽쇼. 이런 판에 끼어드실 거 없어요. 그리고 제발 그 괴상한 과일 이름으로 부르지 마시란 말씀입니다요. 저는 그 길쭉하고 미끈거리는 과일이 싫다고요."

"이봐, 아버진 훌륭한 상인이야. 동전 한 개라도 없는 것보다는 있는 게 낫다고 생각하셔. 그러니까 내가 돈을 벌어 가면 틀림없이 기뻐하신다고. 그리고 바나나가 얼마나 맛있는 과일인지 네가 먹어보고도 모른단 말이야? 저기 하이아칸 남쪽 섬에서만 나는 무지하게 비싼 과일인데! 하인치고 바나나 먹어본 사람은 너밖에 없을 거다."

"그래도 다른 사람들 앞에서는 그렇게 부르지 마시라굽쇼!"

"걱정 마, 우린 다른 사람들 뒤에 있어. 도박판을 보느라 전부 우리한테 등을 돌리고 있잖아."

"크으, 도련님 제발……."

이솔렛은 고개를 살짝 돌려 하인과 대화를 나누는 소년을 훑어보았다. 금발이 제멋대로 치뻗은 모양새가 나름 귀여워 보이기도 하는, 보리스 또래의 소년이 사람들 틈으로 고개를 내밀려고 애쓰고 있었다. 귀공자다운 차림에 허리에는 얇은 검까지 찬 걸 보면 분명 실버스컬에 참가하러 온 모양새인데, 어째서 밤늦도록 여기 있는지 모를 노릇이었다.

"에이 참, 자작 아드님이란 사람은 너무 배당이 낮잖아! 저런 데 걸어봤자 이겨도 본전밖에 안 돼. 위험 부담이 있어야 이익도 있다고 아버지가 그랬는데. 음……. 하위 승률 중에서 하나 찍어볼까? 저기 왕족이라는 애는 실력이 괜찮을까? 야, 바나나! 한눈팔지 말고 좀 잘 봐! 이거 빨리 끝내고 일찍 자야 내일 대망의 예선전을 졸지 않고 구경한단 말이야."

"졸지 않으시려면 지금 가서 조용히 주무시면 되는데요."

"치, 너 내가 아까 한 말 때문에 토라졌구나? 에이, 난 좋은 뜻에서 한 말이었어. 응? 내가 너를 좋아하는 거 다 알잖아. 그러면…… 맞다! 너도 한 명 찍어봐. 돈은 내가 대줄 테니까. 응, 재밌겠지? 어때?"

자기보다 덩치도 크고 나이도 많아 보이는 하인을 어르고 다그치고 달래고 하는 솜씨가 예사롭지 않았다. 귀족 도련님이라면 하인의 기분쯤이야 어떻든 강압적으로 누르려고만 할 것 같은데, 이 소년은 상인의 아들이라서 그런지 기본적으로 협상을 하려는 자세였다. 그게 권위를 세우는 데는 별로 도움이 되지 않겠지만 자신이 평소 짓궂은 성격일 때는 오히려 최선일지도 몰랐다. 아니나 다를까, 나이든 하인은 도박을 해서 돈을 딸지도 모른다는 주문에 걸려들어 도련님과 함께 열심히 승률판을 들여다보게 되었다.

둘이 사람을 고르며 계속 티격태격하는 것을 구경하던 이솔렛이 슬쩍 말을 붙였다.

"도련님, 정말로 모험을 해볼 마음이 있어요?"

이솔렛이 목소리에 찬트의 마력을 살짝 담았기 때문에 소년은 금방 알아듣고 고개를 돌렸다. 이런 시끄러운 곳에서 여간해서는 알아듣지 못할 낮은 목소리지만 목표가 되는 사람만은 확실히 듣게 되어 있었다. 예상대로 하인은 눈치채지 못하고 사람들이 떠드는 소리에만 정신을 팔고 있었다.

"네? 어, 당신 여자였군요? 좀 전에 볼 때는……."

"네, 그건 중요하지 않고요. 정말로 위험부담을 안고 크게 따볼 마음이 있으면 내가 좋은 사람 하나 소개해주죠."

"음……."

귀여운 도련님은 잠시 생각에 잠겼다. 나름대로 심각한 고민을 하더니 이윽고 이솔렛의 얼굴을 쳐다봤다. 이솔렛이 싱긋 웃자 소년의 눈이 동그래졌다.

"와아, 누나는 대단한 미인이군요? 그런데 그 얘긴 누나한테 걸라는 말인가요?"

이솔렛의 등에 매달린 검을 놓치지 않고 본 모양이었다. 이솔렛은 고개를 저었다.

"아뇨, 다른 사람이에요. 부담스러우면 그만두세요. 하지만 난 그가 반드시 우승을 할 거라고 믿어요."

"우승이라고요?"

"네, 우승."

아직 하인은 뒤도 돌아보지 않은 채였다. 소년은 서서히 이 아름다운 누나의 목소리를 듣는 사람이 자신밖에 없다는 사실을 깨달았다. 그런데 자신의 귀에는 너무나 선명하고, 심지어 고개를 끄덕이고 싶게 만드는 힘까지 있지 않은가?

다음 순간 소년은 정말로 고개를 끄덕이며 말했다.

"알았어요. 아버진 늘 기회는 위기와 함께 온다고 했죠. 누나 목소리가 아주 특이한 것 같은데 그게 바로 위기이자 기회라는 뜻이겠죠? 걸게요. 어떤 이름인가요?"

"보리스 미스트리에. 이 이름에 걸고 싶은 만큼 걸어요. 그리고 걸때 여기 내 돈도 대신 걸어줘요."

이솔렛은 100엘소 금화 하나를 소년의 손에 놓았다. 소년은 싱긋 웃으며 고개를 끄덕였다.

"내 이름은 루시안 칼츠예요. 누나는?"

"이솔렛이에요. 그럼 내일 예선 경기 잘 봐요."

이솔렛이 돌아서는데 등뒤에서 루시안이라는 소년이 기세 좋게 외치는 목소리가 들려왔다.

"여기! 5만 엘소! 내 목소리 똑똑히 들어요! 보리스 미스트리에라는 이름에 5만 엘소 걸겠어! 거기에 다시 100엘소 추가!"

옆에서는 하인이 놀라 자빠지려다가 간신히 자세를 추스르며 도련님의 팔을 붙들려고 기를 쓰고 있었다. 그러나 이미 입 밖에 나와버린 말이었다. 그리하여 승률판에는 아무도 들어본 적 없는 이름이 하나 추가되게 되었다.

예선전이 시작되었다.

실버스컬의 정식 일정은 사흘이었다. 첫날 예선에서는 출전자 전원을 네 무리로 나눈 다음 두 번에 걸쳐 단체전을 치렀다. 제한 시간 안에 쓰러지거나, 실수로 자기편을 공격하거나, 무기를 잃으면 예선에서 탈락이었다.

각 무리에게는 색깔이 다른 머리띠가 주어졌다. 생명이 위험할 경우 이것을 풀어 내던지면 기권한다는 표시가 되어 공격에서 안전해졌다. 기권한 상대를 치는 것도 탈락 조건이었다. 예전에는 이보다 정교하게 예선이 치러졌다는데, 매해 점점 많은 참가자가 몰려들다 보니 부득이하게 이런 식으로 본선 참가자를 결정할 수밖에 없었다. 한 무리에는 대략 칠팔십 명이나 되는 참가자들이 들어갔다.

보리스는 맨 마지막 팀에 소속되어 2차전을 치르게 되었다. 소속팀을 표시하기 위해 황색 머리띠가 하나씩 주어졌다. 주위를 둘러보니 가죽 갑옷 등으로 경장輕裝을 하거나 투구까지 쓰고 제대로 된 무장을 갖춘 자들도 보였다. 보리스에게는 나우플리온이 준 검 한 자루와 가죽장갑, 섬에서 실버스컬에 나가는 아이들을 위해 지급한 브리간딘 갑옷이 전부였다. 브리간딘은 어린시절에 진네만 저택이 공격받았을 때 입었던 것을 연상시켰지만 질은 훨씬 떨어졌다.

신호기를 든 사내가 중앙 단상 앞에 서 있었다. 본선부터 보러 오는 구경꾼이 많았으므로 사방의 군중은 엄청나다고 할 정도는 아니었다. 그러나 집중된 시선이 주는 중압감은 작지 않았다. 조금 전 1차 전투가 끝났을 때 예선 통과자를 발표하면서 "희생된 자가 없어 다행"이라고 말하는 것도 들었다. 실제로 죽거나, 죽일 수도 있는 경기였다. 목검으로 하는 연습과는 달랐다. 가벼운 상처 정도 입는다고 끝나는 경기도 아니었다.

같은 팀과 일렬로 선 채 저만치 마찬가지로 횡대를 이룬 소년들을 바라보고 있으니 긴장감으로 서서히 몸이 뜨거워졌다. 목책 너머에 무리지은 군중도 보였다. 폰티나 공작을 비롯한 귀족들의 높은 자리가 왼편에 있었고, 나머지는 각양각색의 옷을 입은 전 대륙의 인간들이었다.

이솔렛은 어디쯤에 있을까.

"⋯⋯하게 되니, 모두 자신과 가문의 영광을 위해 분투하라!"

녹색 깃발이 올라간다⋯⋯. 시작되었다.

양팀이 처음 부딪쳤을 때, 검보다 열기가 먼저 끼쳐오는 것에 놀랐다. 보이는 얼굴, 보이지 않는 얼굴, 모두가 한 목적을 가지고 뒤얽혔다. 첫 충돌에서 바로 기권자가 속출했다. 기권한 자들은 무기를 버리고 기어서 목책 밖으로 나갔다. 버려진 무기들은 살아남은 자들의 전리품이었다. 떨어진 머리띠들이 흙바닥에서 어지러이 밟혔다. 그럴수록 남은 자들의 기세는 더욱 끓어올랐다.

경기가 격렬해지자 군중이 열광하기 시작했다. 각각 자기가 응원하는 출전자의 이름, 또는 고향의 이름을 외치며 머플러나 모자, 윗도리, 나뭇가지 따위를 흔들어댔다.

"아노마라드 최고의 소년 검객에게 우승을!"

"하이아칸의 영광은 죽지 않았다!"

"오 년 연속 우승이 눈앞에 있다! 누가 강피르를 당할쏘냐!"

"잔포드 출신들! 시드머! 갈자르! 도렌델프! 힘내요!"

"실버스컬은 루그란이 본토다! 이번에는 우리가 가져간다!"

언뜻 눈부시게 빠른 검이 지나간다 싶었다. 보리스는 고개를 돌려 황색 머리띠를 확인한 다음 그 뒤를 치는 적의 공격을 끊었다. 빠른 검의 정체는 끝이 살짝 휘어진 묵직한 세이버saber였다. 그걸 든 까만 단발을 한 예쁜 소녀가 재빠르게 뒤를 돌아보면서 둘의 눈이 언뜻 마주쳤다. 그러나 곧이어 다시 휩쓸리는 바람에 더이상 살필 겨를은 없었다.

어느새 보리스는 청색 띠를 맨 자들 여럿의 표적이 되어 있었다. 차근차근 쳐야겠다고 생각했는데 생각보다 빠르게 검이 뻗어나갔다. 마치 춤추는 것 같았다. 잠깐 사이에 세 명의 손목을 차례로 찔러버렸다. 흐름을 탄다 싶자 순식간에 벌어진 일이었다.

"으읔!"

두 명은 검을 떨어뜨렸고 한 명은 몸으로 부딪쳐왔다. 검을 반대쪽 손에 옮겨 쥔 채였다. 하지만 왼손 검술도 아무나 하는 것이 아니었다. 무릎을 걷어차며 자루로 손가락을 찧자 적의 검이 손에서 떨어져나갔다. 홱 돌아서는 순간 다시 다가드는 다른 검을 믿을 수 없을 정도로 유연하게 피했다. 머릿속에서 의문이 떠올랐다. 일대다 전투에서 대단히 입체적인 시각을 갖게 된 것 같은데, 그게 언제부터의 일인지 감이 잡히지 않았다.

생각에 잠겨 빈틈을 보였을까, 정면에서 치고 들어오는 청색 띠의 소년이 있었다. 은빛 가슴가리개에 문장이 새겨진 걸로 보아 아마도 귀족…….

"건방지게!"

노성이 터지며 찔려져온 검을 이번에는 가까스로 피했다. 위력 있는 검이었다. 보리스는 적이 자신에게 화를 내는 까닭을 몰랐다. 물을 필요는 없으니, 검으로 답했다.

츠컹!

칼날이 비껴 스치는 순간 보리스는 상대의 눈을 보았다. 새파란 눈동자 아래로 가느다란 직선 흉터가 가로지르는 얼굴은 낯설었다. 그러나 상대가 실력뿐 아니라 기세로도 상대를 위압하는 자임을 즉시 알았다. 다시 두 번의 검격이 교환되고 두 사람 다 상대가 만만치 않음을 알아차렸을 때였다.

뎅! 뎅! 뎅!

사방을 진동시키는 종소리가 세 번 울렸다. 진행을 맡은 의전관이 큰 소리로 외쳤다.

"2차 예선전을 마치노라! 모두 각자의 진영으로 돌아가라!"

둘은 검을 내리고 물러났다. 종료가 선언되었을 때 계속 싸우는 것 역시 실격 사유 가운데 하나였다. 이번에도 그런 이유로 몇 명에게 실격이 선언되었다.

물러나는 동안에도 상대의 시선이 떨어지지 않았다. 목책 앞으로 돌아가자 흙바닥에 흩어진 검과 방패들, 머리띠들, 그리고 치명상을 입어 물러나지 못한 사람들이 보였다. 기록을 맡은 자들이 달려와 목책 앞에 선 참가자들의 이름을 확인해 갔다. 돈을 건 자가 탈락한 것을 본 사람들은 실망해서 나뭇조각을 땅바닥에 내던지거나 한숨을 내쉬었다. 목책 밖에서는 예선 2차전에서 생명을 잃은 두 소년을 위해 관을 주문하는 목소리가 들려왔다.

잠시 후, 2차 예선 통과자 열여덟 명의 이름이 하나하나 발표되었다. 당연히 귀족들이 먼저였고, 평민이나 소속이 불분명한 자들의 이름은 뒤로 밀렸다. 이솔렛은 이미 보리스의 모습을 발견했지만 이유 모를 기대를 품고 의전관의 목소리를 기다렸다.

"보리스 미스트리에!"

관중석 쪽에서 하인들에게 둘러싸인 소년 하나가 주먹을 불끈 쥐며 소리쳤다.

"거봐! 예선쯤이야 가볍게 통과할 줄 알았어! 내 감은 정확하다니까!"

그날 저녁이 되자 보리스 미스트리에라는 이름은 루시안이 아닌 다른 자들의 입에서도 오르내렸다. 처음에는 도박판에서 뜻밖의 큰돈이 걸린 소년의 이름으로 알려졌지만, 예선이 끝나고 나자 눈 좋은 자들에 의해 실력도, 그리고 그 이름에 대한 추측도 퍼져나갔다.

"2차전 종료가 선언되기 직전에 말이야, 강피르 자작 아드님과 붙었던 게 바로 그 녀석이라던데?"

"에엣, 그놈이란 말이야? 나도 봤지. 거, 밀리지 않는 실력인 것 같던데……."

"잠깐 싸운 것만 보고 알 수야 있나! 끝이 안 난 싸움 갖고는 아무것도 모르는 법이란 말씀이야!"

"그렇고말고. 강피르 자작 댁이 어디 보통 가문인가? 자작님이 이루지 못한 다섯 회 연속 우승을 아들 대에서 이룰 것 같다고 소문이 자자하잖나."

"그나저나 그 얘기 들었어? 강피르 자작 댁 하인들한테서 새어 나온 얘긴데, 미스트리에라는 성을 듣고 자작께서 크게 놀라시더라는 거야! 지금 그 댁 천막에서는 내내 그 이야기래!"

"미스트리에? 미스트리에가 어디 가문인데 그래?"

"그건 나도 잘 모르겠는데, 하여간…… 그 뭐라나, 옛날 우승자 중에 미스트리에라는 사람이 있었다나 봐."

"옛날 우승자? 언제?"

"그거야 루그란 성에 가서 동판이라도 보기 전에는 낸들아나."

같은 시각, 폰티나 성 앞마당에서 가장 훌륭한 천막 중 한 곳에 들어간 소년 루이잔 폰 강피르는 아버지와 네 명의 삼촌들이 모두 모인 것을 보고 우뚝 멈춰 섰다. 심각한 이야기를 나누던 도중인 것 같았다.

"잘 왔다, 루이잔. 이리 와서 앉아라."

실버스컬에 오 년째 출전하는 열아홉 살, 이제 스물을 앞둔 젊은이는 훤칠한 키와 각진 턱을 가져 강인한 인상이었고 나이보다 성숙해 보였다. 곱슬곱슬한 연갈색 머리카락만이 소년답게 이마 위에 흐트러져 있었다.

루이잔이 의자에 앉자 다혈질인 막냇삼촌이 먼저 입을 열었다.

"오늘 예선전에서 마지막에 너와 검을 맞댔던 소년을 기억하느냐?"

루이잔의 진한 눈썹이 가볍게 꿈틀거렸다. 그러나 곧 평정을 되찾고 말했다.

"예, 기억납니다. 그 소년에게 무슨 문제가 있습니까?"

"네 눈에 그 아이가 몇 살 정도로 보이더냐?"

"잘 모르겠습니다만, 많이 잡아도 열일곱 살은 안 넘었겠더군요."

"그 아이의 실력이 어떻더냐?"

루이잔은 고개를 들어 삼촌의 얼굴을 보고, 아버지에게 시선을 돌렸다. 켈티카 궁정뿐 아니라 왕국 최고의 검사로 칭송받으며, 타국에까지 명성이 드높은 아버지였다. 국왕의 수족 같은 심복으로 '폐하의 검'이라는 명예로운 별명으로도 불리는 인물, 강피르 자작은 말없이 턱을 괸 채 빈 테이블만 내려다보고 있었다.

　　"왜 물으십니까? 잠깐이었기 때문에 실력이 어떻다 말할 입장이 못 됩니다. 그런데 그 아이를 아시는 겁니까? 그 아이가 도대체 누굽니까?"

　　루이잔은 신중한 젊은이였다. 고작 몇 합 부딪쳐본 나이 어린 소년일지라도 함부로 상대를 깔아뭉개며 말하는 성품은 아니었다. 그러나 얼굴에는 못내 불만스러운 기색이 서렸다. 아버지와 네 삼촌은 그가 가장 존경하는 사람들이었다. 나이에 따라 차등은 있었으나 이들의 검 실력은 여타 가문의 귀족들과 비할 바가 아니었다. 그런 그들이 처음 본 시골뜨기 소년에게 이토록 관심을 가질 이유는 무엇인가? 왜 그 아이와 자신을 동등한 상대인 양 말하고 있는가?

　　"그 아이의 이름은 보리스 미스트리에라고 한다. 너도 알고 있었느냐?"

　　루이잔은 고개를 저었다.

　　"아뇨, 별로 주의를 기울이지 않아서 몰랐습니다."

"그럼 이제부터라도 알아둬라. 그 아이는 미스트리에다. 짐작건대 네 우승의 가장 큰 걸림돌, 이 대회 최대의 강적은 바로 그다."

"네?"

루이잔이 의아한 눈을 쳐드는데 맞은편에 앉아 있던 아버지가 드디어 입을 열었다.

"그래, 미스트리에다. 우연치고도 희한한 우연이지 않나. 재미있구나. 참 재미있어."

"아버지께서 그 아이를 아십니까?"

"그 아이를 모를지언정 내 어찌 미스트리에라는 이름을 잊겠느냐. 너도 오래전에 내가 실버스컬에 출전하여 네 번 연속 우승을 거머쥐었음은 알고 있을 것이다."

루이잔은 저도 모르게 자세를 바로하며 대답했다.

"잘 알고 있습니다."

"다섯 번째 실버스컬에서, 당시 너처럼 열아홉 살이었던 나는, 열다섯 살 먹은 소년을 결승에서 만났고, 그에게 패했다. 그건 운이나 그날의 몸 상태 따위로 갈리는 승패가 아니었다. 그와 나의 차이는 늑대와 호랑이만큼이나 확연했기 때문이다."

루이잔은 입술을 꽉 다물며 삼촌들을 둘러보았다. 아버지의 뼈아픈 패배, 실버스컬 역사상 전무후무한 기록이 되었을

5연승 달성이 깨어졌던 그날의 사건은 집안의 오랜 금기였다. 아버지가 그 일을 직접 말하는 모습을 단 한 번도 본 일이 없었다. 루이잔이 자라면서 주위 사람들이 한두 번 그 일을 언급한 일이 있었으나 역시 자세한 이야기는 듣지 못했다.

드디어 실버스컬에 나갈 나이가 된 루이잔이 한 번, 또 한 번 우승을 거머쥘 때마다 집안에서 감당하기 힘든 기대가 자라나는 것을 그도 느끼고 있었다. 드디어 4연승을 달성했던 날, 아버지의 표정 역시 기억하고 있었다. 그 표정을 보고 5연승을 반드시 달성하고야 말리라고 굳게 결심했던 것이다.

"나는 아직까지도 당시 그 소년을 능가하는 천재를 만난 일이 없다. 그가 어떻게 성장했을지, 지금은 얼마나 엄청난 실력을 가지고 있을지 늘 궁금했다. 그러나 그자는 그해 한 번 외에는 다시는 실버스컬에 나오지 않았다. 어디에서도 그와 같은 인물의 소식을 듣지 못했다. 난 그가 혹시 어려서 죽은 것이 아닐까 생각하기도 했지. 그 정도로 탁월한 실력자의 존재를 숨길 만큼 대륙은 넓지 않으니까 말이다."

루이잔은 아버지가 무슨 말을 하고 있는지 알아챘다. 아버지가 말을 멈추자 소년은 고개를 끄덕이며 자신과 똑같은 빛깔을 한 아버지의 눈을 정면으로 보았다.

"그 사람이 미스트리에인가요?"

"그래, 바로 그다. 그의 후계자다."

"······."

침묵이 흘렀다. 고개를 숙인 루이잔은 피가 끓어오르는 것을 느꼈다. 집안의 치욕, 아버지의 상처, 그것을 깨끗이 씻어낼 기회가 이런 식으로 올 줄은 상상도 못 했다. 아버지처럼 위대한 인물의 과거에 흠집을 남긴 자를 자신의 손으로 처리할 수 있게 되다니, 이것이 꿈인가? 오랜 기도의 결과라도 된단 말인가? 기이한 우연이 다시 무대를 마련해주었으니, 한바탕 춤추는 일이 남았을 뿐이다.

진중한 성품이라 필요한 말밖에 하지 않는 둘째 삼촌이 루이잔의 얼굴을 살피다가 입을 열었다.

"루이잔, 아직 모든 것을 확신할 수는 없다. 그 소년의 외모는 내가 기억하고 있는 미스트리에의 모습과는 현저히 다르다. 또한 그자는 쌍검을 썼는데, 이번의 소년은 장검 한 자루뿐이다. 그의 후계자라면 같은 검술을 지녔어야 옳을 터라, 나는 이 일이 단순한 착각이 아닐까 하는 생각을 배제할 수 없다."

루이잔이 고개를 드니 아버지가 고개를 젓는 모습이 보였다.

"그렇지 않아. 그렇게 생각하기에는 모든 우연이 너무나도 절묘해. 왜 하필 그는 루이잔이 5연승을 눈앞에 둔 올해에 나타났을까? 게다가 출전자 명부에 적힌 그의 나이는 열다섯, 그게 사실이든 거짓이든 열다섯이란 말이다. 의전관에게 제

출할 가문의 문장 하나 없는 평민이라는 것, 출신지나 경력은 물론 부모의 이름조차 밝히지 않았다는 것, 이곳의 그 누구와도 아는 사이가 아니라는 점……."

"형님, 그건 좀 다릅니다. 어젯밤 도박판에서 그 소년에게 무려 5만 엘소나 되는 거액을 건 사람이 있다고 하더군요. 뒷조사를 해보니 남부의 대상인 드메린 칼츠의 외아들이라고 합디다. 뒷배를 보아주고 있는지도 모르잖습니까?"

"궁금한 일이긴 하군. 하지만 중요한 건 아니야. 루이잔, 중요한 건 한 가지뿐이다. 내 말 알겠느냐?"

질세라 단호한 어조로 루이잔이 답했다.

"당연히 그럴 것입니다."

내일의 시합을 위해 루이잔을 쉬게 해야 했기에 간단한 가족회의는 끝이 났다. 그러나 천막을 나온 뒤 삼촌들 사이에서 몇 마디 비밀스러운 대화가 오갔고, 막냇삼촌이 알았다고 고개를 끄덕인 뒤 어둠 속으로 사라졌다.

뜻밖의 적, 뜻밖의 조우

　다음날 아침 일찍 일어난 보리스는 항상 먼저 일어나 있던 이솔렛이 피곤한 얼굴로 잠든 모습을 발견했다. 깨울까 하다가 좀더 쉬게 하자는 생각에 먼저 옷을 갈아입고 천천히 몸을 풀었다. 식사할 준비를 대강 해놓으니 공작 가문이 제공하는 아침 식사를 가져온 심부름꾼이 천막 밖에서 기척을 냈다. 따뜻한 수프 두 그릇과 신선한 빵, 치즈, 얇게 저며 구운 햄, 베이컨 두 조각, 사과, 우유를 담은 큰 컵이 들여보내졌다. 오늘부터는 본선에 나가는 사람에게만 음식이 지급되는 탓인지 어제보다 훨씬 괜찮은 식사였다.

　"이솔렛, 일어나서 식사해요."

　이솔렛이 눈을 떴다. 눈가에 피로한 기색이 남은 것을 보고 보리스가 농담 겸 아침 인사를 던졌다.

"나만 아기처럼 얼러서 재우고, 당신 자신을 위해 자장가를 부를 수는 없었나 봐요?"

이솔렛은 어젯밤 가벼운 찬트를 불러 보리스를 푹 잠들게 했다. 그래서인지 아침에 일어나니 몸이 그렇게 가벼울 수가 없었다.

"으응……. 넌 자장가가 효과가 있었나 봐?"

일어난 이솔렛이 눈을 비빈 다음 어설프게 웃으며 말했다. 잠에서 갓 깨어 아직 날이 덜 선 이솔렛은 생각지 못한 사랑스러움을 가지고 있었다. 함께 여행하기 전에는 짐작도 못 한 모습이었다.

식사가 끝나기 무섭게 예비 집합 나팔이 울렸다. 총 서른다섯 명의 본선 진출자가 군중들 앞에서 토너먼트 패를 뽑는 행사가 시작되었다.

그곳에서 보리스는 헥토르와 마주쳤다.

"……."

대화는 오가지 않았다. 대륙에서 섬사람들끼리 아는 체해선 안 된다고 꾸준히 주의를 듣기도 했지만, 보리스는 헥토르에게 하고 싶은 말이 없었다. 이제 곧 검으로 답하게 될 텐데 무엇 때문에 구차한 말로 증오를 나타낸단 말인가.

보리스의 출발이 결정되기 전에 떠났던 헥토르로서는 이

만남이 뜻밖이었을 텐데, 그 역시 아무 말도 하지 않았다. 그러나 보리스는 그가 다른 소년들 틈으로 사라질 때 미소를 남긴 것 같다고 생각했다.

이솔렛은 어제처럼 군중들 틈에 섞여 대진표 작성을 구경하고 있었다. 그때 뒤쪽에서 몇 사람이 그녀를 가리키며 당혹한 음성을 냈다.

"어르신, 저기, 저 계집앱니다! 저 짧은 금발……."

귀가 예민한 이솔렛은 곧 상황을 감지했으나 뒤를 돌아보는 멍청한 일은 하지 않았다. 대신 천천히 사람들 틈으로 섞여들었다.

"저 쌍검을 찬 소녀란 말이지? 정말로 저 호리호리한 여자아이가 어제 사내 일곱을 모조리 처치했단 말인가?"

"저래 보여도 여간한 검사가 아닙니다. 쫓겨 돌아온 녀석들 말로는 옷깃도 못 건드렸다는군요. 그놈들도 밤의 습격에는 익숙한 치들인데……."

"저 쌍검을 쓰고?"

"물론입죠! 얼마나 빠른지 검이 보이지도 않더라는데 어디까지 믿어야 할지는……."

"그런 실력이 있는데 왜 실버스컬에는 나가지 않은 거야?"

"전들 압니까요."

팔짱을 낀 채 보고를 듣던 사내는 이윽고 계속 살피라고 이른 뒤 사람들 틈을 빠져나가 천막들 쪽으로 사라졌다. 사내와 대화를 주고받던 자는 다시 이솔렛을 눈으로 좇으려 했으나 어느새 사라졌음을 깨닫고 당혹해했다.

"이게 또 어디로 숨은 거야?"

어제 예선을 치르던 넓은 경기장이 세 구역으로 나뉘었다. 오전 10시부터 본선 토너먼트전이 벌어졌다. 보리스의 첫 상대는 스물은 예전에 넘지 않았겠나 싶을 정도로 몸집이 큰 젊은이였다. 그는 보리스를 내려다보고 시시하다는 듯 혀를 찼다.

그러나 승패는 순식간에 났다. 보리스의 검이 상대의 목을 겨누기까지 세 호흡밖에 걸리지 않았다.

"보리스 미스트리에, 승리!"

환호 대신 실망한 웅성거림이 일어났다. 훌륭한 부모도, 쌓은 명성도 없는 낯선 미스트리에에게 돈을 건 사람은 루시안밖에 없었으니 구경꾼들이 허탈해하는 것도 무리가 아니었다.

일찌감치 이기는 바람에 조금 시간이 나서 보리스는 다른 경기를 둘러보았다. 처음 눈에 띈 사람은 익숙한 얼굴이었다. 어제 황팀에 함께 소속되었던 검은 단발의 소녀였다. 흡사 군인처럼 절도 있는 동작으로 검을 휘두르며 상대를 접근도 하지 못하게 만든 다음, 갑자기 속력을 내어 베어 들어갔다. 가습 아래가 찢어지고 이어 관통될 위기에 처한 상대는 패배를 인정하고 검을 떨어뜨렸다.

"오를란느 공작가의 샤를로트 비에트리스 드 오를란느, 승리!"

이번에는 커다란 환성이 일어나 목책 바깥의 관객석을 뒤흔들었다. 그런데 그때였다. 소녀가 기뻐하기는커녕 발끈한 얼굴로 의전관을 돌아보았다.

"내 어제 그토록 말했건만 끝내 공작가로군요! 아노마라드에는 치사한 술수를 조언하는 자들뿐인 모양이네요!"

가까이에서 목소리를 들은 사람들이 놀라 술렁댔다. 비록 소녀가 오를란느의 공주에 해당하는 공녀라고 하지만 이곳은 엄연히 아노마라드였다. 여간 대담하고 자부심이 강하지 않고서야, 또는 외교에 완전히 무지하지 않고서야 입 밖에 낼 수 없는 말이었다.

본래 오를란느는 대공국이었다. 아노마라드 구舊 왕국 시절부터 그랬고, 잠시 아노마라드 공화국이 세워졌던 당시에도 변하지 않았다. 따라서 그곳의 지배자는 대공작으로 불려야 옳았다. 오를란느 공녀가 틀린 지적을 한 것이 아니었다.

그러나 아노마라드에 체첼 국왕의 신왕조가 들어섰을 때 오를란느 대공이 직접 찾아와 충성 맹세를 하지 않았다는 이유로, 국왕은 대공의 작위를 잠정 유보시켰다. 비록 아노마라드를 섬기고 있지만 오랜 내정 독립으로 콧대가 높은 오를란 느 대공은 그후로도 여전히 친서를 보내는 이상의 일은 하지 않았다. 실버스컬이 대륙의 평화를 상징하는 전통 있는 경기 가 아니었다면 아노마라드에서 열리는 경기에 오를란느의 공 녀가 참가하는 일도 없었을 것이다.

주위 사람들이 꿀 먹은 벙어리들처럼 대꾸하지 못하자, 눈 썹을 찌푸린 샤를로트는 신속하게 검을 꽂아 넣고 출전자 대 기석으로 가버렸다.

이솔렛은 잠시 보리스에게서 눈길을 떼어 샤를로트에게 시 선을 보냈다. 소녀의 태도에는 한 나라의 왕위 계승자와도 같 은 기개가 있었다. 그러나 이솔렛이 사람들에게 들은 바로는 오를란느 공녀에게는 오빠가 있었다. 그러니 공녀는 계승자가 아닐 터였다. 그런 공녀가 어째서 절벽을 등지고 공세를 취하 는 장군의 날선 검처럼 긴장하고 있는 것일까. 누가 그녀를 노리고 있기에?

세 번째 승부가 끝나자 다시 한번 실망한 자들과 기뻐하는 자들의 교차된 목소리가 경기장을 뒤덮었다.

본선 1차전이 끝나자 서른다섯 명은 부전승으로 올라온 자 를 포함해 열여덟 명으로 좁혀졌다. 이들은 다시 아홉 명으로 줄어들어야 했고, 최후의 다섯 명이 남으면 오늘의 본선 경기는 끝이었다. 준결승과 결승은 내일이었다.

준결승과 결승이야말로 실버스컬 최고의 볼거리로서 매년 죽는 사람이 나온다고 할 정도로 치열했다. 심판도 관객들의 기대를 생각해서 웬만큼 다친 걸로는 경기 종료를 선언하지 않았다. 한쪽이 항복을 선언하거나, 일어나지 못할 정도로 다치거나, 진짜로 목숨을 잃기 전에는 끝나지 않는 혈전이었다.

마지막날 경기를 보려고 몰려드는 인파는 상상을 초월해서 이 사람들이 돌아가고 나면 개최 영지가 반쯤 초토화되는 일 쯤은 예사였다. 그런데 이 손해는 소액에 불과한 관람료의 총 합과, 주최 측의 묵인하에 도박장을 여는 자들이 갖다 바치는 상납금 등으로 또 메워지고도 남았다. 그리고 승리자의 이름 은 전 대륙으로 퍼져나갔다.

올해처럼 강력한 우승 후보가 있는 경우 도박으로 한몫 잡 아보려는 자들의 열기는 낮아지지만, 대신 이번에는 루이잔 폰 강피르가 역대 최초로 5연승 기록을 달성할 것인가라는 엄청난 이슈가 있었다. 따라서 이 구경거리를 놓치지 않으려 고 몰려든 사람들의 수는 어마어마했다. 이번 실버스컬이 폰 티나 공작령에서 열렸기에 망정이지, 이 정도 인원을 며칠 동 안 먹여 살릴 능력이 있는 영지는 전 대륙에도 몇 없었다.

점심 식사가 끝난 뒤 본선 2차전이 시작되었다. 사람들이 점심을 먹는 동안 일꾼들이 경기장을 두 군데로 줄여놓았다.

돈을 건 관객들의 열기는 더욱 거세어져 저들끼리의 몸싸움 때문에 자칫 목책이 무너질 지경이었다.

보리스의 차례는 맨 끝이었다. 슬쩍 살펴보니 상대는 그을린 피부에 다부진 체격을 가진 소년이었다. 사람들이 '나르비크 뱃놈'이라는 애칭으로 부르는 그는 작년 대회에서 준결승까지 올랐던 실력자라고 했다.

"아노마라드 출신 클란치 알리스테어! 루그란 골쿰버 언덕 출신 타이티투스!"

두 소년이 걸어오는 것을 보고서야 헥토르의 가명이 클란치 알리스테어라는 것을 알았다. 그런데 상대 소년의 이름이 어쩐지 섬사람과 비슷한 어감이었다. 게다가 섬사람처럼 성도 없었다.

"루그란의 명예다!"

"타이티투스, 승리의 실버스컬이 기다리고 있다!"

"이번에야말로 종주국의 진면목을 보여줘라!"

루그란 사람들의 열띤 응원에도 불구하고 둘의 대결은 싱거웠다. 잠시 탐색전을 펴더니 이내 클란치, 즉 헥토르가 상대의 양쪽 하박을 번갈아 찔러버렸던 것이다. 그러나 타이티투스라는 소년은 즉시 항복을 선언하지 않았다. 그러자 헥토르는 확실한 승리를 위해 상대의 어깻죽지를 찔러 꿰뚫었다.

"으윽!"

적이 쓰러지며 검을 놓치자 헥토르의 발이 다가와 그것을 밟았다. 경기 종료가 선언되었는데도 구경꾼들은 어안이 벙벙했다. 당연한 일이지만 헥토르에게 돈을 건 사람은 한 명도 없었다. 대신 루그란 대표라 할 만한 타이티투스를 지지한 자들은 멍청하게 입을 벌린 채 경기장을 떠날 줄 몰랐다.

"저쪽은 쓸 만한 전사가 될 자질을 보이는군."

전면 중앙의 특별석에서 가족과 가신들을 거느리고 앉은 폰티나 공작은 웬만해선 자리를 뜨지 않고 본선 경기를 지켜보았다. 그가 한마디하자 곁에 서 있던 남자가 즉시 경기장으로 내려갔다. 공작은 고개를 끄덕이고 이어지는 경기를 기다렸다.

사람들의 화제에 오른 작은 미녀는 이 특별석에 자주 모습을 드러내지 않는 편이었다. 대신 폰티나 공작 부인 루크레치아가 "딸이 왜 예쁜지 알겠다"는 소리를 들으며 사람들의 눈길을 끌었다. 공작 부인은 백발이 듬성듬성한 공작보다 훨씬 젊었는데 들리는 바로는 두 번째로 맞아들인 부인이라고 했다.

폰티나 공작의 손님인 각지의 귀족들, 특히 아노마라드의 세력가들을 위한 자리는 전면 좌측과 우측의 전망 좋은 위치에 마련되어 있었다. 이 자리에 초대받기 위해 올해 초부터 폰티나 성으로 몰려든 선물도 상당했다고 했다. 그중 한 귀족이 딸과 함께 경기를 구경하고 있었다.

"아버지, 저도 계속 검술을 배웠더라면 저 자리에 서서 겨룰 수 있었을까요?"

"그야 물론 그랬을 게다. 하지만 아버지는 네가 저런 위험한 대회에 나가길 바라지 않는단다. 방금 피 흘리는 소년을 보지 않았니? 소년들에게도 위험천만한 일이야."

"하지만 저기에도 소녀들이 있는걸요. 아까 오를란느에서 오신 공녀님이 보인 실력은 정말 대단했어요! 저도 금방 그만두지 않고 열심히 했더라면 그분처럼 될 수 있었을 텐데……."

"그렇지만 역시 사내아이처럼 보이지 않더냐? 그래서는 좋은 남자의 청혼을 받기가 힘들단다."

"그래도 그분은 오를란느에서 공주님이라니까 좋은 청혼을 많이 받을 거예요."

"너도 마찬가지란다, 로즈. 왜냐면 너는 사랑스럽고 예쁘지 않니."

로즈니스 다 벨노어는 아버지의 말에 생긋 웃어 보였으나 그 말을 다 믿는 기색은 아니었다. 그녀도 물론 예뻤지만 이곳에서 가장 주목받는 소녀는 폰티나 공작의 딸이라는 것을 알았기 때문이다. 폰티나 공작가의 자리를 곁눈질한 로즈니스는 화제의 작은 미녀가 오랜만에 나와 앉은 것을 알았다.

몇 년 전에 잠시 검을 가르쳐주던 선생의 입에서 처음 들은 이름이었다. 클로에 다 폰타나. 그때는 어린 마음에 발끈해서 화를 냈지만 지금 와서 직접 보니 감히 그 말을 부인할 수가 없었다. 장밋빛이 감도는 화사한 피부와 새파란 눈동자, 진짜 황금보다 더 빛나는 금발, 한 번도 볕에 내놓지 않은 듯한 목덜미, 작은 실수조차 없는 세련된 몸가짐까지. 어쩌면 저렇게 상류사회의 취향에 꼭 맞게 생길 수가 있을까. 켈티카 번화가의 상점에서 봤던 밀랍인형이 저런 모습이었다는 생각이 들었다. 붓으로 그려놓은 듯, 리본 하나 흐트러지는 일이 없는 정교한 미녀 말이다.

가볍게 한숨을 내쉬었다. 로즈니스도 과거의 철부지 소녀가 아니었다. 이젠 자신이 세상에서 가장 행복한 소녀도 아니며, 원하는 것을 전부 가질 수 없다는 것도 알았다. 작년에 처음으로 가본 수도 켈티카의 사교계는 그녀에게 실망만을 안겨주었다. 물론 기대보다 화려하고 멋졌으나 결코 친절한 곳도, 만만한 곳도 아니었다. 시골 영지에서 올라온 미모의 귀족 소녀로 주목받을 때는 좋았지만, 한발 물러나 귀부인들의 살롱으로 들어가고 보니 말 만들기 좋아하는 사람들에게 작은 결점까지 들추어져 여지없이 부풀려졌고, 예절도 유행도 모르는 형편없는 아이로 치부되는 것은 일순간이었다.

클로에라면 그런 사람들에게 약점을 잡히지 않고 지내겠지 싶었다. 국왕 다음가는 세력가의 딸이고, 또 정말로 완벽하니까. 차라리 처음부터 아버지가 세상 모든 것을 가진 공주인 양 키우지 않았더라면 실망도 적었을 텐데. 적어도 남의 비위를 맞추려 노력이라도 해보았을 텐데. 제멋대로 행동하는 데 익숙한 성격은 상황이 달라졌다고 쉽게 고쳐지지 않았다. 이제 와서 수도의 쌀쌀맞은 여자들 앞에서 몸을 낮추고 아양을 떨기엔 벨노어 성의 작은 폭군으로 지낸 세월이 너무 길었다.

로즈니스는 우울한 심사를 누르며 경기장 쪽으로 눈길을 보냈다. 차라리 오를란느 공녀처럼 검술이라도 배웠더라면 사교계가 아닌 다른 곳에서 인정을 받았을 거라고 생각했다. 요즘 들어 반년가량 함께 지냈던 양오빠가 자주 생각났다. 그녀가 잠깐이나마 검술을 배웠던 것은 그 시절이 고작이었던 것이다. 그러나 세월이 흐르고 돌아보니 보리스가 당시 얼마나 노력하고 있었는지 이제야 알 듯했다. 그리고 그 곁에서 장난만 치고 있던 어린 자신도 너무나 잘 보였다. 하긴, 자신이 지금껏 뭐 하나라도 열심히 한 적이 있었나.

본선 2차전의 마지막 경기들이 벌어지는 중이었다. 로즈니스는 강피르 자작의 아들 루이잔을 바라보았다. 아버지도 그를 보고 있었는데 그건 아버지가 그에게 많은 돈을 걸었기 때문이었다. 처음으로 켈티카 궁정의 무도회에 초대받아 갔을 때 가장 멋있는 소년이라고 생각한 사람이 바로 루이잔이었다. '폐하의 검'으로 불리는 강피르 자작이 우아하고 날카로운 인물이라면 아들인 루이잔은 강인하면서도 진지한 젊은이였다. 하긴 사실을 말하자면 무도회에서 남자들은 다 친절했다. 이유가 무엇이었든 간에.

로즈니스는 루이잔과 딱 한 번 춤을 추었다. 나쁘지 않다고 생각했지만 뛰어난 소년 검사인데다 국왕에게 총애받는 아버지를 둔 루이잔을 노리는 소녀들은 너무나 많았다.

'그런 사람이니 나한테까지 차례가 돌아올 리 없잖아.'

씁쓸하지만 사실이라고 생각하며 고개를 돌리자 옆 경기장에서 상대와 대치중인 소년의 모습이 눈에 들어왔다. 처음에는 잘못 보았겠지 했다. 일단 거리가 멀고, 또 몇 년이나 흘렀고…….

그러나 소년이 검을 빠르게 그으며 몸을 돌리고, 묶은 머리채에서 빠져나온 감청색 머리카락이 흩날려 입가를 가리는 모습을 본 순간, 로즈니스는 뒤통수를 한 대 맞은 것처럼 굳어졌다.

오빠였다.

한때 함께 지냈던 양오빠, 보리스 다 벨노어였다. 이런 곳에서 볼 줄이야. 상상도 못 한 일이었다.

"아, 아버……."

급히 아버지에게 알리려고 고개를 돌리던 로즈니스는 새로운 사실에 생각이 미쳤다. 당시 아버지는 오빠를 내쫓다시피

했고, 다시는 그 일을 거론하지 말라고 하지 않았던가? 고집쟁이였던 그녀가 울며 떼를 써도 화를 내거나 침묵할 뿐, 끝까지 오빠를 내친 이유를 감추지 않았던가?

그 결과…… 오빠가 아버지에게 이용당하고 버려진 것은 아닐까 의심하지 않았나?

"흡!"

거기까지 생각한 로즈니스는 저도 모르게 손으로 입을 막았다. 예전 같았으면 여기까지 생각해내지도 못했을 텐데, 사람들과 부대끼는 일의 어려움을 알게 된 로즈니스는 이제 진실을 말한다고 전부가 아님을 아는 소녀로 자라 있었다.

"왜 그러느냐, 로즈? 너무 놀라지 말거라, 소자작小子爵은 잘해낼 게다."

아마도 방금 루이잔이 가벼운 위기를 맞았던 모양이다. 로즈니스는 보지도 못했지만 벨노어 백작은 지레짐작으로 그렇게 생각해버렸다. 그는 딸이 루이잔에게 관심이 있다는 것을 일찌감치 눈치챘다. 그리고 건 돈 문제도 있고 해서 줄곧 루이잔을 지켜보느라 다른 경기장은 살펴볼 여유가 없었다.

"……네에."

머리가 정신없이 돌아가기 시작했다. 눈앞에서 루이잔이 건방지게 자신을 몰아붙인 상대를 일격에 찔러 쓰러뜨리는 장면이 보였지만, 로즈니스의 눈에는 들어오지 않았다. 어떻게 하면 오빠와 다시 이야기할 수 있을까, 아버지의 눈에 띄지 않게 빠져나갈 방법은 무엇이 있을까, 오직 그 생각뿐이었다.

본선 3차전이 끝나고 준결승에 오른 다섯 명의 이름이 발표되었다. 출신지 또는 영지, 그리고 이름순으로 불렸다.

"아노마라드, 켈티카, 루이잔 폰 강피르!"

"하이아칸, 소드-라-샤펠, 볼프렌 지크룬트 아우스 소드-라-샤펠!"

"오를란느, 오를리, 샤를로트 비에트리스 드 오를란느!"

"아노마라드, 클란치 알리스테어!"

"마지막으로 출신지 불명, 보리스 미스트리에!"

보리스는 곁에 선 헥토르를 흘끗 보았다. 그는 여전히 이번 대회의 가장 큰 적수이자 꺾어야만 할 상대는 헥토르라고 생각하고 있었다.

군중의 함성이 잦아들기를 기다려 눈을 가늘게 뜬 의전관은 다음과 같은 새로운 사실을 발표했다.

"관대하신 폰타나 공작께서는 내일 결선 경기에 출전할 다섯 분의 안전을 도모하기 위해 후의를 베푸시어 '기사의 기쁨' 안에 안락한 숙소를 제공하기로 결정하셨습니다. 다섯 출전자 분들은 동행인과 함께 성문 앞에 모이십시오. 여기 있는 아스그힌드 집사가 쉬실 곳으로 안내할 것입니다. 또한 출전자 여러분 모두는 오늘밤 성의 만찬에 초대되셨음을 알려드립니다.”

상당한 배려였다. 평민 출신이라 귀족들에게 견제당할 위험이 있는 사람들에게는 특히 좋은 제안이기도 했다. 만찬 이야기가 나오자 본선에서 떨어진 사람들로부터 부러움의 한숨이 흘러나왔다. 국왕의 처남인 폰티나 공작은 명실공히 아노마라드의 양대 공작 중 하나로 그의 만찬은 최고급으로 정평이 나 있었다. 보리스에게도 꽤 반가운 제안이었다. 어젯밤 이솔렛이 천막을 지키느라 잠을 자지 않은 느낌이 들었기 때문이다.

챙길 짐은 별로 없었다. 이윽고 이솔렛과 함께 성으로 들어갈 때 보리스는 헥토르의 곁에 그가 아는 얼굴 몇이 있는 것을 보았다. 당연히 그들은 전혀 아는 체하지 않았다.

귀족인 루이잔이나 샤를로트, 볼프렌에게 제공된 방과 보리스와 헥토르에게 제공된 방은 엄연히 달랐지만 개의치 않았다. 안내된 방은 깨끗하고 단순했다. 천장이 높고, 꼭대기에는 고풍스러운 촛대가 일곱 개 달린 놋쇠 샹들리에가 걸려 있었다. 오래 비워뒀는지 묵은 냉기가 남아 있어서 그것 때문에 몇 시간 전부터 벽난로를 피워둔 모양이었다. 한쪽에는 두 사람이 사용할 세숫물도 놓여 있었다. 덩굴과 장식 문자가 돋을새김된 놋대야 속의 물에서는 향긋한 라벤더 냄새가 났다.

"내일 우승자가 결정되고 나면, 본선 3차전까지 올랐던 사람은 공작이 여는 파티에 참여할 의무가 있다고 들었어. 소문으로는 폰티나 공작이 그중에서 수행 기사를 몇 명 뽑으려 한다는 거야."

이솔렛이 세수를 마치고 물기를 닦은 수건을 놓으며 말했다. 보리스는 침대에 앉아 무표정하게 천장을 올려다보다가 답했다.

"좋은 방법이군요. 은혜와 실리라."

"영리한 사람인 게지. 평민 출신 소년들한테는 나쁘지 않은 기회이기도 하고."

"혹시 제게도 그런 요청이 오는 건 아니겠죠?"

"거절할 말이나 생각해두는 것이 어때?"

베개가 참으로 푹신했다. 진짜 새털 베개와 이불이 얼마 만인지 기억도 나지 않았다. 장화를 벗고 침대에 누우니 몸이 나른해졌다.

"이솔렛……. 당신이 나빴어요."

중얼거리다가 쿡 하고 웃음을 터뜨렸다. 이솔렛이 다가와 의자에 기대며 물었다.

"내가 뭘?"

"미스트리에라는 성을 쓰게 한 것 말이에요."

이솔렛의 아버지, 일리오스 사제의 이야기가 이렇게 많은 사람들에게 기억되고 있을 줄은 몰랐다. 준결승 진출자가 발표되고 나자 사람들은 떠들어댔다. 전설적인 우승자인 카민 미스트리에의 아들이 다시 한번 강피르 자작의 아들을 패배시키기 위해 돌아왔노라고.

아들이라고?

우스운 노릇이었다. 이솔렛과 함께 있으면서 말거리가 되고 싶지 않아 남매인 체한 것이 엉뚱하게 번져버렸다. 나이든 귀족들 중 몇은 이솔렛을 보자마자 일리오스 사제의 소년 시절 모습을 떠올리며 당황해했다. 짧은 금발과 등에 잡아맨 쌍검, 날렵한 몸놀림, 고상하고 자존심 높은 태도, 심지어 빼어난 미모까지 똑같이 닮은 것이다. 우승자라고 모두 이렇게 기억되는 것은 아닐 텐데, 일리오스 사제는 당시에도 꽤나 인상적인 우승자였던 것이 틀림없었다.

루이잔에게 돈을 걸었던 사람들이 은근히 후회하는 목소리도 들려왔다. 배당은 낮지만 확실하리라 생각해서 걸었던 건데, 배당 높은 다크호스가 우승한다면 잃은 돈은 고사하고 체면조차 구겨지는 꼴일 것이다. 덕택에 루시안 칼츠의 이름까지 곳곳에서 돌아다녔다. 선견지명이다, 그게 아니고 정보가 샌 거다, 둘은 본래 친구라더라, 모종의 뒷거래가 있을 거다…….

"눈에 안 띄고 지내긴 다 틀렸네요. 섬의 아이들도 소문쯤

이야 들었을 테고, 섬에 돌아가면 무슨 소릴 들을지 기대가 되는걸요. 당신 아버지의 이름이 이렇게 무거운 것일 줄이야."

그런데 뜻밖의 대답이 들렸다.

"이미 생각하고 있었어."

"짐작하면서도 제게 그 이름을 쓰게 했다고요?"

"이상할 거 있겠어? 어차피 우승하면 눈에 띄어."

"우승은……."

이젠 함부로 패할 수도 없었다. 졌다가는 여지없이 일리오스 사제의 이름까지 더럽힐 상황이었다. 그러나 이솔렛은 잠시 후 미소를 보였다.

"무겁다고 했지? 하지만 넌 이미 많은 이름들을 짊어지고 있잖아? 너를 낳은 집안, 잃어버린 형제, 섬이 준 이름, 이실더 님의 이름……. 너는 이름을 벗어놓고 갈 만한 사람이 아니야. 사람은 다른 누군가에게 삶의 자세를 강요당할 수 없어."

이솔렛이 한 말 속에서 자신의 모습이 하나하나 뚜렷이 떠올라왔다. 그만큼 자세히 보아주고 있었다.

"난 이 이름들이 오히려 네게 타고난 것 이상의 힘을 준다고 생각해. 지난 이름은 서서히 새로운 이름과 자리를 바꾸지. 난 네게 잠깐 사용할 이름을 빌려주었을 뿐이야. 그 이름의 의미는 '명예'이고, 넌 정면 돌파하여 그것을 움켜쥘 거야."

"제가 가질 수 없는 것일지도요."

이솔렛은 싱긋 웃으며 대꾸했다.

"더 심한 것을 말해줄까? 네 이름에 돈을 건 사람까지 있다는 걸 잊어선 안 돼."

보리스는 잠시 고개를 숙였다가 들었다.

"루시안이라는 아이, 예전에 만난 적이 있어요."

이솔렛이 눈을 약간 크게 떴다.

"아는 사이라고? 섬에 오기 전에?"

"그냥 스쳐갔을 뿐이에요. 그는 제 이름을 듣지 못했으니 절 기억하지 못해도 무리는 아니겠죠. 그 아이의 성격상 알고도 모르는 체할 리가 없거든요. 어쨌거나 그 애가 왜 제게 돈을 걸었는지는 모르겠어요."

이솔렛은 도박판의 열기가 최고조에 이르렀던 예선 전야에 루시안과 나누었던 대화는 말해주지 않았다. 대신 이렇게 말했다.

"네가 누군가의 본성에 확신을 갖다니 놀랍구나."

"확신은 아니에요."

"스쳐지나간 사람의 성격일 뿐인데, 그의 모습이 네게 인상 깊었나 봐."

"글쎄요. 그럴지도 모르겠군요."

루시안과 만났던 일을 떠올리는 보리스의 표정은 그리 밝지 않았다. 그 아이의 거리낌 없는 밝은 성격이 내심 부러웠는데, 이런 식으로 다시 만나게 된 것이 그리 탐탁하지 못했다. 그래서 굳이 루시안에게 자신을 밝힐 생각도 나지 않았다.

"이틀간 네가 싸우는 것을 죽 지켜보았어. 다른 사람의 모습도. 네게 승산은 충분해. 그런데 넌 경기 도중에 가끔씩 당황하는 모습을 보였어. 그것 때문에 종종 적절한 순간을 놓쳤고. 무슨 이유지?"

보리스는 고개를 흔들며 생각했다.

"뭐라 설명하면 좋을까요. 제 것이 아닌 실력이 몸에 들어와 있는 기분이에요. 언제 익혔는지 모를 것들이 발휘되었다가 곧 사라져버리곤 해요. 위기의 순간마다 도와주고 꼬리를 감춰버리는 느낌이죠. 그게 대체 뭘까요?"

이솔렛은 생각에 잠겼다. 단아한 옆얼굴이 살짝 기울어져 있었다.

"내 생각엔 말이야. 네가 티그리스의 어느 단계를 넘은 것이 아닐까 싶어."

"티그리스라고요? 배운 적도 없는데요?"

"글쎄, 잘은 모르지만 티그리스는 초반에 연습의 절대량만으로는 넘을 수 없는 선이 있어서 그 선을 넘기까지는 자신이 무엇을 하는지 잘 알 수가 없다고 하던데."

보리스가 의아한 얼굴로 자기 손을 내려다보는 동안 이솔렛이 일어나 벽난로의 열기를 조절했다. 오래 쓰지 않던 방이라

해도 지금은 7월이었다. 이윽고 그녀는 물이 든 주전자 하나를 찾아내더니 흔들어보고 벽난로 위의 걸쇠에 걸어놓았다.

"진실은 이실더 님에게 여쭤보아야 하겠지만, 우리 고유의 두 검술은 옛 왕국에서 전해져와서인지 다른 검술에 비해 이상한 특징이 많아. 예를 들면 티엘라도……. 아주 높은 단계에 이르러야 가능한 것이지만, 티엘라에는 자신을 죽이면서 동시에 상대를 죽이는 희한한 기술이 있지."

"적에게 약점을 내어주면서, 동시에 적의 급소를 찌른다는 말인가요?"

"아니, 그런 게 아냐."

이솔렛이 고개를 흔들었다.

"말 그대로 자신의 기력과 적의 기력을 연결해 동시에 다하게 하는 방법이야. 이 말이 모순처럼 들리겠지만, 마지막 한 방울의 힘이라도 더 남아 있는 쪽이 이기고, 그리고 결과적으로 둘 다 죽게 되는 거야. 이 기술로 대략 3분의 1 이상 기력을 쏟아내고 나면 승패에 관계없이 어떤 사람도 살아날 수 없다고 하니까. 그야말로 죽음의 기술인 셈이지."

말을 맺은 이솔렛은 생각에 잠긴 표정이 되었다. 보리스는 티엘라 이야기를 이해하려 애쓰는 것을 그만두고 자신의 변화를 생각해보았다. 움직임이 가벼워진 것은 섬에서부터였지만, 생각지도 않은 순간 몸이 반사적으로 반격하는 현상은 그

뜻밖의 적, 뜻밖의 조우

후에 나타났다. 잃었던 기억을 되찾기라도 하듯 위기의 순간마다 떠오르는 동작들은 대체 어디서 나왔단 말인가.

"티그리스는, 본능대로 행동하는 호랑이처럼 자연스럽게 몸과 하나가 되는 검술이야. 이실더 님은 너를 하나뿐인 제자로 인정하고 있어. 네게 달리 무엇을 가르치겠어?"

드디어 보리스는 수긍했다. 아니, 그럴 수밖에 없었다.

"돌아가면 여쭤보겠지만, 지금은 따르는 수밖에 없군요. 사실 전 이게 윈터러의 영향이 아닐까 걱정하고 있었어요."

"윈터러의 영향이라고? 구체적으로 말해봐."

"예전에도 느낀 일이 있었죠. 윈터러는 빠른 승부와, 피를 좋아해요. 그렇기 때문에 제가 원치 않는데도 자꾸만 사나운 공격으로 끌고 가죠. 의도한 것 이상으로 검이 뻗어가 위협만 하려던 상대에게 치명상을 입히기도 하고요. 오늘도…… 상대의 목을 찌르려다가 가까스로 멈춘 일이 있었어요. 검만 겨누면 끝나는 승부였는데, 더 나아가려는 손을 멈추기가 힘들었죠."

"섬을 떠난 후로 윈터러는 한 번도 뽑은 일이 없지 않니?"

"뽑든 안 뽑든 관계없어요. 전 오랫동안 검을 지녔고, 언제고 무슨 일이 있으리라 생각해왔어요. 모르죠, 이것이 그것일지."

"만일 그렇다고 하면 어쩔 테야?"

섬에서 가져온 향기 없는 차를 꺼내 두 찻잔에 조금씩 나
누던 이솔렛이 손을 멈췄다. 침대에 반쯤 누운 보리스와 눈이
마주쳤다.

"네 검이고, 네 물건이지. 네가 맞서는 것은 당연한 일이
야. 그런들 어쩌겠어? 그것이 너를 가고 싶지 않은 길로 이끌
려 한다면, 힘껏 잡아당겨서 반대쪽으로 내팽개쳐버려. 말을
듣지 않으면 짓밟고, 네 피를 그의 피로 갚도록 만들어."

선명한 어조가 새삼스레 강한 각인을 남겼다. 이솔렛은 늘
그렇게 말했다. 새롭고 특별한 의견이 아니라 그녀 자신이 살
아온 그대로 말했다. 굴복도 용서도 화해도 없다면, 대결뿐이
라고.

보리스도 알고 있었다. 이솔렛은 상처를 감싸며 쉬게 하는
자애로운 여성이 아니라 네게 상처를 입힌 자가 값을 치르게
하라고 말하는 전사의 연인이었다. 베어진 목을 껴안고 애통
해하기 전에 검을 비껴 차고 복수에 나서는 전사들의 누이였
다. 그녀 자신도 전사이자 달여왕의 숙녀, 검의 딸이 아닌가.
참고 견뎌 흘려보내는 것을 미덕으로 삼지 않으며, 응징하기
위해 손을 더럽히는 것을 두려워하지 않는, 백지와 불꽃처럼
선명한 존재다.

이솔렛은 누군가의 안식처가 아니었다. 보리스 역시 함께
황야를 달릴지언정 그녀를 안전한 곳에 남겨두고 기다리게

할 수 없다는 것을 알고 있었다. 아니, 그녀보다는 자신의 내면이 더 약하다. 자신의 삶은 이토록 상처투성이지만, 상처가 많다는 것은 표면이 단단하지 못하다는 말도 된다. 그는 갑옷 없이 분투하는 전사였다. 상처로 강해졌다.

표면이 찬란한 방패가 그렇듯 이솔렛에게는 쉽게 지워지지 않는 흉터가 있었다. 그것을 지우는 방법은 함께 달리며 서로에게 등을 맡긴 채 싸워나가는 것뿐이었다. 그렇기에 여기에 있는 것이다. 그가 짊어지려 한 수많은 이름, 그 안에 이솔렛의 이름 역시 있음을 알기에.

강철 칼날처럼 아름다운 그녀의 이름을 위하여, 이 자리에서 검을 잡고 있음을 깨닫는 것이다.

폰티나 성의 위험한 밤

보리스를 비롯한 다섯 사람은 성의 1층과 2층을 마음대로 돌아다녀도 좋다고 허락받았다. 지하에 마련된 넓은 연습실 또한 자유롭게 사용해도 좋다고 했다. 보리스는 연습실을 찾을 생각은 없었다. 그러나 오랜만에 들어온 귀족의 성이 묘하게 불편해서 주변도 둘러볼 겸 거처 밖으로 나왔다.

복도를 걷는 동안 여러 초상화를 지나쳤다. 하나같이 비슷한 얼굴에 엄숙한 표정이었고, 반신상인 경우 검을 찬 사람이 많았다. 여인들도 성장盛裝이 아닌 활달한 사냥복 차림이 여럿이었다. 클로에나 루크레치아처럼 빼어난 미인은 드물어 보였다.

폰티나 성, 즉 '기사의 기쁨'은 섬세하고 우아한 벨노어 성과는 많이 달랐다. 오래되었고, 견고했으며, 방어적인 인상이었다. 그런데 가끔씩 어울리지 않게 아기자기하게 꾸민 장소와 맞닥뜨릴 때가 있었다. 이를테면 2층에서 본 작은 테라스와 화려한 의자 셋도 그랬다. 등나무 덩굴로 장식된 대리석 난간에 하이아칸에서 수입해 왔을 오색 타일이 깔린 바닥까지. 영주 가족들을 위한 자리일 테지만 의아한 점이 있었다. 폰티나 공작에게는 자식이 둘, 그러니까 가족은 넷 아니었던가?

그런 문제야 어찌됐든 보리스는 1층으로 내려오고 결국 지하까지 왔다. 지하에서 갈 수 있는 곳은 연습실 하나밖에 없었다. 다른 방은 손님들이 출입하지 못하게 되어 있었다.

연습실 입구에 이르렀을 때, 안쪽에서 사람 소리가 나는 것을 듣고 보리스는 걸음을 멈췄다. 처음에는 이곳에 올 수 있는 다섯 명 중에서 누가 저렇게 친근하게 대화를 나누나 했다. 그러나 곧 그들이 형제간이라는 것을 눈치챘다.

"자, 형이 하는 걸 다시 봐. 검을 뻗을 때 신경을 집중해야 할 곳은 여기가 아니라……."

공기 가르는 소리가 시원스레 울렸다. 연습장은 꽤 넓은 모양이었다.

"봤지? 팔에 힘을 잔뜩 줘선 안 돼. 빠르게 대처할 수도 없고, 적이 너의 방향을 다 간파해버리거든."

"그렇지만 손에 힘을 주지 않으면 난 검을 들 수가 없어!"

함께 웃는 소리가 들려왔다. 한쪽은 목소리가 천진하고 어렸다. 기껏해야 열한 살이나 열두 살 정도나 되었을까 싶은.

"우리 미르히가 언제 형하고 정식으로 대결하게 될까!"

형이 동생을 덥석 들어올리는 소리가 들리고, 꼬마의 웃음 섞인 대답도 들렸다.

"난 형하고 안 싸울래. 형하고 이렇게 노는 게 훨씬 더 재미있거든!"

"안 돼. 너도 네 몸을 지킬 수 있어야지. 아버지께서는 너와 내가 둘 다 훌륭한 검사가 되길 바라시거든. 아버지와 삼촌들처럼 말이야."

"형이 두 사람 몫만큼 잘하니까 난 안 해도 될 것 같아. 그 대신 형이 나를 지켜주면 되잖아?"

형은 대답하지 않았다. 대신 이런 소리가 들려왔다.

"형이 또 내 머리 흐트러뜨렸어!"

다시 한번의 웃음소리. 보리스는 왜 자신이 그들의 이야기에 귀를 기울이고 있는지 의혹에 사로잡혔다. 들어가도 좋고, 떠나도 좋았다. 그러나 어느 쪽으로도 발이 떨어지지 않았다.

"미르히, 이제 그만 돌아가. 여긴 나 혼자 사용하는 곳이 아니야. 다른 출전자들이 왔을 때 우리가 웃고 떠들면서 전부 차지하고 있는 것처럼 보인다면 예의가 아닐 거야."

"싫어, 형하고 더 있고 싶은데. 집에 가면 형은 아버지나

선생님하고 연습하느라 나하고 놀아줄 시간도 없잖아."

"놀아줄게. 약속해."

마치 환청 같았다. 오래전에 있었던 일이 연극처럼 되풀이되는 느낌이었다.

"정말이지? 그럼 미르히는 형만 믿을 거야. 그리고 내일은 당연히 형이 우승하겠지?"

"그러도록 해야겠지."

깜빡 잊고 있었을까. 역시 그였다. 루이잔 폰 강피르. 이곳에 들어올 수 있는 사람은 폰티나 집안의 아이들이 아니라면 다섯 출전자밖에 없었다.

"형은 내일 이기기 위해서 좀더 연습해야겠다. 어려운 상대가 나올 것 같거든."

"그래도 형이 이길 거야. 왜냐면 형은 무지 강하고, 또 벌써 네 번이나 우승했잖아. 안 그래? 그리고 우리 아버지는 우리나라에서 최고잖아! 그러니까 형이 이길 가능성이 제일 높지."

"모든 일은 닥쳐봐야 아는 법이야. 자신을 과신해선 안 돼. 아버지는 훌륭하시지만 난 아직 멀었거든."

보리스는 마음을 정했다. 몸을 돌려 1층으로 향하는 계단을 올라갔다. 심하게 고동치는 심장을 진정시켰을 때는 이미 방문 앞에 서 있었다.

주문을 외우듯 되풀이해서 생각했다. 저들은 그냥 저들일 뿐이다. 자신과는 아무 관계가 없다. 단지 형제라는 것뿐, 그것 말고 무슨 공통점이 있겠는가. 그와는 다르다. 그냥 몇 마디…… 비슷했을 따름이다. 그건…… 어느 형제에게나 있을 수 있는 대화니까.

문을 열고 들어가자 이솔렛 말고도 시종 한 사람이 들어와 있었다. 시종은 두 벌의 옷을 가져왔다. 만찬에 참석할 때 입을 것들이라고 했다. 이솔렛은 그녀를 위해 가져온 옷을 제대로 펼쳐보기도 전에 잘라 말했다.

"이렇게 낭비가 심한 옷은 처음 보겠군요."

보리스는 마음을 가다듬느라 일부러 입을 꾹 다물고 옷을 펼쳐보았다. 벨노어 성에서 입던 것들보다는 간소하고 편리해 보였다. 그들이 평민이라는 것을 감안해서 그렇게 화려한 옷을 보내지는 않은 듯했다. 그러나 섬에서 자란 이솔렛이 보기엔 충분히 사치스러웠다.

"입던 옷을 입을 테니 도로 가져가요."

"그건 안 됩니다. 공작님의 만찬에 그런 복장으로 참석하실 수는 없습니다."

시종은 차갑게 대꾸하더니 옷을 흘끗 본 다음 말했다.

"아가씨한테 잘 어울릴 텐데 왜 그러시죠? 아무리 평민이라지만 공작님의 성에 들어온 이상 불손함에도 정도가 있는 거예요. 끝내 이 옷을 입지 않겠다면 만찬에는 불참하는 것으로 알겠습니다."

예상대로 대뜸 대답이 나왔다.

"좋을 대로 해요. 만찬에 부른 것은 그쪽이지, 이쪽에서 가겠다고 부탁한 것은 아니니까."

"알았어요. 도로 가져가죠. 한 분 몫의 식사는 방으로 보내드리겠습니다."

그때 보리스가 손을 들어 제지했다.

"잠깐, 그냥 두고 가세요. 조금 더 이야기해볼 테니까."

시종은 보리스를 흘끗 보고 다시 이솔렛을 보더니 어깨를 으쓱했다.

"만찬은 정각 7시에 시작됩니다. 조금 일찍 모시러 올 테니 미리 준비하십시오."

예의 바르긴 해도 딱딱한 목소리였다. 시종이 나가고 문이 닫히자 이솔렛이 눈을 감았다가 뜨며 조용히 말했다.

"그래, 이야기해봐."

보리스는 고개를 저었다. 그리고 이솔렛의 옷을 집어 앞뒤로 돌려보았다.

이솔렛이 잘 입는 흰옷이 아니어서 조금 낯설긴 했다. 그러나 주름이 잡힌 파란 새틴 치마에 은회색 띠가 달린 우아한 드레스 역시 잘 어울릴 듯 생각되었다. 귀족들이 저녁 만찬에서 흔히 입는 옷들에 비한다면야 아주 점잖은 모양이기도 했다. 그러나 보리스는 그런 것을 언급하지 않았다. 이솔렛은 대륙 사람이 아니었고, 그녀가 사치스럽다고 느낀다면 그건 사치스러운 것이었다.

"난 당신 의견을 존중해요. 억지로 권할 생각은 없어요. 하지만 당신을 여기서 혼자 식사하게 내버려두고 나만 만찬 장소에 가고 싶은 생각은 조금도 없군요."

이솔렛은 앉은 채 보리스를 올려다보다가 고개를 돌리더니 조금 오래 생각했다. 그리고 말했다.

"너마저 가지 않는 것은 문제가 되겠지만, 사실 너 혼자 보내는 것도 탐탁지 않아. 지금껏 많은 일을 겪어온 넌 어떤 상황에도 혼자 잘 대처할 만큼 노련할까?"

보리스는 미소 지었다.

"그렇지 않아요. 감당 못 할 일은 너무 많았고, 그중 절반은 도망치는 것으로 해결한걸요. 당신이 함께 있어준다면 도움이 될 거예요."

둘은 아직 스물도 넘지 않은 소년과 소녀였다. 어른들의 세계 중에서도 가장 교묘한 술수들이 오간다는 귀족들의 모임에서 무슨 일을 겪게 될지는 아무도 몰랐다.

그리고 좋지 않은 예감이 찾아왔다.

만찬 장소에 들어서기 직전, 이솔렛이 미소 지으며 나직이 속삭였다.

"어떻게 보면 나도 어린아이 같은 고집이 있단 말이야."

보리스는 고개를 숙였다. 실은 표정을 숨기려 했던 것이었다. 이브닝드레스를 입고 불편해하는 이솔렛의 얼굴을 볼 때마다 나오는 미소를 누를 수가 없어 곤란했다. 우스워서가 아니라 마음이 설레는 것이다. 그녀가 아름다워서 끌린 것만은 아닌데도, 지금처럼 예상 못 한 모습을 보니 두근거리기도 하고 자꾸만 바라보고 싶었다.

시종의 안내로 정해진 자리에 앉고 보니 심지어 이솔렛을 바라보고 싶어 하는 사람은 보리스 혼자가 아니었다. 만찬장에는 내일 경기에 임할 다섯 명과 그들의 일행뿐 아니라 폰티나 공작의 손님인 귀족들까지 나타났다. 따라서 주위에는 잘 차려입은 귀부인이나 아가씨가 여럿이었다. 그런데도 목걸이 하나, 보석 반지 하나 없이 마치 이상한 세계에 잘못 방문한 그림책 속의 소녀 같은 이솔렛에게 수많은 사람들의 시선이 쏠렸다.

그들을 안내한 시종이 가볍게 목을 가다듬는 가운데 반짝이는 은제 식기들이 서로의 얼굴을 비추었다. 나란히 앉은 둘의 맞은편은 아직 비어 있어서 그 너머로 둥근 기둥으로 가려진 회랑이 내다보였다.

보리스는 혹시라도 알아볼 사람이 있을까 싶어 고개를 높이 들지 않았다. 두리번대지도 않았다. 고향 트라바체스에서 살 때도 찾아오는 외국 손님이 없지 않았고, 벨노어 성에서 살 때는 몇 번인가 열린 파티, 특히 벨노어 백작 부인의 생일 파티 때 수많은 아노마라드 귀족들이 그의 얼굴을 보았다. 비록 얼굴이 많이 달라지긴 했지만 누군가가 알아볼 가능성이 없지만은 않았다.

그러고 있자니 음식 시중을 드는 하녀들이 다가와 새콤한 냄새가 나는 살구색 음료를 따라주었다. 호인다운 인상을 지닌 폰티나 공작과 아름다운 공작 부인, 그리고 작은 미녀가 들어서자 모든 사람이 자리에서 일어나 감사를 표했다.

"모두들 와줘서 고맙소. 편히 즐기시길 바라오. 특히 오늘의 주인공인 한 분의 숙녀와 네 신사분께는 긴장을 풀 수 있는 좋은 자리가 되길 바라오이다."

이윽고 음식이 나오기 시작하자 공작 부인이 오늘은 먼 곳에서 온 손님들이 많아 하이아칸식 음식을 준비했노라고 말했다. 귀족들은 거의 다 하이아칸에 별장을 갖고 있었으므로 하이아칸 음식이라는 말에 환영하는 눈치였다.

"이런, 고향의 음식을 이 먼 곳에서 맛보게 되다니 깊으신 배려에 황송함을 금치 못하겠군요. 이건 마치 제가 만찬을 베푼 것과 같은 착각을 불러일으킵니다. 정말로 멋진 식탁이에요. 하이아칸 궁정에서와 마찬가지로 우아하고 정교한……."

누구보다 먼저 입을 열어 치하를 시작했으나 내용은 잘난

폰티나 성의 위험한 밤

체에 가까운 목소리를 들으며 사람들의 시선이 약간 쏠렸다. 목소리의 주인공은 내일 출전자 중 하이아칸 출신의 소년, 아니 왕족인 볼프렌이었다. 그가 하이아칸 여왕과 사촌 간이라는 속삭임도 들려왔다. 살짝 들린 콧날과 어깨에 닿는 고수머리를 깔끔하게 빗어 넘긴 옆얼굴이 꽤 준수해 보이는 젊은이였다. 재킷은 화려한 유색 보석들로 번쩍거렸고, 목에는 여러 겹으로 된 금목걸이까지 걸고 있었다. 하이아칸 왕궁이 대륙 최고의 알부자라던 이야기가 헛소문만은 아니구나 싶었다.

남부의 풍미가 물씬 느껴지는 음식들이 식탁을 점령했다. 올리브기름에 절여 구운 닭고기에서는 커민 냄새가 풍겼고, 볶은 쌀을 포도잎에 싸놓은 것을 하나 먹어보니 약한 신맛이 섞여 났다. 돼지고기를 즐기지 않는 하이아칸의 풍습에 따라 양고기로 만든 햄이 두툼하게 썰려 나왔다. 토마토와 파프리카가 듬뿍 곁들여진 양념 쇠고기구이 곁에는 얇게 밀어 구운 밀가루 빵이 있었다. 하이아칸 식에 익숙한 사람들은 이 밀가루 빵에 쇠고기를 말아 입에 넣었다. 새콤한 토마토 맛과 잘 어우러지는 요리였다.

"역시! 이 요리는 향신료 맛이 제대로 나야 되는데 성의 여주인께서는 훌륭한 취향을 갖고 계시군요. 그렇지만…… 이 빵은 조금 덜 익히는 편이 좋았을 텐데. 뭐, 여긴 하이아칸이 아니니 모든 것이 똑같을 수는 없는 법이겠지요. 안 그런가요?"

하이아칸 녀석은 말이 많았다. 얼마 안 가 아노마라드 귀족들은 다들 눈살을 찌푸리며 귀엣말을 주고받았다. 북부 풍습에서 여주인이 내놓은 음식을 함부로 품평하는 것은 상당한 무례였다. 그러나 그런 화제는 귀족들의 것이었고 평민인 보리스와 이솔렛, 그리고 헥토르 일행에게까지 이어지지는 않았다. 명목상 주인공이 어쩌고 했지만 어디까지나 파티는 귀족들의 것이고, 평민들은 어쩌다 끼어든 들러리에 불과했다.

만찬에 참여한 손님은 스무 명가량이었다. 눈을 마주치지 않으려고 이솔렛만 가끔 쳐다보곤 하던 보리스는 문득 귀를 찌르는 목소리를 들었다. 낯선 목소리 같은데, 왜 다른 목소리와 선명하게 구별되어 들려오는지 처음에는 알지 못했다.

"정말입니다. 제 딸아이가 얼른 커서 공작 부인처럼 훌륭한 안주인이 되어준다면 얼마나 좋겠습니까? 여주인이 없는 성이라는 것은 황량한 무덤과도 같지요."

그에 대답하는 소리가 들렸다.

"우리 클로에도 부족한 점이 많답니다. 특히 남부 관습에는 그리 익숙하지 못하지요. 아시다시피 어려서부터 너무 오래 북부 생활을 해온 탓입니다. 그리고 백작께서는 따님을 위해서라도 어서 훌륭한 분으로 새 안주인을 모셔야지요."

다시 남자의 목소리, 귀를 파고들다 못해 뇌리에 박히는 목소리, 되찾은 기억을 유리알 쏟듯 바닥에 흩어버리는 목소리가 온몸을 꼼짝 못하게 움켜잡았다.

"오오, 영애께서는 흠잡을 데 없는 아노마라드 최고의 아가씨로 소문이 자자한데 어찌 그런 겸양을 하십니까? 두 소녀가 친구가 된다면 참으로 배울 것이 많을 터인데요. 그렇지 않으냐, 로즈?"

"네, 아버지."

억누를 수 없는 충동이 유령처럼 튀어나와 이성을 마비시켰다. 보리스는 고개를 홱 쳐들고 그쪽을 쏘아보았다. 보였다. 잊을 수 없는 목소리의 주인공이 여주인과 마주 웃다가, 동시에 이상한 이끌림에 사로잡혀 시선을 돌리는 것이 보였다.

짧은 시선의 교환이 긴 식탁을 꿰뚫었다.

"!"

사람들이 내민 팔꿈치와 손으로 얼굴은 곧 가려졌고, 다시 드러났다가 또 가려졌다. 하인들이 꼬챙이에 꿴 커다란 고깃덩어리들을 가지고 다니면서 조금씩 베어주고 있었다. 보인다, 다시 보이지 않는다……. 그러나 사태는 섬광 같았다.

가니미드 다 벨노어. 벨노어 백작이다.

이솔렛은 각자의 앞에 놓인 걸쭉한 살구색 소스를 보며 이 맛만은 도저히 익숙해지지 못하겠다고 생각하고 있었다. 음식을 가리지 않는 보리스도 처음에 나온 시큼한 음료를 한 모금 마시고는 고개를 설레설레 저었던 기억이 났다. 그 음료와 비슷한 재료로 만든 이것을 귀족들은 요구르트라고 불렀는데 이솔렛의 감상으로는 흡사 상한 것 같은 맛이었다. 결국 '먹지 않으면 그만'이라고 생각하는 순간이었다.

"……?"

보리스는 단순히 소스가 마음에 들지 않아 식사를 멈춘 것이 아니었다. 표정에는 변화가 없었지만 온몸이 석상처럼 딱딱하게 굳어져 있었다. 내리깐 눈에는 초점이 없었다.

말을 거는 대신 이솔렛은 식탁 아래로 손을 내려 무릎에 살짝 얹었다. 그런 상태로 조금 지나자, 보리스가 흠칫 놀라며 이솔렛을 쳐다보았다.

"……."

이솔렛은 말없이 고개를 저었다. 아무것도 묻지 않았다. 보리스가 정신을 차린 것도 무릎이 따뜻해지는 것을 느껴서일 뿐이었다. 보리스는 다시 식사로 주의를 돌렸다. 그러나 입가가 미세하게 떨리고 있었다.

"아닙니다. 자꾸 그런 말씀만 하시니 부담스러워서 좋은 음식이 잘 넘어가지 않는군요."

"저런! 소자작께서도 내일의 경기를 두고 긴장하고 계세요? 어려운 적수는 전혀 없어 보이던데."

"검을 맞대기 전엔 상대의 깊이를 모른다고 생각합니다."

루이잔 폰 강피르는 양쪽에 앉은 소녀들로부터 줄곧 질문을 받으면서 침착하게 대답하고 있었다. 그러나 그의 시선은 몇 번인가 보리스의 얼굴에 닿았다가 떨어졌다.

식사가 끝나자 모두 대형 살롱에 마련된 후식을 들러 갔다. 살롱에는 푸른 비단을 입힌 의자들이 정교한 유리로 세공된 테이블들을 둘러싸며 놓여 있었다. 거기에서 보리스는 뻔뻔스럽게 말을 걸어오는 헥토르 때문에 한 번 더 긴장해야 했다. 아노마라드 출신의 클란치 알리스테어가 된 헥토르는 자신의 연기 실력을 과시하기라도 하려는 것처럼 과장되게 인사하며 실력을 치하하기까지 했다. 그러나 벨노어 백작의 존재 때문에 신경이 곤두설 대로 곤두선 보리스는 그와 장단 맞춰 놀아줄 마음의 여유가 없었다. 언뜻 로즈니스의 모습도 보였지만 아는 체할 수 없다는 것을 너무나 잘 알고 있었다.

향기로운 차와 더불어 꿀을 바른 호두, 치즈 또는 오렌지술을 넣은 두 가지 크레이프가 나오고, 잠시 후 두껍게 바른 초콜릿에 살구잼을 겹쳐 바른 켈티카 특산 초콜릿 케이크가 나왔다. 사람들의 감탄성이 잇따랐지만 한입 먹어볼 마음도 들지 않았다. 이미 보리스는 오늘밤 성을 빠져나가야 할 것인가를 생각하고 있었다. 빨리 만찬이 끝나고 숙소로 돌아가 홀로 생각할 수 있게 되기만을 빌었다.

이솔렛이 앞에 놓인 후식 접시를 바라보다가 나직이 말했다.

"아는 사람을 만났지?"

"네."

"좋지 않은?"

"네."

"그래. 이따가 이야기하자."

그것이 전부였다. 보리스가 생각에 잠겨 있는 동안 이솔렛이 차를 더 가져오려고 일어났다. 몇 걸음 걸어가는데 갑자기 익숙한 목소리가 앞을 가로막았다.

"아, 오늘 수많은 귀족들의 가슴을 설레게 한 소박한 아가씨로군. 본인에게 그대의 사랑스러운 이름을 들을 수 있는 행복을 주지 않겠나?"

그 목소리가 왜 익숙한지 곧 깨달았다. 만찬을 드는 내내 그가 말하는 소리가 흡사 배경 음악처럼 깔리고 있었던 것이다. 눈앞에서 하이아칸 왕족 볼프렌이 매력적인 미소를 지으며 이솔렛을 바라보고 있었다.

"……."

이솔렛은 그런 질문에 적당히 대꾸할 만한 성품이 아니었다. 그대로 다시 걸음을 옮기는데 볼프렌이 과장된 손짓으로 앞을 가로막으며 외쳤다.

"아니, 어이! 내가 누군 줄 알고 이렇게 무시를 하나, 글쎄! 이 몸으로 말할 것 같으면 대륙에서 가장 고귀한 왕가 중 하나의 후손인데, 그런 내 말이 들을 가치가 없다는 건가?"

다른 데서 마주친 평민이 이랬더라면 '어디 감히!'를 외치며 노발대발했을 터인데, 타국 공작의 만찬이고 또 상대가 예쁜 소녀인지라 그렇게까지 할 생각은 없는 모양이었다. 그제야 이솔렛은 고개를 들며 이자를 화나게 하여 사람들의 눈길을 끌 필요는 없다고 생각했다. 그럼에도 불구하고 그녀의 입에서 나온 대답은 이랬다.

"용건이라도?"

볼프렌의 얼굴이 심하게 붉어졌지만 화가 났다기보다는 당황한 기색이었다. 미모의 평민 소녀한테 점잖은 체 수작을 걸면 금방 넘어오리라 생각했던 것이다.

"이…… 이름을 물었네."

"이솔렛. 미천한 평민이라 그 밖의 이름은 없군요."

겨우 이성을 되찾은 볼프렌이 그 이름을 입안에서 굴려보더니 만족스러운 미소를 떠올렸다. 변화가 참 빠른 인간이었다.

"이솔렛. 오오, 이솔렛. 꽤 멋있는 이름이군. 평민 중에도 이렇게 이름을 잘 짓는 자가 있다니. 내가 일전에 새로 사들인 종마種馬의 이름도 붙여보라고 하고 싶은데."

볼프렌은 귀족치고도 유난히 경우 없는 말을 잘 내뱉는 편이었다. 종마와 소녀를 똑같이 취급해놓고 자기가 뭘 잘못했는지도 몰랐다. 그러나 이솔렛은 다른 문제로 기분이 상해서 대뜸 쏘아붙였다.

"저의 아버지는 말의 이름 따위는 짓지 않습니다."

한 바퀴 돈 셈이었지만 어쨌든 상대의 불쾌감을 알아챈 볼프렌은 사과하는 체 느끼한 미소를 지으며 응답했다.

"아아, 내 사과하지, 사과해. 평민에게도 나름대로 명예란 것은 있군. 그대처럼 오만한 얼굴을 한 소녀에게는 어울리는 장식품이지. 내 그러한 그대의 명예를 조금 더 높여주고 싶어. 내일 경기에서 그럴 기회를 주겠나?"

"무슨 뜻인지 모르겠으나 자신의 명예란 자신의 검으로 얻는 것일 뿐인데, 어찌하여 남이 대신 명예를 가져다줄 수 있겠습니까?"

검을 든 용사나 할 법한 대답을 들은 볼프렌이 움찔하여 이솔렛의 얼굴을 내려다봤다. 잠시 후, 주워들은 말을 인용했을 거라고 멋대로 해석한 그는 다시 한번 수작을 시도했다.

"무슨 뜻인지 모른다니 내 친히 말해주어야겠군. 그대의 향기로운 손수건, 또는 고운 소맷자락과 같은 것을 내게 준다면 그것은 내게 행운의 표지가 되고, 또한 내가 그것을 검에 감고 경기에 임해 승리하여 그대의 명예를 드높일 거라는 말이었어. 역시 평민이라 이런 것은 잘 모르는군, 안 그런가?"

실은 그건 사교 목적의 마상 시합에서나 오가는 풍습이었다. 실버스컬에서 그런 행동을 한 예는 없었다. 하지만 볼프렌에게는 알 바가 아니었다.

폰티나 성의 위험한 밤

"다시 말하지만 나처럼 고귀한 왕족에게 이런 제의를 받는 다는 것은 그대처럼 아름다운 사람이 평생토록 내 곁에서 봉사해도 갚을 수 없는 크나큰 은혜지. 아참, 원한다면 그런 기회를 줄 수도 있어. 그것 또한 명예로운 일이 될 수도……."

이솔렛은 이해가 느린 사람이 아니었다. 상황을 파악하고, 볼프렌의 등 너머로 이 사태를 눈치채고 걸어오는 보리스의 얼굴을 발견하고, 그리고 자신이 하고 싶은 말을 찾아냈다. 이솔렛은 한 걸음 물러나며 귀족 못지않은 오만한 말투, 타고 난 자부심에서 우러난 말투로 잘라 말했다.

"당신의 행운의 표지는 제 동생 보리스의 검 끝에 달려 제게 되돌아올 터인데, 굳이 수고할 필요가 있을까요?"

볼프렌이 그 말을 이해하기까지는 잠깐의 시간이 걸렸다. 그런데 더 빨리 그 말을 이해한 사람이 있었다. 두 사람이 쳐다보지도 않은 의자 쪽에서 낭랑한 웃음소리가 들려왔다.

"아하하하……."

볼프렌이 황급히 고개를 돌려보니 웃음소리의 주인공은 이성의 작은 여주인, 클로에 다 폰티나였다. 긴 금발로 가려진 입가에서는 지금껏 보여주던 모습과는 달리 빠르고 경쾌한 웃음소리가 흘러나왔다.

보리스가 다가와 걸음을 멈추는 순간 웃음소리가 그쳤고, 다른 목소리가 곁에서 들렸다.

"마침 다들 여기에 있군. 잠시 재미있는 이야기나 나누어 볼까 싶은데 모두들 앉지."

폰티나 공작이었다. 클로에는 재빨리 새침한 표정으로 돌아갔다. 그러고 보니 주위에는 루이잔과 샤를로트 공녀도 있었다. 공작을 따라온 시종 하나가 눈치를 보더니 재빨리 가서 헥토르를 데리고 왔다.

그리하여 출전자들은 폰티나 공작과 함께 살롱 한쪽의 테이블을 차지하고 둘러앉았다. 출전자 다섯 명 외에 함께 앉은 사람은 본래부터 거기에 있던 클로에와 이솔렛뿐이었다.

"매년 빠짐없이 실버스컬을 관람해왔지만 올해처럼 전체적 수준이 높은 때도 드물었던 듯하오. 또한 이번 실버스컬에는 참 개성 있는 분들이 두각을 드러내었소. 출신지도 다양하고, 신분도 다양하오. 더구나 삼 일째 경기에 여성 출전자가 남은 것은 실로 몇 년 만의 일인 것 같소."

몇 사람의 눈이 샤를로트 드 오를란느 공녀에게 쏠렸다. 이윽고 폰티나 공작은 여성의 몸으로 어떻게 그런 실력을 쌓을 수 있었는지를 물었다. 마치 미소년처럼 보이는 검은 단발머리의 샤를로트가 대답했다.

"오를란느에서는 소녀들이라 하여 낮은 실력을 가져도 좋다고 생각하지 않습니다. 작은 나라이고 인구도 적으니까요."

"평범한 오를란느 사람이 그런 말을 했다 해도 놀라울 터인데, 말한 이가 그 땅의 공녀이니 실로 두려운 마음까지 드는구려. 하하하······."

보리스는 문득 느꼈다. 샤를로트는 영리하지만 아노마라드에 대한 반감을 능숙하게 숨길 정도로 세상 경험이 풍부하지는 않았다. 그리고 폰티나 공작 역시 그런 사실을 잘 알고 있는 듯했다.

"다음으로 놀라운 건 역시 두 명이나 되는 평민 출신 소년들이군. 그대들은 훌륭한 교사를 만나기가 힘들었을 터인데 어떻게 지금 같은 실력을 갖출 수가 있었는가?"

공작은 평민들에게도 실버스컬 출전자로서 적당한 정도의 격식을 갖춰줄 줄 아는 사람이었다. 헥토르가 잠시 생각하더니 먼저 대답했다.

"운이 좋았을 뿐이겠지요. 여기까지 올 수 있었던 것만으로도 만족합니다."

귀족들 앞에서 잘난 체해보았자 역효과만 난다는 것을 알고 있기에 택한 요령 좋은 대답이었다. 폰티나 공작이 보리스 쪽으로 고개를 돌렸다.

"그러한가. 그러면 그대는?"

보리스도 헥토르처럼 대답하는 편이 좋다는 것을 모르지는 않았다. 그러나 보리스는 헥토르와 다른 점이 있었다. 그는 본래 대륙의 영주 가문에서 태어났고, 그의 명예에는 여러 사람의 이름이 걸려 있었다. 그 이름들은 눈앞에 자신만만하게 앉아 있는 저 귀족들의 자부심과 비교해도 결코 가볍지 않은 것들이었다.

그러나 그런 모든 것들을 말할 수는 없었다. 보리스는 짧게 대답했다.

"연습보다는 실전이고, 노력보다는 생존이라고 생각합니다."

폰티나 공작이 고개를 약간 갸웃거리더니 갑자기 자기 딸을 바라보았다.

"클로에, 네가 듣기에는 이 소년의 말이 무슨 뜻인 것 같으냐?"

클로에는 보리스의 얼굴을 잠깐 쳐다보더니 새침한 표정 그대로 대답했다.

"가장 좋은 선생의 가르침도 진짜 적이 가르쳐주는 것에 비할 바가 아니며, 가장 열심히 연습하는 자도 생명의 위협에 쫓기는 자보다 절박하지 못하다는 뜻이라고 생각됩니다."

폰티나 공작은 고개를 끄덕이며 보리스의 얼굴을 찬찬히 훑어보았다. 클로에의 말이 맺어지는 것과 동시에 루이잔의 시선이 보리스에게 가 꽂혔다. 그는 대뜸 입을 열어 말했다.

"말씀중에 죄송합니다만 저도 저 소년에게 묻고 싶은 것이 있습니다. 보리스 미스트리에, 난 아버지로부터 카민 미스트리에라는 옛 출전자에 대한 이야기를 들은 일이 있는데 실례가 안 된다면 그 이름과의 관계를 물어보아도 될까?"

그러자 입을 다물고 있던 이졸렛이 말했다.

"그분은 제 아버지이십니다."

루이잔은 물론이고 폰타나 공작의 눈까지 커졌다. 루이잔은 입을 꾹 다물고 눈을 몇 번 깜빡인 다음 재차 확인하려는 것처럼 물었다.

"그 말이 정말이라면…… 그분, 그대의 아버지께서는 지금 어디서 무엇을 하고 계시지?"

"오래전에 돌아가셨습니다."

"돌아가셨다고? 그렇다면 그전에는…….."

"아버지께선 사제이셨습니다. 그 이상은 말씀드리기 힘들군요."

일리오스는 엄연히 섬의 사제였으므로 거짓말을 한 것은 아니었다. 그러나 그냥 한 말치고는 꽤 교묘했다. 대륙에는 크고 작은 사원과 교단이 많았고 그런 곳에는 과거를 밝히지 않고 종교적 이상에 몰두하는 신관들이 흔했다. 그런 자들의 경우 신분이나 실력이 널리 알려지지 않아도 이상하지 않았다. 그 종교가 신봉되지 않는 지역에서 부모의 신분을 숨기는 것도 드문 일은 아니었다.

"그렇군. 그러면 두 사람은 아직도 그 신전에 있는 건가?"

"최근에는 의지할 곳이 없어져 대륙을 떠돌고 있습니다."

이때 폰티나 공작이 말했다.

"그것참 놀라운 일이로군. 카민 미스트리에라면 나 역시 기억하고 있다. 옛날 실버스컬에서 불패의 강피르 자작을 꺾었던 정체불명의 소년이 아닌가? 그러고 보니 아가씨는 상당히 닮았군. 정말로 부녀지간이 맞는 것 같군그래. 그때 그 소년, 아니 아가씨의 아버지의 실력은 참으로 대단했지. 그날 대회가 끝나고 그 소년을 찾으려 했던 사람이 얼마나 많았는지 자네들은 짐작하지 못할 거야."

자기 집안의 금기가 폰티나 공작의 입에서 흘러나오자 루이잔의 얼굴이 붉어졌다.

"그런 사람이 이미 죽었다니 참으로 안타깝군. 애도를 표하네. 훌륭한 분의 유지를 이어받았으니 내일 경기에서도 마음껏 실력을 보이길 바라네."

이번에는 보리스도 가볍게 고개를 숙여 보이며 대답했다.

"좋은 말씀 감사합니다."

후식 시간도 끝이 났다. 귀족들은 더 남아 환담을 나눌 모양이었지만, 내일의 출전자들은 물러가 쉬어도 좋다는 말이 떨어지자 모두들 자리에서 일어났다. 하이아칸 왕족 볼프렌은 줄곧 이솔렛을 바라보며 의혹 섞인 감정을 감추지 못했다. 그 역시 검술을 수련하는 사람인지라 카민 미스트리에라는 이름을 들어보았던 것이다. 아니, 들어본 정도가 아니었다.

그는 하이아칸에서 멀지 않은 루그란에 몇 번 방문한 적이 있었다. 루그란 귀족들 사이에서는 역대 실버스컬 우승자들을 놓고 순위를 매기는 것이 흔한 사교적 화제였다. 카민 미스트리에는 그런 논쟁에서 단 한 번도 5위 밖으로 밀려난 적이 없는 이름이었다. 그나마도 최근의 우승자를 배려하느라 그런 것이고 실제로 그의 이름은 '압도적인 승리'의 대명사로 쓰일 정도로 인기가 있었다.

또한 미스트리에는 그때, 말 그대로 경기를 씹어 삼켜버리고, 이튿날 연기처럼 사라졌다. 굴욕적인 패배에 분노한 귀족 누군가에게 암살당한 것이 아니냐는 소문이 돌았을 정도로. 그래서 더 전설적인 색채를 갖게 된 이름이었다.

그런 사람의 딸이라고?

그제야 편견을 버리고 살펴보니 단지 예쁘기만 한 소녀가 아니었다. 검을 다루는 사람들이 갖는 싸늘한 눈빛은 물론, 움직임조차 범상치 않았다.

입구를 나가려 할 때 보리스는 등뒤에서 나직이 말하는 목소리를 들었다.

"내일, 좋은 승부를 기대하지."

루이잔이었다. 그는 가지 말라고 칭얼대며 쫓아오는 어린 동생에게 좀더 놀고 있으라며 머리를 쓰다듬어주고는 먼저 밖으로 나갔다.

불가능한 것에 삶을 걸고

작은 램프의 불빛이 흔들거렸다. 샹들리에의 촛불을 모두 끈 뒤 야외 천막에서 쓰던 램프를 밝혀 침대 옆에 놓아두었다. 창 덧문을 닫고 커튼까지 단단히 쳐서 불빛이 새어 나가지 않도록 했다. 누가 보아도 잠든 것으로 보이도록.

"네 원수란 말인가? 그가 빼앗으려 한 것은 너의 검, 윈터러이고?"

의자에 앉은 이솔렛은 평소 복장으로 갈아입고 검까지 등 뒤에 매어놓았다. 보리스 역시 금방이라도 여행할 수 있는 차림으로 침대에 앉아 꼼짝도 하지 않았다. 아직 깊은 밤은 아니었다.

"그는 저를 죽이려 했지만 실패했습니다. 그러나 제 마음

속에 한 조각 남아 있던 순진한 신뢰를 밟아 없애버렸으니 무언가 한 가지를 죽인 셈은 되는군요."

"그는 여전히 너를 노릴 테지?"

"포기하지 않을 겁니다. 원터러를 얻기 위해 가면을 쓰고 저를 양자로 삼아 일 년 가까이 기다렸던 잡니다. 원하는 것이 있으면 수단 방법을 가리지 않는 집요한 인간입니다."

"그래서 달아날 거야? 내일 경기를 포기하고서?"

실은 달아나는 것도 간단치 않았다. 여기는 폰티나 공작의 성이었고, 삼엄한 경비가 있을 것은 뻔했다. 차라리 어젯밤처럼 천막에서 지냈더라면 남의 눈을 피해 도망치는 것도 쉬웠을지 모른다. 아니, 그렇지도 않았다. 그랬다면 오늘 벨노어 백작과 마주치지도 못했을 테고, 내일 준결승전에서 일방적으로 발각되어 손쓸 틈도 없이 당했을 터였다. 그렇다면 역시 공작에게 감사해야 하는 건가?

"솔직히, 잘 모르겠습니다. 내일 경기를 그런 식으로 포기해도 좋을지, 아니면 정면으로 부딪치는 것이 옳을지. 심지어는 이런 생각도 듭니다. 그가 나의 진정한 원수라면 경기를 포기하느냐 하는 문제를 떠나, 적의 공격을 기다릴 것도 없이, 내 쪽에서 먼저 그를 죽여야 옳지 않을까 하는, 그런 생각."

"그를 조금이라도 동정해?"

"천만에요. 당시 제게 실력과 기회가 주어졌다면 반드시 그를 죽였을 겁니다. 그는 제 손에 처음으로 피를 묻히게 만든 자였죠. 제가 죽인 것이 벨노어 백작 본인이었다면, 그때 저는 그 정도로 괴로워하지 않았을 겁니다."

보리스의 목소리가 날카로워진 것을 느끼고 이솔렛의 미간에도 힘이 들어갔다. 조금 전에 이솔렛도 보리스와 벨노어 백작과의 사이에 얽힌 사연을 대략 들었다. 두 사람이 어떤 상황에 놓였는지도 파악했다. 달아날 수도 머무를 수도 있었다. 달아나기로 결정한다면 머나먼 섬에서 여기까지 오기 위해 했던 노력과 결심이 물거품이 되는 것은 물론, 당장 빠져나갈 방법부터 강구해야 했다. 머무르기 위해서는 오늘밤이라도 있을지 모르는 습격에 대비할 방책을 세우지 않으면 안 되었다. 일단 오늘밤을 견뎌내더라도 내일이 있었다. 이곳에서, 아니 아노마라드 땅 전체에서 그들을 보호해줄 사람은 아무도 없었다.

그때, 두 사람은 동시에 문밖에 인기척이 있음을 감지했다.

"쉿."

인기척은 서서히 문 앞까지 다가왔다. 지나칠 것인가, 다른 행동을 할 것인가. 긴장이 고조될 무렵, 문을 두드리는 소리가 났다.

둘은 얼굴을 마주보았다. 이 시간에 그들을 찾아올 사람은 아무도 없었다. 보리스는 소리 없이 몸을 일으켜 침대 위에 올려놓았던 검을 잡았다. 맨발로 문 앞까지 다가갔다. 이솔렛 역시 조용히 일어나 문 뒤로 갔다.

똑, 똑.

다시 들렸다. 행여나 다른 사람이 들을세라 조심스러운 노크였다. 일단 빗장은 질러져 있었다. 상대는 문을 부수고라도 들어올 것인가? 이윽고 문고리를 만지는 소리가 났다. 달칵, 달칵, 문을 미는 것 같았지만 열리지 않자 뜻밖에도 목소리가 들려왔다.

"저…… 보리스 오빠……. 나…… 로즈니스야."

로즈니스가 이곳에?

두 사람이 다시 한번 얼굴을 마주보며 의혹 섞인 시선을 주고받는 가운데 겁먹은 목소리가 들려왔다.

"문 좀 열어줘……. 꼭 해야 할 얘기가 있어. 제발…… 빨리……."

이솔렛도 로즈니스가 누구인지 조금 전에 들어 알고 있었다. 백작은 딸을 내세워 경계심을 풀게 하고 갑자기 습격할 심산인가?

그때 이솔렛이 갑자기 두 손을 움직이더니 특이한 모양을 만들어 보였다. 곧 보리스는 그것이 오래전에 가르쳐줬던 일리오스 사제의 수신호라는 것을 알았다. 멀리서도 보이는 큰 동작의 신호도 있었지만, 가까이에서 말을 주고받기 위한 수

화手語도 있었다. 정신을 집중해서 보니 하나씩 생각났다. 신호는 띄엄띄엄 이어지며 완전한 문장이 되었다.

—내가 문을 열 거야, 넌 윈터러를 갖고, 창을 열고, 위험하다면, 뛰어내려, 내가 오지 않더라도, 달아나.

보리스는 고개를 저었다. 신호는 잘 기억나지 않았지만 당신을 두고 갈 생각은 없다는 의사를 표현하려 했다. 그러나 이슬렛은 완강한 눈빛으로 보리스를 밀쳐내고 문고리를 잡았다. 그리고 다시 짧게 신호했다.

—가, 내 손으로 죽여버리기 전에.

이슬렛은 검을 잡아 뽑았다. 이제 신호는 불가능했다. 보리스가 세 발짝 물러나는 것과 동시에 문이 홱 열렸다. 그와 함께 문고리에 매달리다시피 한 소녀가 와락 방안으로 끌려 들어왔다.

"아!"

로즈니스가 짧은 비명을 울렸다. 순식간에 팔이 틀어 잡히고 목에는 칼이 들이대어졌다. 로즈니스를 잡은 이슬렛은 발로 문을 차 활짝 열어젖혔다. 그러나 밖에는 아무도 없었다. 보리스는 이슬렛이 한 말을 잊어버리기라도 것처럼 한달음에 문을 닫고 빗장을 채웠다. 그리고 로즈니스의 어깨를 잡았다.

"너 혼자야?"

불쌍한 로즈니스는 완전히 겁에 질려 말까지 더듬거렸다.

"으…… 으응……."

"풀어주세요, 이솔렛. 이 아이는 싸움은 몰라요."

로즈니스의 성격상 그동안 달라졌을 가능성은 없겠지 싶었다. 혹 배웠다 한들 그만한 나이에 이솔렛의 검을 당할 상대는 사실상 없었다. 이솔렛은 팔을 풀고 물러났지만 검을 도로 꽂지는 않았다. 로즈니스는 이솔렛을 만찬장에서 보았지만, 그때 푸른 드레스를 입고 있던 아가씨와 지금 검을 든 이솔렛은 전혀 다른 사람으로 보였다.

"오랜만이야, 로즈니스. 무슨 일로 온 거지?"

겨우 찬찬히 살펴볼 여유가 생겼다. 조금 더 자란 모습 위로 짓궂은 표정을 한 꼬마 소녀의 모습이 겹쳐졌다. 레몬색 머리는 풍성하게 자랐고 초록빛 눈은 약간 작아진 듯했다. 여전히 예쁘지만 어딘가 달라진 로즈니스, 자신의 옛 동생이었다.

전혀 반갑지 않다면 거짓말일 것이다. 그러나 지금은 그런 것을 생각할 여유가 없었다.

"내가 반갑지 않은 거구나. 나…… 하지만…… 여기까지 큰맘 먹고 와야 했어."

겨우 놀란 숨이 가라앉았는지 로즈니스는 두 손으로 가슴을 누르며 조그맣게 한숨을 토해냈다.

"어제 경기장에서 바로 알아보았어. 오빠란 거…… 아버지보다 훨씬 먼저 알았어."

보리스는 로즈니스의 손을 끌어 의자에 앉혀주었다.

"놀라게 해서 미안하다. 하지만 그럴 이유가 있었어."

"알아."

"안다고?"

보리스가 고개를 갸웃하는 순간, 로즈니스가 빠르게 말하기 시작했다.

"그래, 오빠가 위험한 거. 나, 그 말 해주러 온 거야……. 도망치라고! 그래, 잠깐이나마 남매였다는 생각 때문에…… 그냥 지나치려고 했지만…… 아무래도 마음에 걸렸어. 난 아버지의 속셈은 하나도 몰라, 오빠하고 아버지 사이에 무슨 일이 있었는지도 모르고. 할 수만 있다면 말리고 싶지만 내겐 그런 힘이 없어. 모두 영문 모를 일들뿐이야……. 그렇지만 한 가지는 말할 수 있어. 오늘밤에 누군가가 오빠를 죽이러 올지도 몰라!"

그때 이솔렛이 입을 열었다.

"아가씨의 아버지가 보리스를 죽이려고 하는데, 아가씨가 계획을 엿듣고 알려주러 왔다, 그런 말이군요. 왜 죽이려 하는지는 전혀 모른다는 거고……. 그 말을 우리가 어떻게 믿죠? 우릴 달아나게 해놓고 내일의 승리를 다른 사람이 가져가게 하고 싶은 것일지도 모르잖아요?"

로즈니스의 눈이 커지더니 분노가 어렸다.

"그런 말이 어딨어요! 난 단지 도와주려고⋯⋯."

"정말로 도와주려는 거라면 이유를 대요. 당신이 친아버지의 계획을 일부러 망쳐가며 별 인연도 없는 가짜 오빠를 도와주려 하는 까닭을 모르겠군요. 우리가 믿기를 원한다면 구체적인 상황을 이야기해봐요."

로즈니스가 의자에서 발딱 일어났다. 예전 성격이 완전히 죽은 것만은 아니었다.

"당신이 누군지 모르겠지만 검을 들었다고 날 멋대로 몰아붙여도 된다고 생각하지 말아요. 난 오해에는 질릴 대로 질린 사람이에요. 더 듣고 싶다고요? 그래요, 말해주죠. 아버진 아까 만찬이 끝난 후 강피르 자작을 만나서 협상을 했어요. 그 사람은 자기 아들의 우승을 원하고, 아버진 그걸 도와주기로 한 거죠. 자작 집안에선 오빠만 없어지면 우승은 소자작이 가져갈 걸로 생각하는 모양이니까요. 그런데 그런 생각이 근거가 있나요?"

로즈니스는 보리스를 흘끗 보더니 다시 말을 이었다.

"하여튼 아버지가 정말로 원하는 게 뭔지는 나도 몰라요. 하지만 그들이 돕기로 했다는 거, 그것만은 틀림없이 사실이란 거죠. 이 이상 중요한 이야기가 있나요?"

"설마. 오해라면 미안하게 되겠지만, 우린 아가씨의 아버지가 뭘 원하는지 이미 알고 있어요. 그런데 그걸 아가씨가 모른다고 한다면, 정말로 모르는 것이 아니라 뭔가 다른 것으로 알고 있는데 그 말을 꺼내기가 싫은 거겠죠. 내 말이 틀린가요?"

그렇게 말하며 이솔렛은 칼을 꽂고 한 발 물러섰다. 예나 지금이나 솔직한 로즈니스는 그 동작의 우아함에 감탄해서 입을 약간 벌렸다. 그런 다음에는 불쾌한지 도로 입을 꾹 다물었다.

"말하고 싶지 않으면 하지 않아도 상관없어요. 짐작은 가니까. 어쨌든 이제 당신이 솔직하다는 것은 알겠어요. 그 대가로 당신 아버지가 진짜로 원하는 것이 뭔지 보여주죠. 보리스, 괜찮겠지?"

보리스는 로즈니스의 초록빛 눈동자를 들여다보았다. 어딘가 모르게 예전과는 달라졌다. 방금 발끈하긴 했어도 전처럼 자신만만하지도, 자기중심적이지도 않았다. 단순히 성장했다는 의미일까? 몇 년간 자신이 변했듯, 로즈니스도 변하지 말라는 법은 없으니까.

보리스는 침대 매트리스를 찢고 넣어두었던 천 꾸러미를 꺼냈다. 로즈니스 앞에서 매듭을 풀고 안에 든 것을 보였다.

"그게…… 뭐야?"

로즈니스가 보기에 그것은 검도 아니었고, 그렇다고 다른 무엇도 아닌 요상한 물건이었다. 보리스가 말했다.

"내가 오래전에 갖고 있던 검이야. 네가 나와의 첫 만남을 기억할지 모르겠지만 그 당시에도 내 손에 있었어. 네 아버진 이것을 원해. 그래서 나를 죽이려고까지 했지. 날 너의 집에 받아들였던 것도 이것 때문이었어. 이번에도 마찬가지로 이 것을 원하는 거고."

"그게 그렇게 중요한 물건이야?"

"글쎄, 내게는 소중한 사람의 유품이라 중요하지만, 네 아버지에겐 다른 의미가 있는지도 모르지. 일단 네가 이렇게까지 나를 생각해줄 줄은 몰랐다는 걸 말해야겠구나. 고맙다는 말도 함께 말이야. 이솔렛이 한 말에 너무 마음 상하지 않았길 바란다."

보리스는 잠시 눈을 내리깔았다가 로즈니스를 보았다.

"하지만 이것 하나만은 알아둬. 벨노어 백작만 나를 죽이려고 하는 것이 아니야. 나 역시 일대일 상황이 된다면 결코 그 사람을 그냥 지나치지 않아. 그러니 이솔렛이 너를 경계하는 거고, 나 역시 네가 영영 내 편이라고는 생각하지 않는 거지."

"……."

모두 로즈니스에게는 섬뜩하게 들리는 말뿐이었다. 보리스도 알고 있었다. 그러나 로즈니스가 보여준 성의에 최소한이라도 보답하는 방법은 이것밖에 없었다.

몇 발짝 방안을 오가던 이솔렛이 입을 열었다.

"어쨌든 확실해졌구나. 오늘밤에는 습격이 있을 거고, 다음은 탈출 방법의 연구인가? 2층이니 어떻게든 밖으로 나갈 순 있을 것 같지만……."

"아니, 가지 않아요."

"오빠!"

보리스는 윈터러를 도로 싸서 본래 있던 곳에 집어넣었다. 그 위에 걸터앉으며 허리에 찬 칼자루를 쥐었다. 그의 시선이 지난 일을 쏘아보듯 허공 어딘가에 머물렀다.

"여기까지 와서 허무하게 달아날 수는 없는 노릇입니다. 당신과 약속한 것이 있고, 그리고 나 자신과 약속한 것이 있어요."

"만용을 부릴 문제가 아니야. 로즈니스 아가씨, 습격 인원이 몇 명쯤 되는지 혹시 알아요?"

"아버지가 거느린 기사들만도 열다섯은 될 거예요."

"무리야, 보리스. 이번엔 달아나야 해. 다른 대안이 없어."

"그래요. 지금껏 늘 달아나기만 했죠."

기억이 났다. 횃불에 휩싸인 진네만 저택을 뒤로하고, 에메라 호수를 뒤로하고, 아픈 기억의 벌판과 낯선 도시의 여관과…… 배신자의 성을 떠나 달렸던 남부의 들, 산을 뚫는 관문을 넘고 렘므 땅에 들어가 드디어 나우플리온을 만나기까지 도망치고, 도망치고, 또 도망쳤던 자신이었다. 어떤 것에도 맞서지 못하고, 내일을 위한 증오조차 남기지 못한 채 오직 생존만을 위해 허겁지겁 달아났다.

섬에 들어간 후에야 그는 처음으로 단 하나의 적과 당당히 맞섰다. 자신 안에 잠들어 있던 묵은 증오를 깨달은 것도 그곳에서의 일이었다. 자신을 알게 해준 섬이었다. 결코 안온한 곳은 아니었으나, 그곳에서 사람답게 도전하고 분노하는 법을 배웠다. 그 섬에서 그를 자신답게 해주는 사람들의 기대를 가지고, 이번에는 이곳까지 떠나왔다.

이번에는, 이번에야말로, 아니, 이번조차도 달아나고 싶진 않았다. 살아남기 위해서만 살아온 삶은 그를 무기력한 그림자로 만들어놓았다. 생존이란 그런 것이 아니었다. 반드시 살아남아야 할진대, 적어도 사람인 상태로 살아남아야 하는 것이다.

"왜 지금까지 제가 벨노어 백작에게 분노하지 못했는지, 그런 배신을 당하고도 어째서 증오로 미쳐버리지 않았는지, 의아하기도 하고 이해가 갈 것 같기도 합니다. 분노도, 증오도, 산 인간이 갖는 거죠. 살아 있는 인간이 되기 위해서는 단지 살아 있는 것만으로는 안 된다는…… 그런 생각이 듭니다. 아, 그건 오래전에 그분께서 해주신 말씀이기도 하죠. 로즈니스, 너도 기억하겠지? 월넛 선생님 말이야."

보리스는 자리에서 일어나 다시 한번 검을 꽉 쥐었다. 그리고 당황한 표정의 로즈니스를 보았다.

"넌 그만 돌아가. 네 친절은 잊지 않을게."

"잠깐."

물러나 있던 이솔렛의 얼굴이 다시 램프 빛에 드러났다. 표정이 결연하게 굳어져 있었다.

"보리스, 네 생각이 정 그렇다면 운을 시험해보고 싶은 일이 있구나. 네가 수긍하든 하지 않든, 이 일만은 반드시 해보아야겠어. 로즈니스 아가씨."

로즈니스는 문을 등지고 서서 두 사람을 번갈아 보았다. 이솔렛이 다가가 한 손을 내밀어 로즈니스의 손을 꽉 잡았다.

"원한다면, 아가씨가 도와줄 수 있는 일이 단 하나 있어요. 그걸 하고 안 하고는 전적으로 아가씨의 결정이지만."

이솔렛의 계획은 실로 놀라운 것이었다. 아니, 엄청나다 못해 실현 불가능해 보였다.

그러나 보리스는 반대하지도, 다른 의견을 말하지도 않았다. 자신이 무모하다 못해 자살 시도에 가까운 결정을 했듯, 이솔렛에게도 앞날을 위해 선택할 권리가 있다고 믿었다. 그렇다면 그게 무엇이든 도와야 했다. 또한 이솔렛이 지닌 수완을 믿고 있기도 했다. 자신에겐 결코 없는 재능을 지닌 사람이었다. 책임감 없이 계획을 세울 사람이 아니었다.

첫 단계는 로즈니스의 몫이었다. 처음에는 망설이던 로즈니스를 결정적으로 설득한 것은 우연찮게 아직까지 갖고 있던 네잎클로버 주머니였다. 그걸 본 로즈니스가 한순간 생각을 바꾸어주었기에 세 사람은 빠르게 방을 빠져나와 3층으로 올라갔다. 소지품은 각자의 무기, 그리고 천에 싼 윈터러밖에 없었다.

"솔직히 자신 없어요. 난 그 아가씨와 전혀 친하지 않거든요."

그들이 멈춰 선 곳은 클로에, 즉 폰티나 공작 영애의 방이었다. 두 사람은 그늘에 숨고 로즈니스가 문을 살짝 두드리자 젊은 시녀가 내다보았다.

"클로에 아가씨는 잠자리에 드셨느냐? 아니시라면 로즈니스 다 벨노어가 긴한 일로 잠시 뵙자 한다고 말씀드려라."

당당한 태도 때문에 뭔가 있다고 생각했는지, 시녀는 얌전히 대답하고 안으로 사라졌다. 문이 닫히자마자 로즈니스는 호르르 한숨을 내쉬었다. 성미가 까다롭기로 정평이 난 클로에가 이런 시각의 방문을 환영해줄 가능성은 거의 없었다. 안리체 왕비의 조카딸인 클로에는 왕자 한 명뿐인 켈티카 왕궁에서 공주나 다름없는 존재였다. 그나마 왕비의 옛 동무인 어머니라도 계셨다면 좋았겠지만, 켈티카 궁정 귀족들 사이에서 막강한 인맥을 자랑하던 벨노어 백작 부인은 로즈니스가 그걸 필요로 하게 되기도 전에 덜컥 세상을 뜨고 말았다.

그러나 어쨌든 귀족 소녀인 자신이어야만 이런 밤에 클로에가 만나줄 가능성이 조금이라도 있었다. 지금은 평민 신분인 오빠, 더구나 소년인 그가 밤에 공작 영애를 만날 방법은 전혀 없다고 해도 과언이 아니었다.

왜 자신이 보리스를 도우려고 하는지, 그 옛날 장난 같은 선물이 무슨 의미가 있는지, 로즈니스 자신도 몰랐다. 그냥 대리 만족일지도 모른다. 뭐든 마음대로 할 수 있다고 생각했지만 결국 아무것도 하지 못한 자신과, 불리한 조건 속에서도 끊임없이 살길을 찾아내어온 오빠가, 가짜 핏줄이라도 이어진 사이라고 믿고 싶었을까.

"들어오시랍니다."

일단 성공이었다. 로즈니스가 안으로 사라지자 복도는 다시 어두워졌다. 다시 나오기를 기다리는 동안 영원에 가까운 시간이 흐르는 기분이었다. 지금 그들은 도박을 하고 있었다. 결과를 짐작할 수 없는 까닭은 폰티나 공작의 딸 클로에가 어떤 사람인지 전혀 모르기 때문이었다.

"이솔렛, 묻고 싶은 것이 있는데……. 로즈니스를 믿겠다고 말한 것이 나 때문이라면……."

아까부터 생각하고 있던 문제였다. 그가 아는 이솔렛은 이렇듯 손쉽게 다른 사람의 손에 자신의 운명을 맡기는 사람이 아니었다.

"아니, 그럴 만한 근거가 충분했어."

"근거라고요?"

"그 아가씨가 아버지의 속셈, 즉 강피르 자작과의 협상 조건을 차마 말하지 못하는 이유를 알 것 같았으니까."

"그 애가 모른다고 했잖아요?"

"내가 아닐 거라고 말했지 않니?"

그때 문이 다시 열렸다. 나온 사람은 나이든 시녀였다. 시녀는 보리스와 이솔렛 쪽으로 오더니 이미 어디에 있는지 아는 것처럼 나직이 속삭이며 손짓했다. 이윽고 그들도 방으로 들어갔다.

클로에의 방은 생각 외로 화려하지 않았다. 아가씨다운 취향이 반영된 기색도 없었다. 짙은 밤색의 호두나무로 지은 장식장에 진열품보다 책이 더 많은 것을 본 보리스는 무심코 벨노어 성에서 쓰던 방을 떠올렸다. 그곳도 어른의 방이었던 까닭이었다. 정면에 고풍스러운 등나무 테이블과 의자들이 보였다. 흰 꽃을 수놓은 창가의 커튼 머리에는 금빛 술들이 매달려 있었다. 로즈니스는 그 옆에 약간 굳어진 태도로 서 있었다.

살짝 열린 창으로 시원한 바람이 한줄기 들어왔다. 창 아래 장미 덩굴을 새긴 긴 의자가 있었다. 거기에 비취색 드레싱 가운을 입은 소녀가 비스듬히 앉아 그들을 보고 있었다. 만찬장에서 보았을 때보다 파리한 얼굴에 붓으로 그려 넣은 듯 짙푸른 눈동자가 이질적으로 화려했다. 분명 비슷한 나이라고 들었는데, 도톰한 입술과 서늘한 눈초리에서 성숙한 여인 못지않은 매혹이 묻어나는 것을 느끼고 보리스는 약간 흠칫했다. 경기장에서 떠돌던 소문은 절반만 맞았다. 장미는 장미이되 눈빛처럼 파르란, 그러나 덜 핀 장미였다. 라임오렌지의 시고 달콤한 향, 박하의 차고 싸늘한 향, 그 위에 살얼음처럼 한 겹 덮인 오만함. 실로 진기하고 독특한 매력이다.

"아가씨께서는 용건을 듣고 싶어 하십니다. 숨김없이 모든 것을 설명해야만 도움을 고려하실 것입니다."

시녀가 말했다. 클로에는 말없이 턱을 약간 치켜들고 두 사람을 보았다. 보리스는 한 걸음 나와 공작 영애를 정면으로 보았다. 몇 시간 전에 만찬장에서 마주앉았던 것이 아득한 옛일 같았다. 아니, 자신은 밤새 황야를 걷다가 느닷없이 나타난 궁전에 들어선 전사이고, 클로에는 백 년 만에 찾아온 방문자의 소원을 들어주는 고대의 공주처럼 보였다.

"아가씨의 아버지, 폰티나 공작님을 뵙고 싶습니다. 아가씨께서 친히 한마디만 전해주신다면 공작님께선 반드시 우리를 보려 하시리라 확신합니다."

복도는 길었다. 그러나 기다리는 시간은 더욱 길었다.

불가능한 것에 삶을 걸고

폰티나 공작의 서재로 이어지는 둥근 층계참의 마지막 계단 앞에서 그들은 클로에가 돌아오기를 기다리고 있었다. 로즈니스는 여전히 믿을 수 없다는 표정이었다. 모든 용건을 설명한 후에도 아무 말이 없던 클로에가 이솔렛이 귀에 속삭인 비밀의 말 한마디에 두말없이 일어나 공작의 서재로 가준 것이다.

"오빠는 많이 변한 것 같네."

로즈니스는 불안한 듯 발끝으로 양탄자를 비벼댔다. 예전에도 가끔 하곤 하던 버릇이었다.

"옛날에 우리집에서 오빠가 쓰던 방 말이야, 아직도 비어 있어. 어머니께서 돌아가신 후로 난 어머니 방을 보살피려고 그 옆방으로 옮겼거든. 아참, 어머니 돌아가신 거 모르겠구나."

"돌아가셨다고?"

별 감흥은 없었다. 이제는 얼굴조차 희미한 백작 부인이었다. 다만 로즈니스의 변화가 백작 부인의 죽음과 관계가 있지 않을까 싶긴 했다. 다시 만난 그녀는 보리스가 기억하던 벨노어 성의 작은 독재자 로즈니스 아가씨가 아니었다. 몇 년의 시간은 그녀에게 신중함과 배려하는 마음을 준 대신 활기와 자신감을 앗아갔다.

"그동안 어디서 어떻게 지냈어? 고향으로 돌아갔던 거야?"

"미안하지만 말해줄 수가 없어. 그런데 내가 보기엔 너야

말로 많이 변했구나. 나와 함께 지내던 시절에는……. 아, 란지에! 그 아이는 어떻게 지내지? 아직도 네 집에 있니? 란즈미는?"

이제야 떠오른 이유가 무엇일까. 란지에를 떠올리는 순간 가슴이 한 번 세차게 뛰는 것을 느끼며 말이 빨라졌다. 로즈니스는 그런 보리스를 올려다보더니 나지막이 말했다.

"란지에는 이제 저택에 없어. 벌써 오래됐어. 란즈미도 물론 없고. 갑자기 떠나버렸기 때문에 난 한동안 그 애가 떠났다는 것도 몰랐어."

말하면서 로즈니스는 눈가를 찌푸렸지만, 그건 예전과 달리 착잡함에 가까웠다.

"오빠가 떠났을 때와 똑같아. 물어봐도 아버지는 전혀 설명해주지 않으셔. 하긴, 그뿐 아니라 아버진 늘 내게 중요한 건 하나도 말해주지 않았지. 딸이라고 해도 난 아는 것이 아무것도 없어. 정말로."

"그후로 어떻게 됐는지 소식을 들은 것도 없어?"

"없어. 음, 켈티카에 갔을 때…… 아니, 그거야 뭐……."

"켈티카?"

로즈니스는 약간 망설이다가 말을 이었다.

"작년에 켈티카에 갔을 때 비슷한 사람에 대한 이야기를 들은 적이 있어. 하지만 이름도 달랐고…… 같은 건 나이와 외모밖에 없으니 아마 다른 사람일 거야."

"무얼 하는 사람이었는데?"

그걸 듣는다면 확인이 될 것 같았다. 로즈니스가 말했다.

"왕립 그로메 학교 학생. 평민인데 귀족 소년들과 친하게 지내는 사람이고…… 파티에도 가끔 온다고 하더라고."

보리스는 고개를 저었다. 그런 사람이 란지에일 리 없었다.

"오빠는 란지에가 어떻게 됐는지만 궁금해하고…… 내가 어떻게 지냈는지는 별로 관심 없구나?"

잠시 옛 어조가 되살아났다. 로즈니스는 한 발짝 물러서더니 그 시절처럼 짓궂은 미소를 지어 보였다. 그러나 돌아갈 수 없는 시절이었다. 로즈니스는 그 말을 한 뒤 이솔렛을 흘끗 쳐다보았고, 다시 처음처럼 삼가는 표정으로 돌아갔다. 이솔렛은 두 사람의 대화를 들었을 테지만 반응 없이 무표정하게 계단 위쪽을 올려다보고 있었다.

이런 늦은 시각에도 공작의 서재나 침실에 예고 없이 드나들 수 있는 사람, 그럼에도 불구하고 공작이 호의를 갖고 그 이야기를 들어줄 만한 사람은 이 성안에 단 세 사람뿐이었다. 그 가운데 클로에를 통하는 것이 가장 낫다고 결정한 사람은 이솔렛이었다. 이럴 때는 보리스도 이솔렛이 무엇을 생각하고 있는지 분명히 알기가 어려웠다. 섬에서 나고 자란 그녀가 어떻게 대륙 귀족들의 생각을 그렇게 쉽게 읽는지도 의아했다.

공작이 이미 잠들었을 수도 있고, 또는 클로에의 이야기를 듣고도 만나주지 않을 수도 있었다. 그러나 이솔렛은 불안해하지 않았다. 오히려 로즈니스에게 클로에를 만나달라고 부탁했을 때보다 더 승산이 있다고 여기는 표정이었다.

계단 머리에 빛이 나타났다. 클로에의 금발이 높이 들어올린 램프의 빛을 받아 발갛게 빛났다. 직접 입을 연 그녀가 짧게 말했다.

"올라와요."

로즈니스가 불쑥 말했다.

"난 그만 가보는 것이 좋겠어. 너무 오래 안 오면 아버지가 이상하게 생각하실 테니까. 내 방에 가 있는 편이 오빠를 위해서 나을 거야. 행운을 빌어. 그리고…… 다시 만날 수 있길."

높디높은 문이 열리고 두 사람은 이 성에서 가장 두렵고 강대한 사람, 국왕 다음가는 아노마라드 최고 권력가의 서재로 빨려들 듯 사라졌다.

"가까이."

보리스를 뒤에 남겨둔 채 이솔렛은 서재를 가로질러 정면의 탁자 앞에 섰다. 폰티나 공작은 붉은 자줏빛 가운 차림으로 손에는 크리스털 잔을 든 채 창가에 서 있었다. 이상한 일이었지만, 지금의 모습이 만찬장에서 화려한 옷을 갖춰 입고 있던 때보다 더한 위엄을 풍겼다. 그때는 손님에게 사려 깊게 베푸는 주인의 모습이었다면, 지금은 이 성을 지배하는 왕과도 같았다. 그의 몸은 육중했고 가운은 발밑까지 끌렸다.

"은인의 딸이로군. 정말로."

은인이라는 말은 렘므를 여행하는 동안 나우플리온의 검 때문에 줄곧 들어왔다. 그러나 이번의 '은인'은, 공작의 말대로라면 일리오스 사제였다. 그가 무슨 은혜를 베풀었기에?

"기억해주시니 감사할 따름입니다."

공작은 빈 잔을 탁자에 내려놓으며 한쪽 어깨를 으쓱했다.

"그 말은 마치 은혜를 잊는 것이 당연하다는 뜻처럼 들리는군. 이 내가 그런 사람으로 보인단 말인가. 만찬장에서는 근거라고 해봐야 얼굴과 이름뿐인지라 너희의 말을 모두 믿지 않았지만, 클로에에게 그 말을 전해 들은 이상 이제는 확실하겠지. 그래, 내가 어떤 식으로 도와주기를 원하는가?"

이 이상 일이 잘 풀릴 수는 없었다. 보리스는 저도 모르게 안도의 한숨이 나오려는 것을 참았다. 이솔렛은 조금도 긴장을 풀지 않고 침착한 표정 그대로 공작을 보았다.

"저와 제 동생이 내일 실버스컬이 치러지는 동안 외부의 위험에 노출되지 않도록 배려해주십시오. 더불어 공작님의 영지를 떠날 때까지의 안전 역시 보장해주십시오."

"너희는 이미 안전하다. 여기가 폰타나 공작의 성이라는 것을 잊었는가."

공작의 목소리에는 어린아이들을 대하는 어른의 가벼움도, 소홀함도, 자애로움도 없었다. 무심한 듯해도 뼈가 느껴지는 목소리였다.

"저희는 위협받고 있습니다."

"누구에게?"

"성안에 있는 두 귀족입니다."

"왜 그들이 너희를 노린단 말이냐. 개인적인 원한인가?"

"그렇습니다."

폰티나 공작의 눈이 이솔렛을 떠나 보리스에게 향했다. 잠자리에 들었다가 다시 나온 터라 불그레한 얼굴이었으나 눈만은 흔히 보기 어려운 광채로 번쩍였다.

"내 너희가 친남매가 아니라는 것을 일찍이 알아보았다. 이것은 은인의 딸, 너의 원한이냐, 아니면 저 소년의 원한이냐? 폰티나 공작이 은혜를 갚겠다고 할 때의 무게는 결코 가볍지 않다. 너의 일이 아닌 것으로 섣불리 써버릴 만한 것이 아니다."

이솔렛이 보리스를 흘끗 보고는 대답했다.

"저희는 친남매가 아니지만 종교적인 범주에서는 그보다 더한 책임을 가지는 관계입니다. 저는 그의 문제를 방관할 마음이 조금도 없으며, 그런고로 그의 위험은 곧 저의 위험입니다."

"그렇다면 좋다. 너희를 위협하는 자들이 누구냐. 날이 밝는 즉시 그들을 영지에서 내보낼 것이다."

"그것은 어렵습니다. 그중 한 사람은 내일 경기에 출전하는 소년의 아버지이기 때문입니다."

"뭐라고?"

공작의 살집 좋은 턱이 한차례 떨렸다. 준결승에 진출한 다섯 명 중 이곳에 부모가 함께 와 있는 출전자는 한 명밖에 없었다.

"네가 지금 강피르 자작을 말하고 있는 것이냐?"

"정확히는 다른 한쪽이 그를 부추긴 것입니다. 다른 한 사람은 바로 벨노어 백작입니다. 그들은 오늘밤 저희를 습격하여 죽이려 마음먹고 있습니다."

공작은 입을 다물었다. 이것은 그에게도 간단한 문제가 아님이 분명했다. 한쪽 의자에 앉아 있던 클로에가 두 사람을 번갈아 쳐다보고는 시선을 돌렸다.

"내 놀랍기도 하고 어처구니가 없기도 하군. 그들은 모두 유력자들이지만 내 영지 안에서 그런 무례를 저질러 발각되고도 무사할 자는 이 아노마라드 안에 없다. 무엇이 그들을 그토록 대담하게 만들었는지 모르겠군. 무슨 일이 있었던 것이냐? 왜 그들이 너희를 치려 하느냐?"

이때 보리스가 한 발 나섰다. 공작은 냉담하게 입 끝을 말아 올렸다가 내리며 그를 주시했다.

"벨노어 백작과 저는 한 하늘 아래 있을 수 없는 사이입니다. 지금의 신전에 몸을 담기 전에 저는 트라바체스 영주의 아들이었습니다. 백작은 사소한 원한에 사로잡혀 저의 아버지와 제 집안을 멸망시켰고, 저는 그 사실을 모른 채 그에게 속아 잠시 동안 그의 양자가 되었습니다. 결국 저는 사실을 알게 되었고, 복수를 다짐하며 도망쳐 나왔습니다. 아직은 실력이 일천하여 대적할 바가 되지 못합니다. 그러나 그의 손에 죽느니 다른 자의 손에 백 번 죽는 편을 택할 것입니다."

이솔렛이 보리스를 쳐다보았다. 윈터러의 존재를 숨기기 위해 꾸며낸 거짓말인 까닭이었다. 그러나 말의 첫머리와 끝에는 진심이 담겨 있었던 까닭에 목소리가 격해졌고, 그것이 그가 한 말을 진실로 만들었다.

클로에가 불쑥 입을 열었다.

"아까 만찬장에서 한 말을 이제야 이해하겠어. 하필 오늘 그 적과 외나무다리에서 마주쳤군."

공작은 딸의 말에 수긍하듯 고개를 끄덕였다. 그의 눈이 형형한 빛을 내기 시작했다.

"그렇다면 네 이름은 본명이 아니군. 가문의 이름은 무엇이냐?"

일종의 확인이었다. 공작이 진네만 가문의 일을 알고 있다면 방금 한 거짓말에 발목이 잡히는 꼴이 될 판이었다.

"그 가문은 존재하지 않습니다. 짓밟힌 잡초처럼 사라졌습니다. 그후 저는 신전에 몸을 담으며 옛 이름을 버리는 의식을 치렀습니다. 의식을 치르고도 사라진 가문의 이름을 입에 담는 자는 다시 한번 파멸을 부른다고 합니다. 저는 금기를 범하고 싶지 않습니다."

트라바체스에는 한때 번성했다가 이름조차 사라져버리는 집안이 대륙 어느 곳보다도 많았다. 폰티나 공작도 그런 사실을 잘 알고 있었다. 트라바체스 특유의 악습인 항쟁에 대해서도 모르지 않았다. 특히 최근 몇 년간은 항쟁이 빈발했고 사라진 가문도 많았다. 타국의 공작인 그가 그런 가문의 이름을 모두 알기란 어려웠다.

"그렇다면 어째서 네 원수인 벨노어 백작의 딸이 너를 도와 클로에를 설득하러 온 것이냐?"

"제가 잠시 양자로 지내는 동안 그 아가씨와 남매의 정을 쌓았기 때문이라고 생각합니다. 그 아가씨가 도와줄 거라고는 저도 예상하지 못했습니다."

"그렇다면 네게 원한을 갖는 것은 벨노어 백작 한 사람인데 어찌하여 거기에 강피르 자작이 연루된단 말이냐?"

"당연한 일이지만 강피르 자작은 아드님의 우승을 원하고 있습니다. 그러나 미스트리에라는 성을 가진 옛 우승자가 과거 그분을 꺾었던 것 때문에 제가 루이잔 폰 강피르 도련님의 큰 걸림돌이 되리라 우려하여 미리 제거하고자 한다고 생각합니다."

"네 말은 신빙성이 없다. 강피르 자작은 강직하고 청렴한 성품으로 이름난 자다. 또한 내일 경기에는 오를란느의 샤를로트나 하이아칸의 볼프렌 등 강력한 라이벌이 많이 있다. 너 하나를 없이한다 하여 우승이 확정되는 것도 아닌데, 굳이 그런 수고를 무릅쓸 까닭이 있겠는가?"

"그 두 분은 귀한 분들이니 함부로 해할 수 없겠지요. 그러나 평민인 제가 죽는다면 단지 주최자인 공작님의 명예에 누가 될 뿐 아무도 따지는 사람이 없을 것입니다. 또한 제가 유난히 견제를 받는 것은 제가 분수 넘치게 빌린 이름 '미스트리에' 때문입니다. 제가 듣기로 강피르 자작께서도 5연승을 앞둔 때에 이 이름을 가졌던 분께 패했다고 알고 있습니다."

순식간에 오간 대화는 거의 추궁이었다. 보리스는 한 번도 망설이지 않고 대답해왔다. 공작의 눈이 살짝 가늘어졌다가 다시 본래대로 돌아왔다.

아노마라드에 구舊왕국이 있던 시절에 태어나 잠시의 공화정, 다시 지금의 신왕정에 이르기까지 한 번도 몰락하지 않고 오히려 지금과 같은 위치를 일구어낸 공작이었다. 대륙에 다섯 용사가 있다고 일컬어지듯 정치적 감각으로 말할 것 같으면 아노마라드에서 첫손에 꼽히며, 그와 비견할 인물은 누이동생 안리체 왕비가 유일하다고 말해질 정도다. 열다섯 살 먹은 소년의 속을 들여다보는 것쯤은 일도 아니어야 했다.

그런데 대답하는 것을 듣고 있자니 속내가 어떤가를 떠나 녀석은 보통 소년이 아니었다. 한마디 한마디가 계산 끝에 나온 것이었고, 더듬거리지도 당황하지도 않았다. 귀족 출신 젊은이라 해도 폰티나 공작의 위엄을 접하면 떨기 마련인데, 평민으로 살아왔다는 소년에게 두려운 기색이 보이지 않는 것도 놀라웠다.

마지막으로 공작은 상대를 떠보려는 것처럼 말했다.

"그러나 모두 추측에 불과하지 않은가? 내가 강피르 자작을 달리 볼 실질적인 근거를 대보아라. 그런 근거도 없이 내가 네 말을 믿을 이유가 어디에 있느냐?"

그때 이솔렛이 한 발짝 나서더니 소맷자락 속에서 납작한 강철 휘장을 꺼내 탁자 위에 올려놓았다. 갑옷이나 그 밖의 것에서 떼어낸 듯한 그것에는 말의 머리가 정교하게 음각되어 있었다.

"습격은 첫째 날 밤부터였습니다. 저는 습격자들 중 한 명의 손목 보호대에서 이것을 떼어내었습니다. 이 문장이 누구의 것인지는 공작님께서 더 잘 아시겠지요."

당연히 그것은 강피르 자작 가문의 문장이었다. 보리스는 이솔렛이 이런 것을 갖고 있을 줄은 전혀 몰랐다. 습격이 있었던 사실조차 몰랐다. 이솔렛의 찬트를 들으며 잠든 까닭에 아침이 되기 전에는 천둥 벼락이 쳐도 깨어나지 않을 상태였던 것이다.

공작은 잠시 후 짧게 혀를 차며 비웃었다.

"흥, 신사인 체하던 그자도 어쩔 수 없는 건가. 궁정 모리배들과 다를 것도 없는 자였군. 하지만 이런 것을 일부러 보관해두다니 너도 교활한 계집아이로군. 네 행동은 마치 오늘 나를 만날 것을 짐작한 것 같지 않은가?"

이솔렛은 대답하지 않았고, 공작은 드디어 보리스를 보며 말했다.

"좋다. 네 말을 인정하겠다. 그러면 내가 어떻게 도와주길 바라느냐? 숙소를 은밀히 다른 곳으로 옮기고, 내일 경기를 안전하게 치를 수 있도록 병사들을 붙이면 되겠느냐?"

이솔렛이 대답했다.

"그것만으로는 부족합니다. 저희의 적은 아노마라드 귀족이니 저희가 이 나라를 떠나기 전까지는 어느 곳도 안전하지 못할 것입니다. 공작님께서 그 모든 것을 책임져주실 수는 없으니, 다만 폰티나 영지를 습격 없이 빠져나갈 수 있도록 공작님의 마차를 빌려주십시오. 영지 안에서는 비록 빈 마차라 하더라도 거기에 손대는 자는 공작님을 해치려 한 것과 같다고 간주된다 들었습니다.”

너무 대담한 제안이라 클로에의 눈썹이 약간 올라갔을 정도였다. 공작의 마차를 탈 수 있도록 허락된 사람은 오직 공작의 가족밖에 없었다.

“너의 요구는 무리한 것이다. 호위 병사들을 붙이는 것만으로는 부족하단 말이냐?”

“만일 그렇게 하신다면 공작께선 몇 명의 병사들과 함께 은인에게 새로운 은혜를 베풀 기회를 영영 잃게 될 것입니다.”

이솔렛이 말하는 방식은 때로 이렇듯 우회적인 싸늘함을 품고 있었다. 폰티나 공작이 갑자기 일갈했다.

“네가, 감히 내게 명령을 하려고 드는 것이냐! 좋게 들어주니 못하는 말이 없구나!”

그러나 이솔렛은 굽히지 않았다.

“전 공작님의 아량을 기대하고 있을 뿐 그것을 구걸하러 온 것은 아닙니다. 만일 제가 그래야 할 입장이었다면 처음부터 무릎을 꿇고 엎드려 양탄자의 먼지라도 핥았을 것입니다.”

“오래된 은혜를 갚지 아니한다 해서 날 탓할 자는 어디에도 없다. 달리 보면 내가 지금 너의 말을 들어주고 있는 것만 해도 사소한 은혜는 아닐 터. 너의 혀가 날카로우니 어디 한번 시험해보자. 옛 은혜의 문제를 떠나면 내가 너희의 요구를 들어주어야 할 어떤 작은 이유라도 있느냐?”

"있습니다."

이솔렛의 분홍빛 눈동자가 공작의 안광을 정면으로 받아냈다. 그렇게 말하긴 했어도 공작은 은인의 딸이라는 이솔렛을 당장 내치거나 하지는 않았다.

"말해보라."

"첫째로, 공작님의 성안에서 실버스컬 준결승 출전자가 목숨을 잃는다는 것은 경기 자체의 명성을 실추시킴과 동시에 공작님의 명예에도 큰 흠집이 될 것입니다. 둘째로, 요행히 오늘밤을 넘긴다 해도 내일이 되면 사정이 더 나빠질 것입니다. 내일 오후에 저희가 피살된다면 이번 실버스컬은 우승자가 사라지는 꼴이 될 테니까요."

"허! 정녕 우승이라 말했느냐? 갈수록 이만저만 오만한 것이 아니구나."

"우승은 할 것이니 그런 염려는 놓으십시오. 그럼 셋째를 말씀드릴까요?"

여기까지는 보리스도 짐작할 만한 것들이었다. 그러나 세 번째가 무엇인지는 쉽게 떠오르지 않았다.

"세 번째는 좀더 쓸모 있는 이야기이기를 기대하지."

이솔렛의 목소리는 차가웠으나 어조는 점차 열띠어졌다.

"국왕 폐하의 근위대를 맡고 있는 강피르 자작은 최근 폐하의 신임이 두텁다고 들었습니다. 물론 아직은 공작님께 비할 바가 아니겠지요. 하지만 이번 실버스컬에서 역대 최초의 5회 연속 우승자가 나온다면 어떨까요? 떠오르는 기사 가문에서 나타난 이 나라 최고의 소년 검사입니다. 그런 자의 존재가 공작님께 하등 도움이 될 리 없지 않습니까?"

번개처럼 시선이 부딪혔다. 불이 튀는 듯했다.

"그것을 막는 방법은 보시다시피 한 가지뿐입니다."

클로에가 입을 열었다.

"저 여자의 말이 맞겠군요. 폐하께서 올해도 루이잔이 우승한다면 강피르 자작 댁에 영지를 내리겠다고 하지 않으셨던가요?"

강피르 자작은 궁정 무인 출신이라 가문의 영지가 없었다. 자작이라는 작위도 체첼 국왕이 그의 충성심을 높이 사서 내려준 것이었다. 그런 만큼 영지를 갖는 것은 자작이 오래전부터 몹시 고대해온 바였다.

공작은 생각에 잠겼다. 이슬렛의 말이 공작이 암암리에 품고 있던 생각을 제대로 찔렀던 것이다. 강피르 자작이 영지 정도 갖는다고 해서 폰티나 공작에 대적할 존재가 되는 것은 아니었지만, 다른 무엇보다도 국왕의 총애가 두터운 자이기에 소홀히 생각할 수만은 없었다. 어쨌든 폰티나 공작은 국왕의 처남이고, 국왕의 신임이 가장 큰 힘의 원천인 것이다. 경쟁자가 나타나는 것은 조금도 달갑지 않았다.

"좋다. 클로에, 가서 포도주와 잔을 가져오너라."

서재 안에는 포도주를 즐기는 공작을 위해 두어 병 따로 보관하는 술이 있었다. 그 술과 잔을 내오는 클로에의 모습은 저택의 여주인처럼 침착하고 자연스러웠다.

공작이 술을 두 잔 따라 탁자 위에 놓더니 말했다.

"너희의 요구는 분명 지나친 것이기에 나 역시 마찬가지로 너희에게 내키는 것을 받고자 한다. 받아들이겠다면 이 술을 마셔라. 은인의 딸 이솔렛, 방금 전 너는 저 소년이 우승할 것이라고 내게 확언했다. 그렇다면 보리스 미스트리에, 너는 아마도 루이잔과 결승에서 붙게 될 터, 그때……."

공작과 보리스의 시선이 부딪혔다. 핏빛 포도주가 서서히 일렁임을 멈췄다.

"루이잔이 다시는 검을 잡지 못하도록, 오른손을 잘라라."

다시 한번 목소리가 울렸다.

"그의 미래를 부숴라."

파티의 끝

실버스컬의 사흘째의 아침이 밝았다.

새벽 일찍부터 관객석을 넓히느라 분주했다. 어젯밤에 엄청난 인파가 다시 몰려들었던 것이다. 출전자들이 성밖으로 나오지도 않았는데 열기는 벌써 최고조였다. 곳곳에서 우승 예상을 놓고 갑론을박이 벌어졌고, 종종 주먹질로까지 번졌다. 이윽고 다섯 명의 준결승 진출자는 경기장의 흙을 밟으며 정면 단상을 바라보고 섰다. 주최자에게 경의를 표하는 의식은 없었다. 이곳에는 한 나라의 왕자나 공주도 출전할 수 있는 것이다.

"대진표 추첨을 시작하겠습니다."

준결승 진출자가 다섯 명이 되는 바람에 초반에 한 명은 부전승으로 올라가고, 마지막 세 명이 돌아가며 싸워서 승률이 높은 쪽이 이기는 원탁 토너먼트 형식의 결선이 치러질 예정이었다. 보리스는 놀랍게도 부전승 제비를 뽑았는데, 자신에게 이런 운이 오다니 희한하다고 생각했다.

특별석의 폰티나 공작이 일어나 정정당당하게 경기에 임하라는 내용의 짧은 연설을 마쳤다. 의전관이 종이를 펼쳐 들고 첫 대전자들의 이름을 발표했다.

"준결승을 시작하겠습니다! 하이아칸의 볼프렌 지크룬트 아우스 소드-라-샤펠 대對 오를란느의 샤를로트 비에트리스 드 오를란느! 앞으로 나오시오!"

한 명이 오를란느의 공녀라면 다른 한쪽은 하이아칸의 왕족이었다. 나이는 볼프렌이 네 살 더 많았다. 경기 시작이 선언되기 직전, 샤를로트는 쓰고 있던 붉은 모자를 벗어 바닥에 내던졌다. 금빛 단추를 단 검은 웃옷과 몸에 착 붙는 바지, 반짝이는 검은 부츠 차림인 그녀는 사뿐히 검을 뽑아 들며 한 발짝 물러나 도사렸다.

볼프렌은 화려한 것을 좋아한다는 소문답게 위아래 모두 금색과 푸른색 라인이 들어간 흰 검술복 차림이었다. 그는 싱글싱글 웃으며 눈앞의 소녀를 향해 칼끝을 흔들어 보였다.

그때였다.

"잠깐, 두 사람은 경기를 중단하시오! 오를란느 공녀께서는 잠시 이쪽으로 와주시기 바랍니다!"

군중이 웅성대는 가운데 샤를로트가 영문을 모르는 표정으로 경기장을 나갔다. 흙 위에는 붉은 모자만이 남겨졌다. 볼프렌은 기세 좋게 뽑았던 검을 도로 꽂으며 불평을 중얼거렸다.

무슨 이야기가 오가는지는 아무도 몰랐다. 샤를로트는 경기를 관장하는 천막에 들어가서 한참이나 나오지 않았다. 이윽고 몇 사람이 천막에서 나와 폰티나 성으로 달려갔다. 샤를로트는 그러고도 한참 뒤에야 모습을 드러냈다. 그러나 의전관에게 한마디만 남기고 목책 밖으로 나가버렸다. 멀어서 어떤 표정을 하고 있는지 알 길이 없었다.

천막 곁에서 의전관을 비롯한 몇 사람이 논쟁을 벌였다. 오래 걸리지는 않았다. 다시 단상에 모습을 드러낸 의전관이 큰 소리로 외쳤다.

"샤를로트 비에트리스 드 오를란느, 기권패! 오를란느 공녀께서는 본국에 급한 일이 생겨 돌아가시게 되었으며 이번 실버스컬에서 5위로 확정되었습니다!"

관중석 곳곳에서 난동이 벌어졌다. 샤를로트에게 돈을 걸었던 사람들이 격노하여 날뛰는 가운데 가장 강력한 우승 후보 중 하나가 빠져나간 것을 기뻐하는 자들까지 합세해서 대혼란이 빚어졌다. 항의하는 자들과 몸싸움을 벌이는 자들 때문에 목책 일부가 부서지고 몇 명은 경기장 안쪽으로 떨어지기까지 했다. 볼프렌은 싱겁다는 표정으로 어깨를 으쓱거렸고, 관중들과 마찬가지로 흥분한 의전관이 다시 소리쳤다.

"그런고로 새로운 대전 상대를 발표합니다! 출신지 불명의 보리스 미스트리에! 나와서 경기에 임하시오!"

"후…… 큭, 쿨룩!"

몰아쉬려던 숨이 곧장 기침으로 이어졌다. 졸렬한 경기를 비난하는 관중들의 소리가 볼프렌의 귓가를 울렸다. 그러나 어쩔 도리가 없었다. 상상도 못 하던, 있을 수 없는 일이 벌어졌는데 그까짓 남의 반응 따위가 대수겠는가?

"……."

상대, 보리스 미스트리에는 별 표정 없는 얼굴이었다. 냉정한 것도 아니고 그냥 최선을 다할 뿐, 적의 감정 상태에는 관심도 보이지 않았다. 그러나 볼프렌은 조금 전에 벌어진 격투의 결과로 전신이 부들부들 떨렸다. 그건 정말로 반분간半分間의 격전이었다. 그 빠른 공격을 자신이 거의 다 막았다는 것이 믿어지지 않을 정도였다. 그러나 단 한 번 놓친 검은 볼프렌의 배와 허벅지 사이를 찔러 피투성이로 만들어놓았다. 치명상이었다.

그 피가 묻은 검은 여전히 저자의 손에 있었다. 덤벼들도록 기다려주겠다는 것처럼 자세도 취하지 않고 자신의 꼴을 보고 있었다. 미스트리에라는 이름이 심약해진 볼프렌을 짓눌렀다. 저자가 강피르의 아들에게 가기 위해 택한 제물이 자신이며, 자신은 길을 얌전히 내어줄 운명인 것만 같았다.

어떻게 해야 덜 창피하게 항복할 수 있을까 생각했다. 하지만 아직 공격 한번 제대로 해보지 못했는데, 이대로 주저앉는다면 꼴이 뭐가 된단 말인가? 그렇게 생각하는 순간, 보리스 미스트리에의 검이 휙 올라가는 것이 보였다. 처음에 그랬듯 허공을 가르는 경쾌한 소음이 귀를 울렸다.

"와라!"

그것이 자신의 입에서 나온 말임을 잊은 것처럼, 볼프렌은 피가 흐르는 다리를 끌며 도망치기 시작했다. 보리스는 기다리고 있었다. 볼프렌이 반 바퀴 돌아 오른쪽으로 올 때까지, 그리고 단숨에 움직여 왔다.

치르륵…… 챙!

포착하기도 힘든 신속한 검이 볼프렌의 오른쪽 팔을 노렸다. 보리스가 처음부터 오른쪽 손을 자꾸 노린다는 것을 알고 있었지만 대안은 없었다. 볼프렌은 뒤로 벌렁 자빠졌다. 흙먼지가 얼굴 곁에서 풀썩 일어났다가 내려앉았다. 검이 코앞으로 쇄도하기 직전, 그는 마지막 힘을 짜내어 소리쳤다.

"그만! 그만둬! 항복하겠단 말이다! 검을 치워!"

보리스는 돌아와 자리에 앉았다. 그러나 볼프렌을 겨누었던 검을 거두어 꽂던 순간 느낀 오한은 아직 가라앉지 않았다.

어제 볼프렌의 경기를 본 일이 있었다. 그때까지만 해도 이렇게 형편없이 당할 상대로는 보이지 않았다. 적어도 자신의 상대로는. 그런데 방금 벌어진 것은 경기라고 부르기가 우스울 정도였다. 허리에 조용히 매달려 있는 검을 내려다보았다. 이건 윈터러가 아니었다. 그러나 눈가를 스친 것은 다름 아닌 윈터러의 환각이었다. 끊임없이 그에게 죽음을, 그리고 삶을 가져다주었던 흰 날의 검이 머릿속을 하얗게 불태우는 듯했다.

사로잡혀 있다. 손에 그 검이 없는데도.

"두 번째 경기! 루이잔 폰 강피르 대對 클란치 알리스테어!"

샤를로트 공녀가 빠지는 바람에 부전승이 없어졌고, 결승도 두 사람이 치르게 되어 원탁 토너먼트는 필요가 없어졌다. 경기의 숫자가 대폭 줄어드는 바람에 단순히 구경거리를 찾아온 사람들에겐 실망스러운 상황이었다.

첫 번째 경기가 싱겁긴 했지만 한쪽의 실력을 충분히 입증해준 까닭에 그나마 결승전은 볼만하겠다는 분위기였다. 두 번째 경기야말로 더 맥없이 끝날 것이 자명했기에 그랬다. 사람들은 루이잔의 일방적인 승리를 기대하고 있었다. 이름도 성도 못 들어본 시골 소년인 클란치 알리스테어가 이길 거라고 생각하는 사람은 아무도 없었다.

그러나 단 한 사람, 보리스만은 그렇게 생각하지 않았다. 클란치 알리스테어는 시골 소년이 아니라 달의 섬의 지배자인 섭정의 조카이자 어려서부터 검을 잡아온 끈질긴 전사 헥토르였다. 자신조차도 윈터러 없이 그를 간단히 제압할 자신이 없는데, 루이잔은 얼마나 대단한 실력을 보여줄까.

"소자작께서 미천한 자에게 한 수 가르쳐주시지요."

헥토르의 입가에는 배짱 좋은 미소가 걸려 있었다. 이런 연기를 즐기는 것처럼 보이기도 했다. 등뒤로 수많은 사람들의 환호를 두고도 무뚝뚝한 표정을 하고 있던 루이잔이 짤막하게 대답해왔다.

"너도 최선을 다해라."

루이잔은 상대를 빨리 제압할 생각이었다. 방금 전에 보리스 미스트리에의 일방적인 승리를 본 터라 더욱 마음이 급했다. 여기서 힘을 낭비하거나, 만에 하나 상처라도 입으면 다음 경기에 지장이 있다. 속전속결만이 최선이다.

둘의 검이 동시에 반대쪽으로 반원을 그었다. 그것을 본 보리스는 헥토르가 그동안 루이잔의 경기를 주의깊게 관찰했다는 것을 깨달았다.

스릉!

두 자루의 검이 처음부터 계획된 것처럼 미세한 오차를 두고 비껴갔다. 두 검이 허공에서 웅, 소리를 내며 울었다. 헥토르는 루이잔의 검을 시간차를 두고 칼등으로 받아넘기는 여유를 보였다.

빠른 찌르기가 들어오자 헥토르가 어깨를 뺐지만, 루이잔은 완전히 헛손질을 하지는 않았다. 순식간에 보폭을 좁혀 목과 턱 사이로 검을 밀어넣었다. 동시에 과격하게 자세를 튼 헥토르의 오른쪽 어깨가 루이잔에게 부딪혔다. 희한한 광경이 연출되었다. 장검을 쥐고 싸우는 자들이 이렇듯 가까이 다가서서 심지어 몸이 부딪히는 것은 웬만해서 일어날 일이 아니었다. 두 소년 모두 변칙적으로 서두르고 있다는 의미밖에는 되지 않았다. 둘은 쓰러질 듯 비척거리며 서로의 몸으로부터 급히 떨어졌다.

"이번엔 제 차렙니다!"

헥토르가 공세로 돌아섰다. 휙, 휙, 소리 나게 그은 검이 루이잔을 두 걸음 물러나게 만들었다. 다시 한번 같은 공격이 되풀이되자 루이잔은 바로 뒤에 목책을 두고 서게 되었다. 목책 뒤에서 구경꾼들의 생생한 목소리가 쏟아졌다. 격려도, 환호도, 저들끼리 한 욕설도, 원색적인 소음으로 변해 귀를 자극했다.

"뭐야! 금방 승부가 날 줄 알았는데 도리어 밀리잖아!"

그 한마디가 결정타가 되었다. 그렇지 않아도 조바심에 쫓

기던 머릿속이 확 달아오르며 어지러워졌다. 순간을 놓치지 않은 헥토르의 검이 루이잔의 귓불을 베며 목책에 푹 박혔다. 루이잔도 노성을 지르며 검을 후려쳤다. 고개를 확 돌리자 갈라진 귀에서 흐른 핏줄기가 허공에 가늘게 그어졌다. 헥토르는 놀랍게도 목책에 박힌 검을 놓고 한 바퀴 반대로 돌아 다시 검을 낚아채는 묘기를 보였다. 금세 목책에서 뽑힌 검이 다시 상대를 노리며 작은 원을 그렸다.

"우와아아아!"

"평민 소년도 꽤나 하는군그래!"

루이잔이 반대쪽 목책 쪽으로 물러서기 시작했다. 헥토르는 반쯤 이겼다는 생각으로 입가를 말아 올렸다. 그럼, 당연한 일이었다. 그의 진짜 상대는 저기 앉아서 기다리고 있는데, 대륙의 풋내기 따위가 그의 앞을 가로막을 수 있을 리 없다.

이 승부를 확실히 하고 결승에 올라 다프넨 녀석을 끝장내고 나면, 검의 사제 자리는 손에 쥐어진 거나 마찬가지였다. 달리 어떤 조건이 실버스컬 우승자라는 자격에 앞서겠는가. 나우플리온의 제자? 사제들의 지지? 모두 소용없었다. 더구나 큰아버지인 섭정이 도와줄 것은 자명하지 않은가?

넘치는 자신감이 헥토르의 공격성에 불을 지폈다. 도사림조차 생략된 검이 얼굴을 정면으로 찔렀고, 그 순간 상상하기 힘든 일이 벌어졌다. 구경꾼들이 한꺼번에 자리에서 일어나며 비명을 질렀다.

"저, 저런!"

루이잔은 흡사 상대의 검으로 뛰어드는 것처럼 달려들다가 갑자기 자세를 낮추며 검을 내찔렀다. 그리하여 헥토르의 검은 이마와 정수리를 아슬아슬하게 스쳐 머리카락을 한 움큼 잘랐을 뿐이고, 루이잔의 검은 정확히 헥토르의 손등에 명중하여 꿰뚫고 나갔다. 사람들의 눈에는 두 자루의 검이 수평으로 지나가는 모습으로 비쳤다. 뒤에서 본 사람은 서로가 서로를 찌르는 줄 알았을 것이다.

"오오⋯⋯. 저게 진짜 강피르 자작의 기술이다!"

"봤나? 봤어? 급소를 내주는 체하면서 일부러 상대의 작은 것을 노리는 거야! 상대가 짐작을 하기 힘든 공격이지!"

루이잔의 이마에서 흘러내린 핏방울이 콧등을 타고 내려오며 경계선을 그어 묘한 인상을 만들었다. 헥토르는 가까스로 왼손에 검을 옮겨 쥐었다. 오른손은 완전히 피투성이였다. 그러나 놀랍게도 그는 물러서지 않고 다시 방어 자세를 취했다.

"소자작의 훌륭한 공격, 잘 보았습니다. 하지만 다행히 저는 왼손도 오른손처럼 쓸 수 있습니다."

언제고 기회가 된다면 이솔렛에게 티엘라를 배우고 싶은 생각에 양손을 쓰도록 연습해둔 것이 다행이었다. 피가 철철 흐르는 오른손을 일부러 등뒤로 감추었다. 오히려 먼저 달려

들었다.

그러나 루이잔도 이제는 흐름을 파악했다. 갑자기 왼손에 검을 쥔 상대가 적응하지 못했을 것을 고려하여 재빨리 반대 방향의 공격을 감행했다. 아니나 다를까, 헥토르의 왼손은 정교하게 움직이기는 했지만 무의식적으로 오른손과 거울상을 그리는 버릇을 갖고 있었다. 텅 빈 거나 다름없는 어깻죽지를 찔러 들어가며 루이잔은 승리를 예감했다. 생각보다 오래 끌었지만…….

"……대가는 치르셔야죠."

터억!

어깨를 찌른 검을 거두지 못하는 동안 헥토르의 검이 루이잔의 옆구리를 내리쳤다. 상당한 충격이 오긴 했지만 루이잔이 입은 흉갑은 튼튼했다. 이어 다음 공격이 오기 전에 루이잔은 헥토르를 밀어 바닥에 넘어뜨리며 그 위에 함께 엎어졌다. 동시에 헥토르의 어깨를 찌른 검이 더욱 깊이 박혔다.

"크으윽!"

둘은 몸싸움과 다름없는 모습으로 한차례 뒹굴었다. 결국 루이잔이 헥토르의 왼손에서 검을 낚아채어 멀리 내던졌다. 그러나 같은 순간, 헥토르 역시 자기 어깨에 꽂힌 검을 직접 뽑아 내던져버렸다. 의전관도 당황한 표정이 되었다. 둘 다 검을 잃었으니 이제 무슨 수로 승부를 낸단 말인가.

루이잔은 귀족 체면 따위에 연연해서 승부를 포기할 성격이 아니었다. 동네 소년들이 싸울 때처럼 배 위에 올라타자마자 주먹을 한 대 먹였다. 어깨에 심한 상처를 입은 헥토르는 신음을 토하면서도 한쪽 손으로 루이잔의 다친 귀를 움켜쥐려고 했다. 둘 다 키도 크고 건장한 소년들이어서 볼만한 동네 싸움이 될 판이었다. 의전관은 폰티나 공작을 올려다본 다음 급히 소리쳤다.

"멈추시오! 두 사람 모두 싸움을 그만두시오!"

결국 둘을 떼어놓기 위해 네 사람이나 되는 사내들이 뛰어와야 했다. 헥토르는 상당한 상처를 입었는데도 조금도 굴복한 기색이 아니었다. 루이잔도 얼굴 곳곳에서 피를 흘리고 있었지만 더 싸우려면 얼마든지 해봐라, 하는 표정으로 상대를 쏘아보는 기세가 대단했다.

사내들이 둘의 몸에서 손을 떼자마자 일이 벌어졌다. 루이잔이 갑자기 발을 올려 헥토르의 다친 팔을 냅다 걷어차버렸다. 곧장 뒤로 물러나며 떨어진 검을 탁 차서 집어 올렸다. 이때 헥토르도 이미 검을 되찾았는데 보니까 검이 서로 바뀌어 있었다. 그러나 상관없이 둘은 격돌했다.

"하아압!"

"차아!"

상대를 죽이고도 남을 기세였다. 그러나 이번에는 확실히 큰 부상이 없는 루이잔이 빨랐다. 루이잔의 검은 헥토르의 검을 쳐서 미끄러뜨리며 왼손 손가락을 베어 들어갔다. 손가락이 잘려나가기 직전 헥토르가 간신히 손을 뺐으나, 비껴나간 루이잔의 검은 헥토르의 어깨 살점을 베어 날려버렸다. 그리고 연속해서 목을 겨누며 동작을 멈췄다. 정식 기본기가 훌륭한 그다운 마무리였다.

"수고했다."

차갑게 말한 루이잔이 검을 거두는 듯하더니 헥토르의 턱을 살짝 그어 상처를 만들었다. 확실한 실력 차이를 표시하려는 행동이었다. 조마조마해하던 의전관이 소리쳤다.

"루이잔 폰 강피르, 승리!"

의전관의 목소리가 울리는 순간 헥토르의 몸이 비척, 흔들리는 것 같았다. 루이잔은 즉시 경기장을 벗어났다. 한시라도 빨리 쉬어야 했다. 피로해진 몸 때문에 기대해마지않던 다음 경기를 망칠 수는 없었다.

결승전이 시작되기 전에 점심 식사 시간과 두 시간의 휴식이 주어질 예정이었다. 마법 치유사들의 도움으로 응급 처치를 마치고 나와서 경기를 관전하던 볼프렌이 빈정대는 건지 충고하는 건지 모를 어조로 한마디 던졌다.

"잘 싸웠군, 소자작. 그렇지만 나와 싸운 녀석은 그보다 더 하면 더했지 절대 간단히 제압되진 않을 거야."

그때 보리스는 말문이 막혀 경기장을 바라보고 있었다. 당혹스럽고, 납득하기가 어려웠다. 오랫동안 벼르던 복수를 하러 찾아갔는데 문전에서 시체로 변한 적을 발견한 기분이 이런 것일까 싶었다. 늘 자신의 상대라고 생각해온 자가 다른 자에게 패하는 것을 보고서야 자기가 품고 있던 생각의 이중적인 면을 깨달았다. 폰티나 공작과 한 약속이 있음에도 불구하고 저도 모르게 자신의 마지막 상대는 헥토르일 거라고 생각했던 것이다. 섬사람끼리의 대회가 아닌데도, 저들의 관계만을 생각했던 자신은 틀렸다. 그게 지금 눈앞에서 증명되었다.

목책 쪽으로 걸어나온 헥토르는 루이잔이 사라진 뒤에도 한참이나 서 있다가 눈을 돌려 누군가를 찾았다. 사람들 사이, 대기자들이 있는 곳, 거기 앉아 있는 보리스를 찾아냈다. 시선이 마주치는 순간, 둘의 머릿속에서 똑같은 생각이 흘러갔다. 세상의 수많은 조건들, 그것들이 경쟁하여 마침내 벌어진 일에 두 사람의 관계를 위한 당연함 따위가 남아 있을 리 없다고.

결승전 개막이 선언되었을 때, 흥분할 대로 흥분한 군중은 준결승보다 더욱 길고 잔인한 경기를 기대하며 눈을 빛냈다. 준결승에서 뜻밖의 시골 소년이 분전하여 상당한 재미를 안

겨주었듯, 저 마지막 복병도 루이잔을 능력껏 몰아붙여 구경거리를 보여주길 바랐다.

그렇다고 루이잔이 지기를 바라는 사람은 거의 없었다. 다만 조금 전의 경기들을 짜맞추어보며 루이잔이 질 수도 있다는 것을 받아들인 사람이 좀 늘어나긴 한 모양이었다.

폰티나 공작이 입장하여 가족들과 함께 앉자 다른 귀족들도 그 주위에 자리를 잡았다. 폰티나 공작은 고개를 돌려 한 사람을 발견하고는 온화한 목소리로 말을 걸었다.

"오, 벨노어 백작. 간밤에는 편안하셨는지 모르겠구려. 밤새 성에 도둑고양이들이 들어와 설치는 바람에 조금 시끄러웠다고 나중에야 들었소이다. 오랜만의 손님들에게 이런 폐를 끼치다니 송구하오."

벨노어 백작은 오전부터 누군가와 한바탕한 사람처럼 표정이 좋지 않았는데 폰티나 공작의 말을 듣고 깜짝 놀라며 대꾸했다.

"아니, 저, 그런 것은 별로⋯⋯."

"뭐, 괜찮으셨다면 다행이오. 그건 그렇고, 대회가 끝나고 바삐 돌아갈 일이 없으시면 며칠 더 성에 머무르며 본인과 정담이나 나누시는 게 어떻겠소? 몇 가지 할 이야기도 있고 말이오."

폰티나 공작에게 이런 초대를 받는 것은 상당한 행운이었지만, 벨노어 백작은 이상하게 난감한 표정을 감추지 못했다. 공작은 대답이 없으니 수긍하는 걸로 알겠다는 듯 미소를 지으며 고개를 돌리고 말았다.

잠시 머리를 굴리며 이 상황을 해석해보려 애쓰던 벨노어 백작에게 특별석 아래쪽에 앉은 소녀가 눈에 띄었다. 흰 무명옷에 두 자루 검을 등에 멘 짧은 금발의 소녀였다.

"위엄 있고 자비로우신 아노마라드의 체첼 국왕 폐하와 관대한 폰타나 공작께서는 언제나 정당한 실력으로 훌륭한 승부를 내는 자의 편이니라. 루그란의 옛 국왕 타라크시포스가 만들게 한 순은의 두개골은 진정한 용기와 고된 노력의 상징이니 이를 가지는 자, 늘 그 의미를 경계로 삼아 나아가고 또 나아갈지니라."

결승전 시작 선포는 축시처럼 가락이 느껴지는 선언문의 낭독으로 시작되었다. 사람들이 지루하게 느낄 법한 내용인데도 결승을 앞둔 경기장 전체에 떠도는 엷은 흥분이 한마디 한마디에 열중하게 만들었다.

"이제 하늘 아래 두 젊은 전사가 있어 은혜로이 받은 실력과 운을 겨루고 섬기는 자에게 영광을 돌리고자 하니, 듣는 자여, 굽어보라, 보는 자여, 널리 전하라!"

수십 개의 나팔이 동시에 함성을 토했다. 사람들은 일어나며 환호성을 올렸다. 의전관이 두 소년의 입장을 알렸다.

"아노마라드 출신, 체첼 국왕 폐하의 근위대장 강피르 자작의 장자이자 네 번 연속 실버스컬을 손에 쥔 자, 열아홉 살의 루이잔 폰 강피르!"

"출신지 불명, 열다섯 살의 보리스 미스트리에!"

이름이 소개되자 관중들의 흥분이 격발되어 노도 같은 함성으로 변했다. 경기장 중심으로 두 소년이 걸어나오는 동안 귀가 먹먹해질 정도로 경기장이 들끓었다. 둘이 마주서서 말없이 검을 뽑아 들었을 때, 구경꾼들의 관자놀이가 먼저 땀으로 번들거렸다.

군중들의 환호성을 자신과 무관한 먼 천둥소리처럼 느끼면서 보리스는 검을 올렸다. 햇빛에 반짝이는 날을 바라보며 전날 밤부터 마음을 괴롭히던 질문이 눈앞에 다가와 답을 요구하고 있음을 느꼈다. 처음에는 자신에게 물었으나, 곧 이 검을 준 사람에게 던지는 물음으로 변했다. 자신이 어떻게 하면 좋을지, 무엇을 선택하는 것이 옳은지 대답해주었으면. 그 사람이 곁에 있었더라면 명쾌한 해답을 주었을 것만 같았다.

'나우플리온 사제님, 저는 어떻게 하면 좋을까요?'

더위, 7월이 끝나가는 아노마라드의 여름이 화덕처럼 달아올랐다. 검을 비껴든 채 서로를 쏘아보는 두 소년 사이에 흐르는 침묵도 일종의 더위였다. 짧다고는 할 수 없는 시간 동안 오간 것은 시선뿐이었다.

"해라."

루이잔의 목소리가 들렸다. 오직 보리스에게만 들렸을 터였다. 보리스는 대답 없이 시선을 약간 움직였다. 헥토르의 검에 갈라졌던 귓불이 치유술사들의 솜씨로 금세 아물어 붙은 것이 보였다.

"……않을 테냐?"

루이잔의 검이 움직이기 시작했다. 짧은 호弧, 이어지는 견제의 찌르기를 보며 군중은 이유 없이 소리를 질러댔다. 그런데 놀랍게도 보리스를 응원하는 목소리도 상당했다. 도박과 관계없이 순수하게 경기를 구경하러 온 축들이 그랬다. 또한 사 년간 이어진 권위가 누구한테든 도전받기를 바라는 젊은 이들이기도 했다.

그러나 그 누구도 보리스의 고민은 알지 못했다.

스슥, 챙!

검이 한 번 부딪히고 다시 떨어졌다. 루이잔은 상대의 검에서 완강히 버티는 힘을 느꼈지만, 반격의 기미는 찾지 못했다. 루이잔은 보폭을 넓혀 왼쪽으로 돌기 시작했다. 흡사 먹잇감을 놓고 일부러 우회하는 표범과 같은 동작이었다.

그리하여 다시 한번, 또 한 번, 검이 부딪혔다. 두 검 모두 상당한 명검인지 맞닿아 울리는 소리도 남달랐다. 루이잔은 세 번 연속 같은 자세로 찌르면서 각각 손목, 어깨, 목을 노렸다. 모두 거의 성공할 뻔했다. 그러나 음험한 미스트리에는 실력을 다 보일 때까지 기다리겠다는 것처럼 버티었다.

"……그런가?"

혼잣말처럼 남긴 외침에 이어 루이잔의 검이 갑옷이 없는 하체를 노렸다. 다가선 순간이었다. 갑자기 보리스의 손목이 희한하게 세로로 꺾이며 그의 검을 올려 쳐내고, 견제할 틈도 없이 직격으로 들어오고, 찌르는가 했는데 어느새 쇄골 언저리를 긋듯이 스쳐갔다. 눈이 어지러웠다. 칼끝은 쓸모없는 경로만 잔뜩 그리는 것 같은데 어느새 예상치 못한 곳곳에서 번개처럼 공격이 터져 나왔다. 이 박자를 되잡지 못하면 순식간에 패하겠다고 실감한 순간이었다.

갑자기 검이 거두어져갔다. 어느새 청동빛 머리의 소년은 멀찍이 물러나 있었다.

"왜지?"

가장 좋은 기회였는데 왜 그걸 차버린 건지 이해가 안 갔다. 다시 그런 기회를 허락할 거라고 멋대로 얕본 건가?

미스트리에가 무슨 생각을 하는지 알 도리가 없었고, 그럴수록 더욱 불안감이 불붙었다.

빨리 끝내야 한다!

가다듬고 어쩌고 할 것도 없이 다시 뛰어들어 쳤다. 이번에는 제대로 해냈다. 다시 한번 방금 전과 같은 반격이 시작되려는 순간, 루이잔은 재빨리 물러나며 몸을 틀어 옆구리를 찔렀다. 이번에도 똑같이 보리스의 검이, 흡사 머리가 여럿 달린 뱀처럼 빠른 선을 그리며 공세를 뻗어왔다. 출전자 가운데 이 빠르고 포괄적인 공격을 제대로 본 사람도 루이잔이 처음이었다. 펼치는 본인조차도 잘 의식하기 어려운 공격이었다.

그런데 또다시 검이 멈췄다.

루이잔은 뭔가를 깨달았다. 미스트리에는 마치 스스로의 검술을 두려워하는 것 같지 않은가?

자신의 검술이 가장 훌륭하게 구현되는 순간마다 움찔하며 검을 거두고 있었다. 틀림없이 그랬다. 왜 그런 일이 일어나는가는 중요하지 않았다. 단지 그걸 놓쳐서는 안 된다는 계산이 섰다. 루이잔은 재빨리 칼날을 대어 미끄러뜨리며 상대의 손을 노렸다. 동시에 발을 들어 무릎을 걷어찼다.

"아!"

보리스는 검을 뗐으나, 이미 루이잔의 칼끝이 손목 일부를 벤 뒤였다. 무릎은 어떻게 피했지만 지금의 일이 왜 일어났는지 보리스는 잘 알고 있었다. 자신이 주춤거렸기 때문이다. 주춤거린 것은…… 자신 속의 정체 모를 힘을 억누르려 해서다.

이 시합에 임하는 보리스의 착잡한 심정을 루이잔은 몰랐다. 어젯밤 폰티나 공작이 내준 포도주 잔을 잡았던 보리스였지만 눈앞에서 이렇듯 열심히 덤벼드는 상대를 보니 다시 마음이 흔들렸다. 이기는 것은 좋지만, 이겨야만 안전해진다는 것을 잘 알지만, 그걸 위해 그는 누군가가 의지하고 따르는 사람을 파괴하려 하고 있는 것이다.

누군가의 형이라는 존재.

그 절망, 그 번민과 고통, 그것을 보리스가 모른단 말인가? 그런 일이 일어나지 않았더라면 얼마나 좋았을까, 그렇게 수십 번, 수백 번 되풀이해 생각하던 어린 자신이 눈에 선했다. 눈뜨고 깨어날 때마다 모든 것이 꿈이기를 바랐던 들판에서의 며칠, 붙잡으려 해도 되지 않고 도울 방법도 없이, 눈앞에서 서서히 무너져가던 형…….

"하압!"

루이잔은 상대의 약점을 안 이상 간과하지 않고 이용할 작정이었다. 멈칫거리는 검을 느끼자마자 역공세로 돌아서서 맹렬한 공격을 퍼부었다. 둘이 다시 멀찍이 떨어졌을 때 보리스는 손목, 왼쪽 상박上膊, 그리고 허벅지에 부상을 입은 상태였다. 곳곳에서 흐르는 피가 신경을 자극했다. 그리고 관중들의 환호인지 우려인지 모를 소리들도 귀에 거슬렸다. 다시 공격해 오는 루이잔을 보았음에도 빨리 방어로 돌아서지 못한 것도 어느 정도는 그 때문이었다.

"아!"

간신히 머리를 틀었지만 뺨이 길게 찢기며 핏방울이 점점이 떨어졌다. 피하지 못했다면 생명까지 위험할 뻔했다. 그럼에도 불구하고 바로 나오려는 반격을 억지로 눌러 평범한 방어 동작으로 바꾸었다. 그러나 뺨을 훔친 소매가 벌겋게 물든 것을 보니 가슴이 답답해졌다. 어떻게 하면 좋을까? 이대로라면 약속한 일을 성공시킬 수 있을까?

경기장에서 눈을 떼지 않던 폰티나 공작이 한 소녀더러 들으라는 것처럼 중얼거렸다.

"전날 밤에는 고양이들의 소란이 심했다지. 오늘밤은 어떨까."

"……."

공작의 발치에 마련된 작은 의자에 이솔렛이 앉아 있었다. 자신에게 보호를 요청한 이상, 시야에서 벗어나지 말라는 공작의 지시가 있었다. 이솔렛의 뒷모습이 내려다보이는 위치에 앉은 클로에는 몇 번인가 이솔렛의 등에 매달린 두 자루 검에 눈길을 주었다.

이솔렛이 바라보는 그곳에 저 고집 센 소년이 있었다. 그가 무슨 고집을 부리는지 이솔렛은 알고 있었다. 안타깝지만, 그것 역시 부인할 수 없는 그의 일부분이었다. 저렇듯 쉽사리 떨치지 못하는 것들이 있기에 지금의 보리스가 있는 것이다. 사로잡힌 자, 온갖 기억과 이름을 짊어진 자.

칼끝이 얽히고, 막고, 내리치고, 부딪힌다. 보리스가 갑갑

해한다면, 루이잔은 초조했다. 몇 번이나 공격에 성공하고 자신은 아무 상처도 입지 않는데 승부는 끝날 기미가 없었다. 흡사 바위벽을 짓찧고 있는 것처럼 손이 아파왔다. 어쩌면 단순히 기분 탓인지도 몰랐다. 검을 다시 고쳐 쥐었다. 불안감을 못내 감추지 못한 검이 횡선을 그었다.

"뭘 망설이지!"

보리스는 불쾌해하는 상대의 목소리를 들었다. 우세했지만 조금도 기뻐하는 목소리가 아니었다.

"왜 그렇게 주춤거려! 날 무시하는 건가? 실력을 발휘하면 내가 죽기라도 할까 봐?"

휙, 검이 어깨 안쪽을 스치고 지나갔다. 위험한 순간이었는데 아무 생각이 들지 않았다.

"우습게 보지 마라! 난 언제나 명예롭게 이겨왔어!"

"패배를 해도 명예로울까?"

보리스의 검이 허공에 빠른 선을 긋고 지나갔다. 루이잔의 목에 짧은 경련이 일었다.

"넌⋯⋯."

"넌 아무것도 몰라."

자신이 무엇을 망설이는지, 왜 경기를 질질 끌고 있는지, 피하려 하는 것이 무엇인지, 전혀 모를 것이다. 놀리고 있다고 생각하는 건가? 고작 명예로운 경기 따위를 위해서 저 정체 모를 불길한 힘을 억누르려 애쓰는 것이 아니란 말이다!

챙! 츠챙! 창! 청!

"아는 체하지 마라!"

루이잔의 얼굴이 발갛게 달아올랐다. 검에 너무 힘이 들어가 있었다. 오후 3시가 넘어가면서 땅에서 서서히 오르기 시작한 지열이 장화 속의 발을 뜨겁게 데웠다. 온몸이 땀투성이였다.

둘은 모르는 사이였다. '좋은 승부를 기대하지'라는 말이 대화다운 대화로는 첫마디였다. 왜 집착하느냐고 한다면 처음에는 미스트리에라는 이름 때문, 그리고 이제는 실력을 억지로 감추려 하는 상대에 대한 역한 불쾌감 때문이었다. 이 가로막힌 답답함을 자신의 실력으로 뚫어버리고 싶었다.

"너……."

보리스의 뺨에서도 피와 땀이 섞여 흘렀다. 몇 번이나 땀 맺힌 눈을 씻어냈지만 다시 눈앞이 흐려졌다. 또 한 번 순식간에 펼쳐지려는 속검을 자제했다. 가슴이 미친듯이 뛰었다. 그도 똑같이 이 답답한 상황을 자신의 실력으로 부수고 싶었다.

폰티나 공작의 음험한 계획을 받아들였기 때문에, 그래서다.

증오하지 않는 상대의 미래를 빼앗아야 하기 때문에, 그래서다.

그런 엄청난 일을 하면서…… 자신의 것이 아닌 실력 따위를 써서는 안 되니까, 스스로의 힘으로 하더라도 그 부끄러움은 평생 씻지 못할 테니까, 최소한의 예의를 지켜, 정당한 승부를 벌여, 상대에게 기회를 주려 했다. 루이잔이 자신을 패퇴시켜, 그의 오른손을 지킬 기회를 줄 것이다.

루이잔과 같은 자의 미래는 오직 누군가의 정당한 실력을 통해서만 부서져도 좋은 거다. 왜냐하면, 왜냐하면 저자에게는…….

"네 마음이 가는 대로."

이솔렛은 들리지 않을 속삭임을 보내며 잠시 눈을 감았다. 검 부딪는 소리가 까마득한 메아리처럼 들려왔다.

"덤벼, 덤벼들란 말이다!"

루이잔이 다시 보리스의 어깨를 노린 검으로 가느다란 상처를 냈다. 팔꿈치를 베면서 허리에 충격을 가했다. 주춤거리는 것을 볼 때마다 분노가 더해졌고, 그럴 때마다 보리스는 뒤로 물러날 뿐이었다. 루이잔이 바라본 적의 얼굴에서도 땀이 비 오듯 흘렀다. 믿을 수 없을 정도로 집중하고 있지만, 그 집중의 대상이 자신이 아닌 듯했다.

"나를 봐!"

갑자기 루이잔은 검을 휘둘러 보리스의 검을 걷어올리고는 바짝 밀어붙였다. 이어 갑자기 검을 빼는 듯하더니 엄청난 힘으로 보리스의 무릎을 걷어찼다. 다리가 꺾이는 것을 확인하자마자 또다시 발길질, 그리고 왼손으로 상대의 어깨를 밀쳐 넘어뜨렸다.

"끝내잔 말이다!"

그러나 쓰러진 보리스는 곧바로 일어나는 대신 내리꽂혀 오는 검을 후려쳐 막았고, 앉은 자세로 루이잔에게 검을 겨눴다.

"······."

열에 들뜬 루이잔의 눈동자가 보였다. 저멀리, 아니, 생각보다 가까운 곳에 있었다. 팔꿈치만 조금 밀면 닿을 위치에 서로의 목을 노리는 칼날이 있었다. 둘은 그런 자세로 잠시 멈췄다. 그건 균형도 아니었고, 위험도 아니었다. 둘 다 멈추고 싶어 멈춘 것뿐이었다.

"너⋯⋯ 뭘 꺼리는 거지?"

루이잔은 바보가 아니었다.

"왜 날 놀리는 거지? 난 패배가 두렵지 않아. 네 실력을 보여."

"내가 실력을 보여서 네 미래를 완전히 부순다면⋯⋯ 어쩔 테냐?"

"뭐라고?"

간단한 일이 아니었다. 본래의 실력과 어딘가에서 나타난 낯선 실력을 구분하는 것이 서서히 불가능해졌다. 하나를 멈추려 하면 다른 하나도 멈춰버렸다.

"난 너를 정당하게 대하려 할 뿐이다. 더이상의 모욕은 마라."

보리스는 몸을 일으켰다. 칼끝이 약간 흔들렸으나 둘 다 내찌르지 못했다. 군중들조차 숨을 삼키며 침묵했다.

폰티나 공작은 전날 자정의 일을 생각했다. 합의가 이루어졌을 때 그는 고개를 끄덕여 둘을 내보낸 뒤 중얼거렸다.

'성공해라, 아니면 철저히 실패해라. 네가 이 일을 훌륭히 해낸다면 내 너를 충실한 개로 삼으리라. 그리고 실패하면……'

이때 루이잔은 마치 보리스의 마음을 눈치챈 것처럼 소리질렀다.

"나 자신만 봐라! 그 이상의 정당함 따위는 요구하지도 않는다!"

"……"

겨눈 칼끝 사이로 더위를 품은 바람이 지나갔다. 보리스가 마음의 결정을 내린 것은 한순간이었다. 치기와 관대함, 동정심과 아량을 구분하지 못하는 자신이 결국 무엇을 해야만 하는지는 처음부터 알고 있었다. 지금 그는 자신의 목숨만 책임지고 있지 않았다. 그를 믿고 있는 이솔렛, 그가 승리하기를 바라는 나우플리온, 또 다른 많은 이름……. 그것과도 바꿀 수 없는 과거였나?

아아, 그러나 지우기 힘든 과거였다. 기억 속의 트라바체스였다. 형을 아끼고 따르는 동생의 존재란 것, 그런 동생의 마음을 너무나도 잘 알기 때문에…….

감당도 못 할 어리석은 감상주의!

치륵!

그리하여 다시 검이 얽혔을 때, 루이잔은 원하던 것을 마주하게 되었다. 그물처럼 곳곳에 매듭을 가진 검의 춤을 보았다. 깨닫기도 전에 손목이 찔리고, 팔꿈치에서 솟아난 피가 점점이 흙바닥에 박혔다.

목을, 그리고 머리를 위협당했다. 고개를 젖히자 다시 빠져나가나 싶던 검이 오른쪽 팔목 뼈를 사납게 내리쳤다. 흡사 호랑이에게 물린 것처럼……. 그리고 검이 떨어졌다.

다시 다가오고 있었다. 루이잔은 눈을 감으려 했으나 그럴 수 없었다. 멀리서 사람들이 외쳐댔다. 의전관이, 그의 지지자들이, 아버지와 가족들이 외치고 있었다. 그는 보리스의 검이 자신의 오른팔로 다가오는 것을 보았다.

그리고…….

비명에 가까운 함성이 귓가에 메아리친다.

밤이 되기 전에 폰티나 성의 도개교가 내려졌다. 주인이 집

을 나설 때처럼 문이 완전히 올라가고 위병들이 최대한의 경
의를 표했다.

썰물처럼 빠져나간 구경꾼들의 잔해가 아직 치워지지 않은
그곳을 화려한 마차 한 대가 달려 지나갔다.

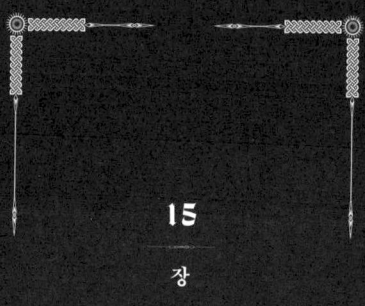

15
장

BLINDLY VERIFY

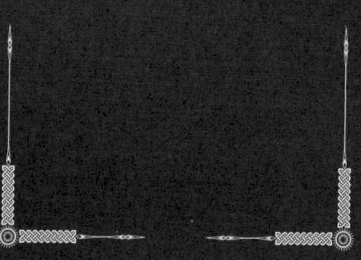

마침내 따라잡히다

"그 애가 네게 특별한 감정이 있다는 걸 눈치챘기 때문이야."

"무슨 소리예요? 로즈니스는 한 번도 저를 오빠, 그것도 잠시 스쳐가는 가짜 오빠 이상으로 대한 일이 없어요."

"그랬겠지. 내가 말한 것도 그것과 비슷한 거야. 오빠이긴 하지만 잠깐뿐이고 결국 진짜 오빠가 되지는 않을 존재, 어린 시절의 가까운 타인이랄까."

"그게 무슨 뜻이죠?"

서늘하고 건조한 들판을 두 사람이 걷고 있었다. 9월이 다 되어 로젠버그 관문을 넘었기 때문에 산맥을 빠져나오자 바로 날씨가 달랐다.

"소녀들의 환상 같은 거야. 진짜로 가족이 되었더라면 오히려 그런 관심이 없었겠지. 아니면 자기 위치를 위협한다고 생각해서 질투했을 수도 있고. 하지만 그런 애매한 위치에 있는 사람은 경쟁자도 아니고 그냥 흥미로운 존재거든. 관심도 끌어보고 싶고, 마음도 떠보고 싶고."

"경험담같이 말하네요?"

농담으로 한 말이었는데 이솔렛의 얼굴이 약간 굳어졌다. 그러나 곧 그녀는 표정을 풀고 말했다.

"어쨌든 그래서 그 아가씨가 숨기고 싶은 화제가 무엇일지 추측한 거야. 습격 사실을 확신하고 찾아온 걸 보면 아버지와 강피르 자작의 이야기를 엿들은 거고, 그 백작이라는 자의 성격상 자작에게 아무 제안도 안 했을 리가 없는데, 너한테 끝끝내 말을 안 하더란 말이지. 그게 뭐겠니? 하나뿐이잖아."

"뭔데요?"

"혼사 문제지."

보리스는 어이없는 표정이 되었다. 아니, 정확히는 어째서 그렇게 쉽사리 결론이 나는지 믿지 못하겠다는 표정이었다.

"벨노어 백작이라는 사람은 윈터러를 빼앗고 싶은데, 혼자 습격했을 경우 혹시라도 들켜 소문이 퍼질 것을 염려한 것 같아. 어쨌든 거긴 들판 한가운데가 아니고 폰티나 공작의 성이니 모든 일이 잘 숨겨진다는 보장은 없거든. 점잖은 귀족인 백작이 평민 소년을 습격했다, 그러면 사람들이 이유를 궁금해할 거고, 그러다 보면 윈터러의 존재가 드러나지 않겠어? 경쟁자 따위는 만들기가 싫었겠지. 특히 폰티나 공작처럼 상대하기 힘든 경쟁자는."

확실히 폰티나 공작이 윈터러의 존재를 알고, 갖고 싶어 한다면 그 누구도 막기 힘들 것이다. 그래서 보리스도 공작을 만났을 때 숨기고자 애썼던 것이기도 했다.

"백작이 열다섯 명 정도의 부하를 거느렸다고 했잖아? 그 정도라면 혼자 습격해도 충분할 텐데 엉뚱하게 강피르 자작을 끌어들인 이유가 그거지. 강피르 자작 아들의 우승을 도와주기 위해서 평민 소년을 습격했다, 뭔가 말이 되고 또 시시한 일이니 크게 죄도 안 되는 것 같잖아? 물론 폰티나 공작은 화를 내겠지만 그것만 적당히 무마하면 일이 괜찮게 풀리는 거지."

이솔렛이 눈썹을 올려 보이더니 말을 이었다.

"그런데 강피르 자작 역시 바보는 아니잖아? 왜 백작이 갑자기 나서서 도움을 주려 하는지 의아해할 것이 뻔해. 그걸 위해서 백작은 자신의 요구 사항을, 하나 적당히 만들어내어서라도 제시할 필요가 있었던 거야."

"그러니까…… 당신을 도와줄 테니 당신 아들과 우리 딸을 결혼시키는 것이 어떠냐, 이런 제안을 했단 말인가요?"

"그렇지. 네 얘기를 들어보면 백작이라는 자는 예전부터

자기 딸을 잘 팔아먹는 인간인 것 같으니 말이야."

확실히 백작은 자신의 내기 실수로 로즈니스와 백치 소년이 결혼하게 생겼다며 그걸 해결해달라고 보리스를 끌어들인 전적이 있었다. 이번에도 로즈니스의 혼사가 어쩌고 하면서 윈터러의 존재를 교묘히 숨기려 하는 것을 보면 정말 보통 교활한 인간이 아니었다.

"어떻게 이런 걸 생각해냈어요? 아니, 어떻게 그렇게 확신해요?"

"벨노어 백작이 해야 하는, 그리고 하기 좋은 최적의 거짓말로부터 거꾸로 추리해봐. 그러면 상황이 간단해져."

보리스는 고개를 갸웃거리다가 다시 물었다.

"하지만 강피르 자작은 왜 직접 습격하지 못하고 벨노어 백작의 요구를 받아들여 일을 복잡하게 만든 거죠?"

"일단 두 귀족이 연루되면 만에 하나 들켜도 폰티나 공작에게 좀더 변명하기가 편할 테지. 하지만 그것보다도…… 실은 그의 부하들은 이미 전날 밤에 1차 습격을 했다가 적지 않게 다쳤어. 그래서 새로운 습격 인원이 필요했겠지. 실버스컬 같은 행사를 위해 폰티나 공작의 성에 오면서 병사를 수십 명씩 데리고 오진 못했을 거 아니겠어?"

"그 1차 습격자들을 다치게 한 것은 이솔렛 당신이고요?"

이솔렛은 그냥 미소를 지을 따름이었다. 그들의 어깨 너머로 회색 산들이 천천히 지나갔다.

이런 얘기를 들을수록 이솔렛의 머릿속에 얼마나 많은 괴이쩍은 지식이 들어 있을지 궁금해졌다. 어떻게 살아본 일도 없는 대륙의 일을 저렇게 쉽사리 이해할까? 영주 가문에서 태어나 자란 자신보다도 판단이 빠르고 그들의 계략을 꿰뚫어 본다. 대륙에서 지내다 온 순례자들이 가끔씩 전해주는 것 말고는 다른 정보가 없었을 텐데.

"어쨌든 대담한 도박이었어요. 만일 로즈니스가 우리 부탁을 받아들이지 않았더라면, 또는 받아들였다 하더라도 클로에 아가씨가 외면하면 어쩔 생각이었죠?"

"로즈니스 아가씨 문제는 정말로 운에 맡긴 셈이었지만……. 만찬장에서 보아 하니 공작은 클로에라는 딸을 매우 아끼고 신뢰하더군. 공작에게는 전처 자식인 아들도 있잖아? 나이든 아들을 제쳐놓고 곁에 둘 정도의 영리함은 된다는 거야. 그 딸이 아버지를 어렵게 생각하지도 않는 것 같았지. 내게 카드가 전혀 없는 것도 아니었고."

"아, 그 말을 들으니 생각나네요. 정말로 궁금한데, 도대체 당신 아버지께서 폰티나 공작한테 베푼 은혜라는 게 뭐예요?"

이솔렛은 생긋 웃었다.

"그건 비밀이야, 아버지의 일이니까."

가을 햇빛 아래 몇 가닥 하얀 머리카락이 빛났다. 죽 동행이 있다가 둘이서만 여행하게 된 지 이틀째인지라 두 사람은 할 이야기가 많았다. 실버스컬 결승이 끝난 바로 그날 저녁, 시상식만 마치고 파티조차 마다한 채 폰티나 공작이 내준 마차를 타고 떠나온 후로 꼬박 한 달이 흘렀다.

폰티나 공작의 이해할 수 없는 관대함은 아직까지도 수수께끼였다. 폰티나 영지를 안전하게 빠져나갈 수 있도록 마차를 빌려준 것까지는 약속한 대로였지만 영지 경계에 이르러 보니 또 다른 마차가 기다리고 있었다. 사람을 잘 믿지 않는 보리스가 마차의 정체를 의심하자 안에서 나온 사람은 한 번도 모습을 보이지 않았던 공작의 아들, 조르지오 다 폰티나였다.

조르지오는 보리스가 어렴풋이 상상하던 것과는 완전히 다른 사람이었다. 겉모습이나 말씨부터가 클로에의 고상함이나 우아함과는 거리가 멀었다. 검은 곱슬머리를 뒷목을 덮도록 기르고 재미 삼아 턱수염까지 길게 기른 그는 농담을 잘했고, 예의를 따지기 싫어했으며, 상당한 기분파였다. 어쨌든 공작이 마차와 함께 딸려 보낸 하인들이 모두 허둥지둥 고개를 숙이는 걸로 보아 거짓 신분은 아니었다.

조르지오는 로젠버그 관문까지 자기와 함께 가자고 말했다. 그곳에 볼일이 있으니 가는 길에 태워주겠다고 했다. 이런 호의가 공작의 지시인가 물어보려 했지만 조르지오는 그런 화제를 좋아하지 않았다. 자유분방하고 쾌활한 사람이었지만 여행하면서 보리스가 느낀 바로는 고집도 상당한 자였다. 제멋대로 행동하는 것도 어느 정도는 일부러 과장하는 것 같기도 했다. 그러나 어떤 이유로든 귀족답지 않은 조르지오는 함께 여행하기에 즐거운 사람이었다.

조르지오와 하인 몇과 함께 로젠버그 관문까지 갔고, 관문 앞에서 아쉬운 이별을 고했다. 몇 개월 전처럼 실버스컬 핑계를 대며 적당히 렘므 땅에 들어서니 낯선 일행이 또 기다리고 있었다. 이자들은 상인이었는데 엘티보 서쪽의 그란티보까지 간다고 말하며 역시 동행을 요청했다. 이번에야말로 부득부득 버티며 캐물어보니 이들 또한 폰타나 공작, 또는 조르지오가 수배해놓은 상단이었다.

그즈음에야 일이 이렇게 된 까닭도 알게 되었다. 벨노어 백작이 보낸 자들이 줄곧 그들을 추적했다는 것이다. 조르지오도 떠난 마당에 수십 명이나 되는 상단 틈에 끼어 동행하는 것만큼 추적을 피하기에 좋은 방법은 없었다. 기꺼이 그들과 동행하여 그란티보까지 갔고, 헤어진 것이 이틀 전이었다.

"참, 그런데 이솔렛, 그때 시상식 끝나고 나서 볼일이 있다고 잠깐 혼자 나갔다 왔잖아요. 그때 뭐했어요?"

우승 상품으로 받은 순은 두개골은 천에 둘둘 말려 배낭 속에 여행 도구들과 함께 들어 있었다. 이솔렛은 주머니에서 금화 하나를 꺼내 집게손가락 사이에 끼우더니 생긋 웃었다.

"그때 너한테 돈 걸었던 부잣집 소년 생각나? 너 그 애 안다고 했잖아."

"칼츠 집안 아들 말인가요?"

"응, 그래. 루시안 칼츠."

"루시안 칼츠라, 아마 돈 좀 벌었겠죠? 어떻게 저 같은 애한테 돈을 걸 생각을 했나 모르겠어요. 그런 것도 운인가?"

그렇게 말하며 보리스도 씩 웃었다. 올해 실버스컬에서 몇 십 년 만에 최고의 이변이 벌어진 만큼 결승전이 끝났을 때 도박판은 그야말로 아수라장이었다. 당연히 최고액을 따 간 것은 이솔렛의 충고로 진짜 '도박'을 한 루시안이었다. 올해 실버스컬의 장내 우승자가 보리스라면 장외 우승자는 루시안인 셈이었다. 그 얘기로 온 성이 떠들썩했던 것을 보리스도 모르지 않았다.

"응, 실은 말이지. 나도 너한테 돈을 좀 걸었거든. 이건 동업자를 위한 배당."

이솔렛이 금화를 손가락으로 퉁기자 보리스가 가볍게 낚아챘다. 이어 하나 더, 받고 나자 또 한 개가 날아왔다. 보리스가 눈을 둥그렇게 뜨더니 말했다.

"얼마나 번 거예요?"

"어디……. 아직 한줌은 더 남았어."

"헤에, 이솔렛한테 이런 면이 있는 줄은 몰랐어요."

"네가 벌써부터 나를 다 안다고 생각한다면 곤란한데."

그때 보리스가 눈을 가늘게 뜨더니 물었다.

"아무래도 루시안 칼츠에게 정보를 흘린 게 이솔렛 당신 아닌가 싶은데…… 맞죠?"

"아아, 난 모르겠어. 내가 돈을 거는 걸 보고 따라 건 것이 아닐까?"

이솔렛은 딴전 피우듯 말하며 금화 두 개를 더 날렸다. 보리스가 두 손을 내밀어 각각 잡아내고는 싱긋 웃었다. 상황이 대강 짐작이 갔다. 그때 이솔렛은 새로운 생각을 해냈는지 다시 눈을 반짝거렸다.

"폰티나 성을 허둥지둥 떠난 게 아쉽지는 않아?"

금화를 주머니에 넣던 보리스가 무슨 소린가 하는 표정으로 돌아보았다.

"아쉽다니요? 아쉬울 게 뭐가 있어요?"

"실버스컬 우승자를 위한 성대한 연회가 준비되어 있었잖아. 주인공이 빠진 셈이 됐으니 김빠진 연회가 됐겠지."

"그렇지 않을 거예요. 소자작이 저 대신 주인공이 되었겠죠."

두 사람 모두 같은 일을 떠올렸다. 둘은 연회가 열리기 전에 떠나려고 급히 폰티나 공작을 만나 허락을 받았다. 이어 공작의 마차가 있는 곳으로 달려가보니 뜻밖의 인물이 먼저 와서 기다리고 있었다. 다름 아닌 루이잔이었다. 흠칫 놀라는 두 사람 앞에서 루이잔은 엷은 미소를 보이며 말했다.

'좋은 승부 해줘서 고맙다. 난 이제 더이상 실버스컬에 나오지 못하니 언제든 켈티카에 오거든 한번 찾아와라. 너와 다시 승부를 가리고, 그리고 오늘 연회의 네 몫을 대신 대접하고 싶다.'

"하지만 소자작이 나중에 널 초대해도 아노마라드 최고의 미녀라는 아가씨는 불러오지 못하잖아. 그날 연회에 갔다면 반드시 그 아가씨와 한 곡 추었을 텐데. 안 그래?"

이솔렛의 얼굴에 장난기 어린 미소가 떠올랐다. 보리스는 약간 당황해서 코를 찡그렸다.

"미인이라는 건…… 개인의 취향이라고요. 그쪽은 취향 밖이에요."

"취향 이상의 미인이라는 것도 있는 거잖아? 그쯤은 되겠던데."

이쯤 되자 보리스도 반격할 말을 찾아냈다.

"그렇겠죠. 그런데 먼저 만난 아가씨 때문에 눈이 나빠져버려서 다른 미인은 도무지 못 알아보겠어요."

말을 꺼낼 때까지는 좋았는데 맺고 나자 얼굴이 확 달아올랐다. 물론 그 말은 사실이었다. 한 사람에게 이미 눈이 멀었는데 다른 사람이 보일 리 없잖은가. 그렇지만 이런 식으로 입 밖에 낼 생각은 아니었는데.

그러면서도 보리스는 이슬렛의 표정을 보고 싶어서 견딜 수가 없었다. 슬쩍 보니까 이슬렛은 일부러 고개를 돌려 먼 들판을 바라보고 있었다. 갑자기 행복한 심정이 솟아올라 나오는 웃음을 주체하기가 힘들었다. 이런 행복을 전에도 느껴 보았던가?

그러나 이런 감정을 되새길 때마다 저도 모르게 나우플리온의 모습이 떠올랐다. 나우플리온은 보리스에게 처음으로 신뢰가 무엇인지, 마음놓고 웃는다는 것이 무엇인지 가르쳐준 사람이다. 예프넨이 없는 세상에서 유일한 의지처가 되어주었고, 그러면서도 소년의 마음속에 자리잡은 공백을 인정해주었다. 렘므에서 둘이 여행할 때는 그에 대한 존경과 애정을 다른 무엇과 비길 날이 올 거라고는 생각한 적도 없었다.

지금처럼 나우플리온이 곁에 없는데도 행복한 자신을 발견할 때면, 쉽사리 변해가는 자신에게 혐오 비슷한 감정이 치밀기도 했다. 물론 부조리한 생각이었고, 스승에게 말했다면 아마 웃고 말았을 것이다. 그러나 어려서 부모의 관심을 얻지 못하고 가문과 가족의 유대에 목말라하며 자란 보리스는 여전히 그런 형태의 애착과 분리되는 것을 두려워했다. 그게 소녀를 만나는 것처럼 자연스러운 일이더라도.

그러나 때때로 잊었다. 당연히 매우 자연스럽게도. 두 사람에게 품는 감정이 각각 다르다는 것을 생생하게 느낄 때도 있었다. 지금 같은 때가 바로 그랬다. 비교할 수는 없겠지만, 이런 기분은 이솔렛만이 줄 수 있었다.

다시 이솔렛의 목소리가 들렸다.

"네가 클란치 알리스테어와 싸울 기회가 없었던 것이 잘된 일일까?"

"저한테 진 건 아니지만 충분히 실망한 것처럼 보이던데요."

"글쎄, 그의 핏줄은 절망 같은 것에 익숙하지 못하지. 절망을 겪은 일이 별로 없거든. 그런 사람은 보통 나쁜 상황을 만나는 순간 쉽사리 무너지는데, 그 애는 좀 달라. 자기에게 닥친 절망을 절망으로 받아들일 줄 모른달까. 자기에게도 그런 일이 생길 수 있다는 사실을 인정하지 않는 거야. 그런 사람은 어디서든 빠져나갈 길을 찾아내기 마련이지."

"당신한테 말도 안 되는 부탁을 하러 찾아갔던 걸 생각하면 정말로 그런지도 모르겠네요. 이제 적어도 검의 사제가 되기 위해 당신 아버지의 이름을 빌리진 못하겠죠."

그 말을 들은 이솔렛이 비꼬듯 한마디 던졌다.

"그 애가 뭘 또 생각해내서 절망을 딛고 일어날지 기대되는걸."

"전 클란치가 돌아가서 우리 일을 어떻게 전할지 조금 걱정도 되는군요. 폰티나 공작 일만 해도 그렇고……. 음, 말이 나왔으니 얘긴데 폰티나 공작이 나중에 제게 어떤 걸 요구할까요?"

보리스는 당연히 대가를 치러야 하리라고 생각하고 있었다. 낯선 사람이 전적인 호의만으로 도움을 준다는 것은 불가능하다고 생각했다. 그러나 이솔렛은 판단을 보류하는 눈치였다.

"그것보다 말이야, 네가 소자작의 오른손을 자르지 않은 것은 어떤 심경 변화 때문이었는지 그것부터 묻고 싶은데."

보리스는 씁쓸하게 웃었다.

"그걸 말하려면 옛이야기를 좀 해야겠는데요."

보리스는 실버스컬 결승에서 루이잔의 오른팔을 향해 검을 내리쳤지만, 마지막 순간 검을 면 쪽으로 꺾었다. 그랬기 때문에 처음에는 폰티나 공작의 도움을 기대하지 않았다. 그러나 뜻밖으로 공작은 그 일에 대해 아무것도 묻지 않았고, 약속한 것보다 더한 친절을 베풀어주었다. 그들은 까닭을 물어볼 기회도 갖지 못했다.

"길게 하진 마."

보리스가 옛이야기를 한다는 것은 상처를 헤집는 것과 다를 바 없다는 것을 이솔렛은 알고 있었다. 보리스도 가벼운 한숨만 내쉰 뒤 짧게 말했다.

"소자작에게도 어린 동생이 있더군요. 그뿐이에요."

더 긴 이야기는 필요 없었다. 오전 내내 실버스컬 당시의 일을 쉬지 않고 얘기하던 둘은 잠시 말없이 걸어갔다. 잡목이 흩어진 땅이 서서히 낮아지면서 강이 나타났다. 강은 꽤 폭이 넓었고 건너편 기슭에는 갈대가 숲을 이루며 우거져 있었다.

보리스는 문득 추억이 떠올라 빙그레 웃었다. 이솔렛이 자신을 바라보는 것을 느끼자 대꾸했다.

"처음 보는 강이 아니거든요. 예전에 이실더 님하고 여행할 때…… 여기서 아주 우스운 사고를 당한 일이 있어요."

엉뚱한 내기를 하다가 얼음물에 빠지고, 얕은 줄도 모르고 허우적거리며 죽는 줄로만 알았던 일이 생생히 떠올랐다. 선뜻 구조해주는 대신 줄곧 지분거렸던 마을 사람들도. 이솔렛은 굳이 내용을 묻지 않고 미소만을 보였다.

잠시 후 이솔렛은 강을 내려다보았다.

"깊을까?"

이곳은 그때 소동을 벌인 곳보다 하류인지라 건널 만한 곳이 보이지 않았다. 그런데 강 저편에 두 사람이 앉아서 낚싯대를 드리우고 있는 모습이 눈에 띄었다. 강기슭에 바짝 다가선 보리스는 손나팔을 만들어 그들에게 말을 걸었다.

"실례합니다만, 이 강을 건널 만한 곳을 아십니까!"

시골 사람 차림인 그들 중 한 명은 여자였고, 다른 하나는 헐렁한 옷 안쪽으로 건장한 몸집이 느껴지는 사내였다. 처음에 그들은 지나치게 낚시에 골몰한 사람처럼 대꾸하지 않았다. 한 번 더 부르자 여자 쪽이 고개를 들었다. 그녀의 손에는 장대가 하나 들려 있었다. 널찍한 짚 모자를 쓰고 있어서 얼굴이 보이지 않았지만 아까 떠올렸던 사건 때문에 헤베티카가 생각났다. 그러고 보면 그때 머물렀던 헤베브로 마을도 기껏해야 몇 시간 거리에 있을 듯했다.

여자가 대꾸했다.

"강을 건너려면 저쪽에 바위 몇 개 있는 걸 딛고 뛰라고! 물론 능력이 된다면 말이야!"

그 말을 듣고 살펴보니 열 몇 걸음쯤 올라간 상류에 뾰족한 바위 몇 개가 징검다리처럼 튀어나와 있었다. 그런데 갑자기 이상한 느낌이 들었다. 저런 차림을 한 걸로 봐서 렘프 토박이들이어야 하는데 저건 전형적인 남부 말씨 아닌가?

하긴, 예전에 헤베티카도 그랬었다는 생각이 들었다. 하지만 그때보다 미묘하게 뭔가가 익숙했다. 어쨌든 두 사람은 그쪽으로 가서 어렵지 않게 강을 건넜다. 이슬렛은 한 발로 한 개의 바위만 디딜 정도로 가볍게 건너뛰어 반대편 기슭에 내려섰다.

그런 다음 고맙다는 말을 하려고 여자 쪽으로 고개를 돌렸다. 그런데 낚시를 하던 두 사람이 일어나 있었다. 일어선 것뿐 아니라 둘을 빤히 쳐다보고 있었다. 몇 걸음 다가가니 여자가 씩 웃었다. 물론 그녀는 헤베티카가 아니었다. 서른 초

반쯤 되었겠다 싶은 낯선 여자였다.

"솜씨 좋은데. 특히 아가씨, 등뒤에 그런 걸 매달고 다니는 걸 보니 검사인가 보지? 몸이 대단히 가볍던데."

"고마워요."

이솔렛은 낯선 사람은 딱 적당한 예의로만 대하는 성격이었다. 그런데 그 여자가 이솔렛 쪽으로 다가오더니 다짜고짜 손목을 잡는 게 아닌가?

이솔렛은 반사적으로 팔을 꺾어 손을 뿌리치려 했지만 놀랍게도 그 여자의 손은 마치 갈고리처럼 감겨 떨어지지 않았다. 다른 손을 쓰려 하자 그쪽 손도 붙잡혀버렸다. 이솔렛의 표정이 달라졌다. 이솔렛도 여자치고 팔 힘이 약하지 않은데, 이 여자의 악력은 건장한 사내들과도 비교할 바가 아니었다. 얼마나 세게 잡았는지 두 손이 금방 빨갛게 물들었다.

이솔렛이 차갑게 바뀐 목소리로 물었다.

"무슨 짓이지?"

"검은 속도가 빠르다고 전부가 아니지. 안 그래?"

그렇게 말하며 여자는 고개를 홱 젖혀 짚 모자를 떨어뜨렸다. 그러자 여러 개의 핀으로 정교하게 꽂아 올린 머리와 얼굴이 드러났다. 시골 아낙네라니 어림도 없는 소리였다. 정성스레 다듬은 것이 틀림없는 머리 모양과 흰 피부, 그리고 비웃음 담긴 눈동자를 보자마자 이 여자가 보통 사람이 아니라는 것을 깨달았다.

"당신들은 누구지?"

보리스가 덤벼들려는 순간, 뒤에서 말없이 서 있던 사내가 끼어들며 보리스의 어깨를 밀쳤다. 그의 손이 닿는 것과 함께 도저히 감당할 수 없는 힘이 밀려들며 중심이 어긋났다. 보리스는 바닥에 넘어지고도 한동안 무슨 일이 일어났는지 믿을 수가 없었다. 이런 정도의 힘은 아직까지 경험한 일이 없었다.

"널 잡으러 온 지옥사자란다, 꼬마야."

또다시 귀에 거슬리는 묘한 억양이었다. 이어 여자는 동료를 돌아보며 완전히 달라진 목소리로 외쳤다.

"톤다! 계집애를 묶어버려!"

톤다라는 자의 손목 안쪽에서 튀어나온 밧줄이 이솔렛의 발목을 휘감았다. 밧줄은 흡사 살아 있는 것처럼 단단히 감겨들었다. 이솔렛의 무릎이 꺾이자 여자가 잡은 팔을 잡아당겨 일으켜 세웠다. 이솔렛은 팔을 빼내려 애썼지만 여자의 손은 여전히 까딱도 하지 않았다. 이솔렛이 소리쳤다.

"물러서, 보리스!"

"오호, 보리스라. 친절하게 확인까지 해주는군. 뭐, 얼굴 보고 짐작했지만 말이야."

이솔렛이 보리스에게 고개를 돌리며 다시 한번 외쳤다.

"물러서라니까! 검을 뽑아!"

보리스는 벌떡 일어나 몇 걸음 물러나며 검을 뽑았다. 이솔렛을 두고 달아날 생각 따위 당연히 없었다. 그러자 말이 없는 사내가 다시 한번 손을 뻗었고, 이번에는 올가미가 날아왔다. 올가미에는 작은 쇠 발톱 같은 것들이 빙 둘러 박혀 있었다.

"에잇!"

날렵하게 휘두른 검이 올가미를 쳤지만 쇠 발톱과 부딪혀 튕겨났다. 이어 두 가닥의 밧줄이 교묘하게 날아들었다. 밧줄 끝에도 날카로운 쇠 날이 달려 있었다.

이 밧줄들은 이솔렛을 묶은 것과는 달리 밧줄 안에 특별한 심이 들어 있는 듯 탄력이 강하고 손 쓰는 사람의 의도대로 움직였다. 그러나 긴장하는 순간 손목에 탄력이 붙었다. 진로를 짐작하기 힘든 밧줄과 올가미를 모조리 쳐냈다. 그러자 여자가 놀리는 것처럼 외쳤다.

"그쪽도 괜찮은데? 이쪽 여자만 빠른 줄 알고 견제했더니. 그 정도 실력이면 예의 삼아 이름을 밝혀줘도 되겠군. 난 마리노프 캄브! 적당히 대할 생각은 말아. 우리가 너희를 죽여도 될 것 같았으면 벌써 죽였을 테니까."

그 이름의 어감이 익숙하구나 싶다가 이내 알아차렸다. 트라바체스 출신이다. 그렇다면 블라도 삼촌이 보낸 자들인가?

"너희는 누구냐! 삼촌이 보낸 거냐?"

"좋은 추리지만, 조금 더 멀리 생각해봐."

다시 현란하게 움직이는 밧줄들이 다가왔다. 최대한 집중해서 하나를 쳐내고, 하나를 뛰어넘고, 하나를 끊어냈다. 자르며 느낀 거지만 밧줄의 재질은 쇠가죽 채찍보다도 튼튼했다. 보리스의 무기는 검이므로 접근을 해야 적을 칠 수 있는데 그게 잘되지 않았다. 억지로 몇 걸음 다가서자 밧줄 머리가 고개를 돌리는 것 같더니 그의 등으로 날아들어 쿡 박혔다. 얇긴 해도 갑옷을 입고 있는데 그것조차 간단히 뚫어버렸다.

"아!"

온몸에 경련이 일었지만 일단은 다른 밧줄부터 돌려 쳐내고 물러났다. 상처를 살필 겨를이 없었다. 다시 올가미를 피해 뛰어올랐다. 밧줄 하나가 아슬아슬하게 무릎을 스치고 지나갔다.

곁눈으로 이솔렛을 보았다. 마리노프라는 여자는 발이 묶인 이솔렛을 질질 끌어당겨 물가로 데려가고 있었다. 그제야 보니 마리노프의 팔은 남자들 중에서도 보기 힘든 근육질이었다. 힘으로는 도저히 이솔렛이 당하기 어려웠다.

이를 악물고 다시 덤벼들었다. 등이 욱신거렸으나 그 정도로는 굴복하지 않았다. 그러나 사람이 아닌 밧줄들과 싸우는 걸로는 적에게 어떤 타격도 줄 수가 없었다. 이솔렛이 있는 쪽으로 다가가려 했지만 살아 있는 것 같은 밧줄들이 또다시 진로를 막았다. 검술에 자신이 붙은 후로 이렇게 대처가 안 되는 적을 만난 것은 처음이었다. 몇 개인가 밧줄 끝을 잘랐지만 곧장 새로운 밧줄들이 튀어나와 숫자는 점점 늘어났다. 한 가닥이 아래쪽으로 파고들어 보리스의 발목을 감으며 살갗을 찢어냈다. 겨우 그걸 끊고 나니 풀밭에 점점이 피가 뿌려져 있었다.

장거리용 무기가 없다는 것이 이토록 치명적일 줄은 몰랐다. 실버스컬에서 싸우던 때처럼 자기 것이 아닌 실력을 자제하고 말고 할 것도 없었다. 있는 실력을 다해야 겨우 네 가닥 밧줄을 모두 차단할 수가 있었다. 그러나 그다음이 없었다.

"자, 자, 들어가라고. 목욕하기엔 좀 추운 날씬가?"

마리노프는 이솔렛의 묶인 발을 걷어차며 강물로 밀치더니 아예 물속으로 먼저 들어가서 끌어당기며 더 깊은 쪽으로 밀어넣었다. 이솔렛은 아무 말도 하지 않고 마리노프의 손에서 벗어나려고 사력을 다했다. 그러나 상황이 나빴다. 무엇보다도 빠른 이솔렛의 검이 있었다면 밧줄들을 잘라버리는 것쯤은 그리 어렵지 않았을 것이다. 단 하나 다행스러운 것은 이솔렛을 잡느라고 괴력을 가진 여자 역시 공격을 하지 못하고 있다는 점이었다. 사정은 모르지만 이들은 두 사람을 죽이지 말고 사로잡아 오라는 명령을 받은 듯했다.

"죽이지 못하는 임무 따위, 정말 짜증스러운데!"

마리노프는 그렇게 외쳐가며 이솔렛을 사정없이 물속으로

처넣었다. 몸싸움을 벌이다 보니 물이 이리저리 튀는 바람에 잠깐 마리노프가 인상을 찌푸리며 고개를 젖혔는데, 그 순간 상황이 바뀌었다. 보리스는 보지 못했지만 그때 이솔렛은 손목을 잡힌 상태 그대로 두 다리를 오므려 팔 사이로 솟구치더니 상대의 가슴을 걷어차며 목을 휘감아버렸다. 보통 사람은 상상도 하지 못할 곡예였다.

"으윽, 무슨 짓이야!"

중심을 잃은 마리노프가 물속에 자빠졌고, 목에 올라탄 이솔렛도 같이 물에 빠지는 가운데 자세가 엉키며 드디어 손목이 풀렸다.

"이, 이런!"

마리노프는 물에 젖어 거추장스러워진 옷 때문에 빠른 행동을 취하지 못했다. 즉시 일어났다고 생각했는데 어느새 눈앞에 물보라가 일었고, 그걸 뚫으며 섬광 같은 칼날이 찔러져 들어왔다. 마리노프는 도로 물에 주저앉아 몸을 뒤채며 재빨리 손을 뻗어 아까 물가에 놓여 있던 장대를 잡아당겼다. 그러나 동시에 심장을 노렸던 이솔렛의 검이 어깻죽지를 푹 꿰뚫었다.

"아악!"

마리노프는 갑옷 같은 것을 입고 있지 않다. 피가 분수처럼 솟구쳐 나와 강물을 적셨지만 이솔렛은 망설임 없이 연달아 여자의 팔을 후려쳤다.

"이…… 이 빌어먹을 계집애가 감히!"

마리노프의 장대가 물에서 나왔을 때 이솔렛도 보았다. 그것은 장대가 아니었다. 끝에 달린 거대한 도끼날을 물에 담가 숨기고 있었던 것이다. 이제는 이솔렛도 의심할 바가 없었다. 이들은 노상강도 따위와 차원이 다른 진짜 살인자들이었다.

날아온 도끼날이 이솔렛의 두 번째 검을 막아냈다. 그러나 마리노프는 먼저 입은 상처 때문에 버거워하며 간신히 일어나 핏발 선 눈으로 이솔렛을 쏘아봤다. 부상 자체보다 부상당했다는 사실에 견딜 수 없이 화가 났다.

"내 몸에 이런 상처를 내? 명령 따위…… 필요 없어! 단숨에 죽여버릴 테다!"

그 말에 이솔렛의 두 자루 검이 응답했다. 본격적인 싸움이 벌어졌다. 전형적인 속도와 힘의 싸움이었다. 이미 부상당한 상태였으나 마리노프는 무거운 도끼를 다른 한 손만으로 휘둘러대며 이솔렛의 빠른 검을 여러 차례 막아냈다. 상대의 무기가 워낙 육중해서 부딪히면 검이 박살날지도 몰랐으므로 이솔렛도 섣불리 접근할 수 없었다. 이렇듯 준비 없이 벌어진 싸움에서 마음을 깨끗이 하고 정신을 집중시켜야 하는 찬트는 불행히도 도움이 안 되었다.

"톤다! 젠장, 너도 아직이야? 지금껏 애송이 녀석 하나 요리 못 하고, 그러고도 네가 세 번째 날개야?"

"……."

톤다는 말이 없는 사내였으나 마리노프가 악을 쓰자 속도가 빨라졌다. 보리스의 이마에 땀이 송골송골 맺혔다. 이미 상처가 여러 군데였다. 이솔렛이 마리노프에게 치명적인 부상을 입히긴 했지만 오래 끌다가는 결국 둘 다 사로잡힐 가능성이 높았다. 그래도 이솔렛은 무섭게 휘둘러지는 도끼를 뚫고 다시 한번 마리노프의 옆구리에 상처를 입혔다.

"뭐야! 왜 이렇게 귀찮게 됐지? 이거 얘기가 다르잖아!"

마리노프는 마법사 종그날을 통해 류스노와 유리히로부터 받았던 전갈을 떠올렸다. 상대는 그냥 '평범한 소년들'이며, 잡아 족치는 것 역시 식은 죽 먹기라고 하지 않았던가. 그들이 말한 평범한 소년들이 이들이라고? 농담이 지나치잖아!

그러나 전세는 점차 마리노프와 톤다에게 기울어갔다. 부상당한 마리노프와 찬트로 강화되지 않은 이솔렛의 실력은 호각이었지만, 보리스는 낯선 무기를 가진 적에게 익숙해지지 못하고 상처가 늘어갔다. 지금껏 배운 것이 검을 든 상대와 싸우는 방법뿐이었다는 사실이 그제야 실감났다. 본래 대륙 사람이었던 보리스가 인구가 적고 좁은 섬에서 살면서 저도 모르게 그곳의 질서에 자신을 맞췄던 것이다. 섬에서 검은 검끼리 싸우면 되었지만, 대륙의 적들은 아무것도 가리지 않는다는 것을 어느새 잊고 있었다.

철벅, 발치에 물이 닿았다. 밀리다 보니 강기슭이었다. 보리스는 정신을 집중해서 눈을 혼란시키는 밧줄들에 대항하려 했다. 그러나 자꾸만 시야가 혼미해질 뿐이었다.

그런데 잠시 후, 흐려진 시야가 단지 힘겨워서만이 아니라는 느낌이 들었다. 코끝에 새로운 냄새가 들어왔다. 뭔가를 태우는 탁한 냄새였다. 그걸 눈치챈 것은 보리스만이 아니었다.

"뭐야, 불이 났네?"

마리노프가 이솔렛의 주의를 흐트러뜨리려고 새된 목소리로 소리지르며 재빨리 도끼를 휘둘러 팔을 찍으려 했다. 그러나 이솔렛은 놀라기는커녕 오히려 더 날카로운 동작으로 상대의 손목을 노려 정확히 찔렀다.

"아앗!"

등뒤의 갈대밭에서 불이 일어났다. 갈대밭이 워낙 넓게 펼쳐진 터라 어디서 왜 불이 났는지 전혀 보이지 않았다. 불은 금세 사납게 번져 이윽고 등을 뜨겁게 데우기 시작했다. 온몸이 젖은 이솔렛은 그나마 나았지만 보리스는 앞에는 밧줄, 뒤에는 불을 놓고 오도 가도 못하게 되었다.

그때였다.

"이쪽으로!"

새로운 목소리가 들리더니 싸우고 있는 그들 앞으로 짚단처럼 묶은 불붙은 갈대 뭉치가 몇 개나 떨어졌다. 그 바람에 밧줄에 불이 붙었다. 특별한 재질 탓인지 금방 끊어지지는 않았지만 톤다라는 사내는 흠칫하며 밧줄을 거두어들이려 했다.

"보리스! 어서 오라니까!"

목소리는 보리스의 이름을 알고 있었다. 톤다가 밧줄을 거두는 새 틈이 난 보리스가 흘끗 보니 남녀 몇 명이 불붙은 갈대밭 안쪽에서 손짓하고 있었다. 저리로 오라고?

이솔렛이 먼저 상황을 파악했다.

"저들을 따라가!"

그러면서 자신이 먼저 갈대밭의 불길을 뚫고 들어갔다. 예상대로였다. 불은 그들이 싸우던 빈터를 둘러싼 갈대들에만 붙어 있었다. 그 너머는 물로 적셔져서 불이 번지지 않는 상태였다. 이윽고 보리스도 따라 들어왔는데 옷이 말라 있어서 불똥을 털어내어야 했다. 한 사람이 소리쳤다.

"자, 지체 없이 달리자고!"

상대의 얼굴을 확인할 틈도 없이 갈대를 뚫고 달렸다. 갈대가 얼마나 높이 자라 있는지 조금만 몸을 수그려도 머리까지 가려졌다. 등뒤는 불길과 연기가 뒤엉켜 움직임이 금방 눈에 띌 염려도 없었다. 다만 보리스는 여기저기 당한 부상 때문에 한 발짝 한 발짝이 몹시 고통스러웠다.

"여기야!"

겨우 갈대를 뚫고 튀어나오니 열 명이 넘는 사람들이 땅이라도 개간하려는 것처럼 곡괭이와 쟁기, 삽 같은 것을 꼬나들고 모여 있었다. 그제야 그들을 안내해 달려온 사람의 얼굴을 볼 여유가 생겼다. 긴 머리를 틀어 올리고 장대를 든 여자가 싱긋 웃으며 보리스를 바라보았다. 남부 말씨를 쓰는 뱃사공 아가씨, 헤베티카였다.

"오랜만이야. 많이 컸네?"

헤베티카를 따라 마을에 도착하니 저녁 무렵이었다. 전과 마찬가지로 마을 한가운데에 모닥불이 타올랐다. 불을 둘러싸고 사내들 몇이 술을 마시며 떠들어대고 있는 것도 낯익은 풍경이었다.

먼저 부상을 치료하러 갔다. 말린 약초를 잔뜩 걸어놓은 집에 들어가니 약을 달이던 할머니가 상처를 씻어내고 찧은 약초를 둥글게 뭉쳐서 붙여주었다. 보리스는 잘 몰랐지만 등에 입은 상처가 생각보다 심각했는지 들여다보던 이솔렛의 안색이 조금 변했다. 급박한 상황이었을 때는 보리스도 몰랐지만, 이제는 팔을 조금만 움직여도 매우 쓰라렸다. 겨우겨우 웃옷을 다시 입었다. 밖으로 나오니 기다리고 있던 헤베티카가 모닥불 앞으로 가자며 손짓했다. 거기에는 또 하나 친근한 물건이 기다리고 있었다.

"자, 먹어. 너와 그 짓궂은 아저씨가 같이 지켜준 옥수수밭에서 거둔 거야."

불에 갓 구운 옥수수를 먹는 것은 쉬운 일이 아니었다. 한참 고생하던 보리스와 이솔렛이 잠시 후 서로의 얼굴을 보니 똑같이 입가가 새카맣게 변해 있었다. 둘은 동시에 웃음을 터뜨렸다.

사내들은 술을 권했다. 대륙에 온 이래 술을 건드리지도 않던 이솔렛이 놀랍게도 한 잔 달라고 해서 받아 마셨다. 그러더니 약간 발그레해진 얼굴로 보리스에게 미소를 보냈다. 그 미소를 보는 사람의 가슴이 덜컥 내려앉는 것은 전혀 모르는 것 같았다.

"좋은 곳이구나."

옥수수 때문에 살짝 덴 손가락 끝에 침을 바르면서 보리스는 고개를 끄덕였다. 돌이켜 생각해보면 그리 오래 머물렀던 마을은 아니었다. 망신스러운 얼음 강물 사건으로 시작해서 우스꽝스러운 옥수수 재배지 쟁탈전까지. 제일 기억에 남은 것은 나우플리온이 엄청나게 마셔댔던 묵은 포도주의 냄새였다. 포도가 나지 않는 추운 땅에서 포도주라는 것이 꽤 귀한 물품이었음은 마을을 떠나고도 한참 후에야 깨달았지만.

"그래, 멋대가리 없는 아저씨 대신 예쁜 아가씨랑 다니게 된 건 축하할 만한 일이긴 한데, 도대체 아저씨는 어디다 갖다 버린 거야?"

별로 변한 것이 없어 보이는 헤베티카의 남부 말씨에서 나우플리온에 대한 친근감이 느껴졌다. 보리스는 옛일을 떠올리며 웃음 지었다. 저도 모르게 나우플리온에게 하듯 농담이 나왔다.

"너무 잔소리가 많아서 내다 버렸어요. 혹시 소식은 못 들었고요?"

"소식은 너나 알면 좀 전해주지그래? 그 사람 소식을 알고 싶어 하는 사람이 나 하나가 아니니까 말이야."

"누가 또요?"

"그때 내가 한번 말했었는데?"

헤베티카는 사람들의 시선이 신경쓰이는지 잠깐 주위를 둘러보더니 자기집으로 가자고 두 사람을 일으켰다. 그녀의 뒤를 따라 돌과 흙을 싸 발라 지은 납작한 집에 들어가자 한 남자가 이불을 들쓰고 돌아누워 코를 골고 있었다. 헤베티카는 성큼 다가가더니 다짜고짜 남자의 등을 발로 걷어찼다.

"그만 일어나라고요! 도대체 몇 시간을 자는 거야?"

남편인가, 꽤나 난폭한 부부구나, 하고 생각하며 멀뚱히 쳐다보는 가운데 남자가 부스스 일어나 앉았다. 그러나 보리스는 남자가 일어나 앉는 모습을 보자마자 깨달았다. 남편인지 뭔지 몰라도 이자는 대단한 싸움꾼이다. 틀림없었다.

잠에서 덜 깬 표정을 하고 있는데도 일어나는 움직임이 달랐고, 앉은 자세가 달랐다. 더구나 요즘 날씨에 맞지 않게 소매가 없는 웃옷 아래로 드러난 어깨와 팔은 가볍게 단련된 것이 아니었다. 이윽고 남자가 중얼거렸다.

"저절로 졸음이 쏟아지는 좋은 마을이야."

"무슨 말도 안 되는 소리야! 그럼 우리가 야만족처럼 천막이나 치고 살아야겠어?"

"휴, 그것참. 나도 벌써 지붕 있는 집에 익숙해져버린 건가."

헤베티카는 두 사람을 돌아보며 앉으라고 손짓했다. 앉자마자 먼저 말문을 연 사람은 뜻밖에도 이솔렛이었다.

"당신은 님 반도의 야만족이군요?"

그러자 남자가 말했다.

"야만족? 나는 캄자크야. 너희들이 야만인이라고 부르는 우리는 스스로를 원原종족이라고 부르지. 캄자크는 그중에서 가장 위대한 부족이고 나는 그들의 아들이다."

헤베티카가 두 손을 들어올리며 어깨를 으쓱하더니 말했다.

"어쨌든 같은 얘기지 뭐겠어."

이솔렛은 고개를 저으며 말했다.

"캄자크족이었군요. 정확히 모르고 있어서 미안해요. 난 이솔렛이에요. 그냥 떠도는 사람이죠."

보리스는 이솔렛이 이렇게 먼저 자신을 소개하며 상대에게 관심을 보이는 모습을 처음 보았다. 어쨌거나 자신도 소개를 해야 할 것 같아 입을 열었다.

"보리스 산입니다."

그새 부담스러워진 미스트리에라는 이름은 묻어놓고 다시 산이라는 성을 쓰는 중이었다.

"난 이자크…… 어…… 헤베, 내 성이 뭐였더라?"

"듀카스텔이었지. 하지만 있으나 없으나 그게 그거 아니야? 어디서 얻어다 붙인 성이 뭐 대수라고."

보리스는 픽 웃고 말았다. 나우플리온이 헤베티카의 성을 멋대로 만들어 붙이던 것이 떠올라서였다.

"아니, 이젠 중요해. 산스루에 돌아가면 다들 날 그 이름으로 알고 있거든. 내가 내 이름조차 못 알아들으면 어떡해."

"다시 돌아가긴 할 작정인가 보네? 언제쯤?"

"글쎄, 그건 잘 모르겠네."

"아름다운 부인이 기다리고 있다고 안 했어?"

"아름다운 부인도 있고, 아름다운 집과 아름다운 제단과 아름다운 그릇들도 있지. 밤낮으로 그것들을 보고 절해야 해. 정말 지겨워. 그걸 다시 해도 좋을지 생각중이야."

헤베티카는 이자크의 말이 허풍으로 느껴지는지 믿는 눈치가 아니었다. 그녀가 두 사람을 돌아보며 말했다.

"보리스, 예전에 들은 기억이 날지 모르겠지만 내 오빠야.

아참, 물론 난 야만족이 아니야. 우린 어머니가 다르니까. 아버지만 같거든."

그제야 보리스도 생각났다. 나우플리온이 이곳에 왔을 때 헤베티카에게 '당신 이복오빠가······'라고 말을 꺼낸 일이 있었다. 그때 헤베티카는 발끈하며 오빠의 행방을 물었고 나우플리온은 모른다고 했다. 그 사람이 아마도 이자인 모양이었다. 이윽고 이자크는 이솔렛을 잠시 쳐다보더니 말했다.

"아가씨는 싸우는 사람이군. 또 싸우는 사람의 딸이야. 렘므 놈들 중에서 이런 사람을 보기는 힘든데."

"전 렘므 사람이 아니에요. 떠돌아다닐 뿐이죠. 그러나 그 말이 옳고, 또한 같은 말을 되돌려드려야 하겠네요. 당신은 싸우는 사람이고, 싸우는 사람의 아들이로군요."

"그래, 그래. 하지만 하나는 틀려. 내 아버진 대장장이야."

헤베티카가 물었다.

"오빠, 아버지는 캄자크의 족장이라고 하지 않았어? 어째서 대장장이가 돼버린 거야?"

"족장이지만 대장장이야. 그 두 가지가 모두 아버지야."

이자크라는 사내의 말투는 단순하지만 담백했고, 상대방의 반응을 계산한 흔적이 없어 보리스의 마음에 들었다.

"오빠, 이실더 산이 여길 거쳐갔다고 말한 일이 있지? 그때 같이 있었던 아이가 여기 이 사람이야. 뭐, 지금은 아이라기보다는 젊은이가 됐지만. 소식 물어볼 거라도 있으면 물어봐."

이자크는 입을 벌려 웃으며 말했다.

"오, 자네들이 이실더를 알아? 그는 멋진 친구였지. 내가 정말 좋아했는데. 그와 나는 볼민가 강의 붉은 물고기를 전부 잡았어. 물고기는 내년에 또 왔지만. 우린 물고기가 알을 낳을 때까지 기다렸거든. 그래야 내년에 또 잡을 수 있으니까. 정말 신나는 일이었어."

보리스의 얼굴에 미소가 떠올랐다. 곳곳을 돌아다니며 별별 사람을 다 만나고 온갖 사람의 호감을 다 얻었다, 그의 스승님은.

"이실더는 나보다 작살질을 더 잘했지. 나는 그보다 주먹질을 더 잘했고 말이야. 우린 형제가 될 뻔했는데 그가 너무 바빠서 떠나고 말았어. 그가 보고 싶군. 어디에 있나? 죽지는 않았나?"

보리스는 멈칫하더니 이솔렛을 쳐다봤다. 나우플리온이 어디에 있는지 말할 수는 없는 노릇이었다. 그러자 이솔렛이 보리스 대신 말했다.

"그분은 혼자 여러 곳을 떠돌고 계십니다. 저희는 곧 그분께 돌아갈 것이며 재회하는 날에는 그분도 조금쯤 웃을 수 있겠지요."

원하는 것, 원할 수 없는 것, 원해선 안 되는 것

"평생을 전투로 산 사람이야. 그러면서도 저토록 고뇌 한 점 없는 얼굴이라는 것이 놀라웠어."

밤공기 속으로 퍼져나가는 입김은 이곳 사람들이 피우던 담배 연기 같기도 했다. 잠들기 전에 잠시 나온 산책이었다. 마을 아래로 내려가는 비탈길이 어렴풋이 보이는 곳에서 보리스와 이솔렛은 나란히 턱을 괴고 앉아 있었다. 보리스는 등의 상처가 점점 더 쑤신다고 생각했지만 이솔렛에게 말하지는 않았다.

"그래서 당신이 먼저 자신을 소개했군요? 일종의…… 동류를 알아보는, 그런 것인가요?"

"글쎄, 그보다 그 사람이 조금 부럽구나. 삼십 년도 넘게 산 그 사람보다 이십 년도 못 산 내가 더 번뇌가 많은 것 같으니. 같은 전사의 길을 걷는 사람으로서 부끄럽다고 할까."

"번뇌라, 당신의 번뇌는 뭐죠?"

이솔렛은 대답 없이 하늘을 올려다보았다. 별 몇 개만이 박힌 흐린 하늘이었다.

보리스는 이솔렛의 옆얼굴을 보며 이번만은 대답을 듣고 싶다고 생각했다. 오래전부터 생각해오던 문제가 있었다. 그간 어느 쪽에게도 물어보지 못했다.

"이솔렛, 당신은 나우…… 이실더 님을 어떻게 생각하죠?"

이솔렛은 조금 더 하늘을 올려다보다가 고개를 돌리지 않은 채 대답했다.

"말하고 싶지 않은 일이야."

"나의 몰이해가 당신에게는 중요하지 않나요?"

말을 해놓고 갑자기 얼굴이 확 달아올랐다. 그런 것이 이솔렛에게 중요한지 안 중요한지, 누가 안단 말인가? 그녀가 자신에게 이해받고 싶어 할까?

다행히 밤이라 얼굴은 잘 보이지 않았다.

"너의 몰이해……."

그렇게 뇌까린 후 다시 침묵이 흘렀다. 이솔렛이 입을 열었을 때, 보리스는 뺨을 감싸쥔 채 땅을 내려다보고 있었다.

"너의 몰이해, 너의 오해를 말해봐."

"예전에 이실더 님은 당신이 그분을 싫어할 수밖에 없는 이유를 말해주었죠. 그 이야기 속에는 이해가 가지 않는 점들이 있었어요. 그리고 당신도 똑같은 사건에 대해 말한 일이 있죠……. 그때 당신이 한 말을 기억하고 있어요. '그런 어이없는 소리가 믿어지느냐'라고 했죠."

보리스는 숙였던 고개를 들며 손을 뺨에서 뗐다. 밤공기가 서늘하게 와닿았다.

"그리고 그 사건이 있기 전까진 두 사람의 사이가 나쁘지 않았다고도 했죠. 이해할 수는 있어요. 그런 일, 쉽게 잊히는 것은 아닐 테니까. 그렇지만 끝내 이해하기 어려운 건……."

보리스는 이솔렛에게 고개를 돌렸다.

"바로 당신의 혼란스러운 태도예요. 오늘 일도 그랬고, 그전에도 쭉……. 난 아무래도 당신이 그분을 미워한다고는 못 믿겠어요. 그러나 용서했다고도 생각되지 않죠. 당신과 그분 사이엔 도대체 무슨 일이 있었던 건가요? 내가 짐작할 수 없는 특별한 비밀이 두 사람 사이에 있는 것만 같아요."

이솔렛은 여전히 말이 없었다. 고개를 돌리지도 않았다. 보리스는 짧은 한숨을 내쉬며 말을 맺었다.

"그리고 당신한테 이런 질문을 할 자격이 내게 있기나 한 건지, 그것도 모르겠군요."

밤이 깊어지자 별들이 비로소 깨끗하게 빛나기 시작했다.

원하는 것, 원할 수 없는 것, 원해선 안 되는 것

하늘이 점차 개었다.

"자격 같은 말은 그만둬. 그런 문제 때문에 말하지 않은 것이 아니야."

늘 듣던 단정한 목소리와는 어딘가 달랐다. 살짝 젖어 있었다.

"일부러 숨기려 한 것도 아니었어. 그 화제가 싫었던 것뿐이지. 아니, 실은 그런 화제를 입에 올리는 나 자신을 상상하기 싫었어. 왜냐하면…… 그건 너무 어리석은 이야기니까. 다시는 고칠 수 없는 망가진 집처럼, 그냥 내버려둔 거야. 비바람에 깎이고 쓸려 언젠가는 먼지로 변하길 바라면서. 하지만 그렇게 되기에는 내가 살아온 세월이 너무 짧았지."

보리스는 말없이 기다렸다. 끼어들지 않는 편이 좋다고 느꼈다.

"그리고 이런 것, 정말 인정하기 싫지만, 네가 이상하게 생각하는 것도 알고 있었지만……."

갑자기 이솔렛의 목소리가 차고 분명해졌다. 일부러 그렇게 말하려 애쓰는 것 같았다.

"그게 너라서, 더 이야기하기 싫었어."

갑자기 자신이 이솔렛에게 무슨 고통을 주고 있는가 하는 생각이 들었다. 보리스는 이솔렛의 팔을 잡으며 고개를 저었다.

"하고 싶지 않은 말이라면 듣지 않겠어요. 듣지 않아도 상관없어요."

"아냐, 우스운 거지. 이젠 너이기에 꼭 해야겠어."

이솔렛이 고개를 돌려 보리스의 얼굴을 똑바로 보았다. 어둠 속이었지만 눈동자가 선명하게 빛났다.

"이실더 님, 아니 나우플리온 님과 나는, 오래전에, 내가 열 살이었을 때."

짧은 침묵이 한없이 길게 느껴지고, 대답이 울렸다.

"약혼했었고, 파혼했어."

"......"

이런 기분은 실로 오랜만이었다. 갑자기 목구멍 속에서 뭔가 솟아올랐다가 다시 서서히 가라앉았다. 이 말이 무엇을 뜻하는지 더 생각해봐야 할까? 그때 그랬다면, 지금은?

"보리스. 나를 봐."

정신을 차려보니 저도 모르게 시선을 떨어뜨렸던 모양이다. 이솔렛은 변함없이 진지한 표정으로 그를 보고 있었다.

"네가 나를 존중한다면 시작해버린 이 이야기를 끝까지 들어줘. 아무것도 모르든지 모조리 다 알든지 둘 중의 하나야. 이미 너는 알기 시작했으니까 여기서 고개 돌리지 마, 제발."

목소리가 흔들리지 않고 조용했음에도 보리스는 그 너머의 감정을 조금 엿본 기분이었다. 그는 다시 이솔렛을 보며 고개를 끄덕였다.

원하는 것, 원할 수 없는 것, 원해선 안 되는 것

"약혼은 단 하루뿐이었어. 그러니까 이렇게 시작된 거지……."

이솔렛이 열 살, 나우플리온이 스물세 살 때의 일이라 했다. 당시 두 사람은 오누이처럼 친한 사이였다. 이 일을 처음 생각해낸 사람은 이솔렛의 아버지인 일리오스 사제였다.

보리스가 알다시피 나우플리온은 고아였고 데스포이나 사제의 부모가 거두어 길렀다. 어려서 많이 고생한 까닭에 오랫동안 말 안 듣는 망나니였다가, 이솔렛이 전에 말해준 늙은 스승으로부터 티그리스를 배우기 시작하면서부터 마음을 잡은 덕택에 지금과 같은 성품으로 자라났다. 그러나 스승이 잘 가르친 것은 심성뿐이었다. 검술에는 별 실력이 없는 사람이었는지라 제자의 진전은 느릴 수밖에 없었다.

눈 좋은 일리오스 사제는 일찌감치 소년 나우플리온의 잠재력을 꿰뚫어 보았지만 이미 티그리스를 배우기로 결정한 터라 오랫동안 모르는 체하고 있었다. 그러나 끝내 일리오스는 나우플리온의 재능을 탐낼 수밖에 없었는데, 바로 티엘라의 특징 때문이었다. 그가 미리 거둔 제자 두 명이 티엘라의 벽에 부딪혀 발전이 완전히 끝나버리자 다른 돌파구를 찾지 않을 수 없었던 것이다.

일리오스는 어린시절 악랄한 스승 밑에서 오랫동안 고생만 하고 덕은 전혀 보지 못한 사람이었다. 그랬기 때문에 자신만은 소질 있는 제자를 거둬 정성스럽게 가르치겠다는 의지도 강했다. 더구나 역대 최고의 경지에 이른 티엘라의 계승자로서, 그것을 물려받을 뛰어난 제자를 두고 싶은 욕구는 자연스러운 일이기도 했다.

물론 이미 티그리스를 배우기 시작한 사람을 빼내는 것은 간단한 문제가 아니었다. 다만 티그리스를 가르치는 스승이 형편없었고 너무 늙은데다 정신마저 오락가락하기 시작한 터라, 나우플리온이 그 아래 남아 있어도 장래성이 없다는 것만은 누가 보아도 뻔했다. 일리오스는 생각 끝에 이 문제를 데스포이나와 상의했다. 늘 나우플리온의 장래를 걱정하고 있던 데스포이나는 일리오스의 계획에 선뜻 찬성했다.

나우플리온을 일리오스의 사위로 삼는다, 그러면 본래 티그리스를 배웠다는 점이나 늦게 입문한 제자라는 문제가 자연스럽게 해결되지 않을까? 그렇게 해서 장차 검의 사제 자리를 물려주기에도 지장이 없지 않을까?

나이 차이가 부담스럽긴 해도, 놓치기에는 자리가 너무 좋았다. 부모도 없는 나우플리온이 달리 좋은 혼처를 얻기도 여의치 않다고 생각한 데스포이나는 매우 열심이었던 모양이었다. 나이 문제는 일단 약혼만 해두고, 정식 혼례는 이솔렛이 성인이 된 후에 치르면 되지 않겠느냐고 했다. 섬은 인구가 적다 보니 조혼이 흔했고 나이 차가 큰 결혼도 드물지 않았다. 그래도 이 정도 차이는 전례가 드물고, 더구나 당사자가 검의 사제의 어린 딸이었기에 이 소식은 꽤 섬을 떠들썩하게 했다.

문제는 당사자들의 마음이었다. 이솔렛은 너무 어린데다 나우플리온을 오빠처럼 따랐기에 깊은 생각 없이 약혼을 수긍해버렸다. 나우플리온은 처음엔 크게 당황하며 거절했으나 데스포이나가 오랫동안 설득하고, 결정적으로 일리오스와 어떤 대화를 한 후 동의하게 되었다. 그때 나우플리온이 무슨 마음으로 이런 약혼에 동의했는지 정확히 아는 사람은 없었다. 어쨌든 나우플리온 역시 이솔렛을 싫어하지는 않았던 것이다. 거기에 조금이라도 사랑이 있었을지, 아니면 이후에라도 사랑인 적이 있었는지 이솔렛은 아직도 모르겠다고 말했다. 당시 약혼을 설득하며 일리오스가 나우플리온에게 무슨 말을 했는지, 열 살이었던 이솔렛이 알기는 어려운 일이었다.

그리하여 약혼식이 치러졌고, 문제는 다음날 아침에 벌어졌다.

일리오스 사제는 나우플리온이 이솔렛과 약혼을 하면 당연히 자신의 문하로 들어오리라고 생각한 모양이었다. 그러나 나우플리온은 순진하게도 이 일과 그 일은 별개인 줄로만 알고 있었다. 어쩌다 보니 약혼식이 끝날 때까지 이 문제는 서로의 입으로 확인되지 못하다가, 공교롭게도 다음날 아침에 터져 나왔다. 나우플리온이 완강하게 고개를 저으며 자신의 스승을 버릴 수 없다고 말했던 것이다.

데스포이나가 붙들고 사정을 해도, 심지어 티그리스 스승조차 그쪽이 더 나으니 가라고 했는데도 통하지 않았다. 일리오스 사제와 이솔렛을 위해 뭐든 할 수 있지만 늙고 병든 스승을 버리는 것만은 안 된다고, 스승이 죽은 후에도 티그리스를 버리지 못하겠다고 하는 데서야 타협의 여지가 있을 수 없었다.

진퇴양난에 빠진 일리오스가 높은 자존심까지 꺾고 몇 번이나 설득하려 애썼지만 소용이 없자, 결국 감정이 폭발하고 말았다. 그는 전날 약혼식을 없었던 일로 하겠다고 선언한 뒤, 나우플리온에게 자신은 물론 이솔렛 앞에도 다시는 나타나지 말라고 잘라 말하고서 딸을 데리고 집으로 돌아갔다.

일리오스의 분노와 실망이 얼마나 컸는지 그는 수십 일 만에 산기슭에 새집을 지어 거처마저 옮겨버렸다. 데스포이나조차도 그해가 가기 전까지는 일리오스를 찾아갈 엄두를 못 냈다. 그 산기슭의 집이 지금 이솔렛이 살고 있는 집이었다.

"아버진 그 일이 대단한 배신이고, 큰 수모를 당했다고 느끼셨던 것 같아. 그리고 공개적으로 약혼을 했다가 하루 만에 파혼을 했으니 내 장래에도 오점을 남기게 됐다고 생각해서 몹시 상심하셨지. 난 아버지가 측은한 나머지 아버지 말씀을

원하는 것, 원할 수 없는 것, 원해선 안 되는 것

어기고 나우플리온을 만난다는 건 상상도 못 했어. 그래서 그가 그때 어떤 상태였는지는 모르겠어."

방금 이슬렛은 나우플리온을 존칭 없이 이름만으로 불렀는데 그것이 너무나 자연스러워서 보리스는 잠시 할말을 잃었다. 지금까지 늘 사제님이라고 높여 부른 것은 일부러 거리를 두려 했던 것이고, 지금이야말로 본래의 감정에 가까운 것이 아닌가 싶었다.

"그후로 우린 언제 친하게 지냈었느냐는 듯 지독히 불편한 관계가 되었지. 그리고 몇 년 후 여름, 너도 아는 그 사건⋯⋯. 그 일로 난 아버지를 잃었고, 그와 나 사이엔 도저히 허물 수 없는 벽이 세워졌어. 그대로 지금까지야."

이슬렛은 입술을 오므렸다가 자신이 무슨 얼굴을 하고 있을까 궁금해하는 사람처럼 시선을 불안하게 움직였다. 그러나 그녀는 곧 평정을 되찾고 나지막이 말했다.

"자, 그게 내 이야기야. 내 관점으로 본, 내가 할 수 있는 이야기의 전부야. 그때 내가 나우플리온을 믿지 않는다고 한 말은 다분히 감정적인 것이었지만, 너 역시 느꼈다고 말했듯 당시의 비극에는 석연치 않은 부분이 있어. 아버지의 죽음을 본 유일한 사람인 그가 그 일에 대해 뭔가 숨기고 있다고 오랫동안 생각했지."

이슬렛이 하늘을 올려다보았다.

"그 사람이 끝내 그것을 말하지 않았기 때문에 나는 때로 분노하기도 하고, 안타까워하기도 하고, 좋지 않은 생각들도 많이 했어. 아직도 난 그것이 뭔지 몰라. 그러나 솔직히 말하자면…… 내가 가장 아버지를 그리워하고 있을 때, 그래서 마음이 몹시 흔들려 있을 때를 빼고는 그가 아버지를 잘못되게 했을 거라고는 생각하지 않아."

시선이 다시 땅으로 돌아왔다. 목소리가 침착해졌다.

"제자가 되기를 거절하자 파혼을 선언해버린 아버지를 나우플리온은 어떻게 느꼈을까? 어떻게 보면 그는 아버지를 미워했어야 옳을 거야. 그러나 그는 그러지 않았어. 그러지 않았다는 것을 내가 가장 잘 알아. 그럴 사람이 아니라는 것도."

나우플리온이 무언가 숨긴다고 생각하긴 해도 그를 의심하진 않는다는 말은, 한때 보리스가 몹시 바랐던 대답이기도 했다. 그때 보리스는 두 사람 사이에 오해가 있다고 믿었고, 어떻게든 그게 풀렸으면 좋겠다고 생각했던 것이다. 그러나 지금 그 말을 듣고 있는데도 전혀 기쁨을 느낄 수 없는 자신이 이상했다. 그 이상으로 강한 다른 실망감, 또는 상실감 때문에 땅 밑으로 서서히 꺼져 들어가는 느낌이었다.

보리스가 겨우 입을 열기까지는 많은 용기가 필요했다.

"이솔렛……. 마지막으로 묻고 싶은 것이 있어요."

이솔렛은 고개를 조금 끄덕여 보였다. 그녀의 표정 역시 밝지 못했는데 그게 어떤 감정 때문인지 보리스는 쉽사리 분별할 수가 없었다.

"그때…… 눈 내리던 날에…… 제가 찾아간 일이…… 있었……죠?"

거기까지만 말했는데도 이솔렛은 보리스가 무슨 말을 하려는 것인지 알아차렸다. 잠시 고개를 돌렸다가 짧게 대답했다.

"맞아."

그것으로 충분한 것일까.

긴 침묵이 흘렀다. 하늘에는 별이 흘렀다.

흔들어 깨우는 것을 느끼고 눈을 떴을 때, 밖은 벌써 환했다. 보리스는 순간적으로 상대방의 얼굴을 못 알아보았다. 자신이 어젯밤 어떻게 여기까지 와서 잠들었는지 생각이 나지 않았다.

"일어나라고! 밖엔 난리가 났는데 자고만 있을 거야?"

헤베티카였다. 난리라는 말에 몸을 일으키려는 순간, 등의 상처를 쇠꼬챙이로 쑤시는 듯한 아픔을 느끼고 저도 모르게 비명을 지르고 말았다. 헤베티카가 놀란 눈으로 내려다보며 물었다.

"많이 아픈 거야?"

한동안 숨을 쉬기도 힘든 통증이 지나간 후 겨우 정신을 차렸다. 그것도 정신을 차렸다뿐이지 엄습해온 통증이 사라진 것은 아니었다. 방금 화살이 꽂혔다 해도 이렇게 아플까 싶었다. 어느 정도의 통증쯤은 견디도록 단련되었다고 생각했는데, 이미 치료한 상처 때문에 이렇게 괴로워하다니, 다시 약해지기라도 했단 말인가?

반쯤 몸을 일으킨 그대로 보리스가 몸을 가누지 못하자 헤베티카의 얼굴이 굳어졌다. 뒤로 돌아간 그녀가 그의 웃옷을 걷어올렸다.

"아니……."

웬만한 일에는 놀라지 않는 대담한 헤베티카가 잠시 말을 잇지 못하다가 어깨 너머로 고개를 내밀며 보리스를 보았다. 눈이 마주쳤다.

"도대체 넌…… 어떻게 된 애가…… 이런 상태로 밤새 잠이 오든? 이대로 잠깐 있어. 절대 움직이지 말고. 사람을 불러와야겠다."

이솔렛이 모습을 나타냈을 때, 보리스는 마을 사람들의 손으로 다시 약초를 다루는 할머니의 집으로 옮겨져 있었다. 웃옷을 벗고 엎드린 채 상처를 닦아내는데 할머니를 도우러 온 사람들이 놀라 입을 다물지 못할 정도였다. 헤베티카 말대로 이 상태로 밤새 잠을 잔 것도 놀랍지만, 저렇게 끔찍한 상처를 소독하는데 비명 한번 지르지 않는 소년에게 다들 두 손

원하는 것, 원할 수 없는 것, 원해선 안 되는 것

들었다는 표정들이었다.

이솔렛도 보았다. 어제 보았을 때 손가락 두 마디 정도 찢어져 있던 상처가, 밤새 손바닥 전체로도 덮을 수 없는 시커먼 상처로 변해 있었다. 어제 보리스를 상처 입힌 밧줄 끝의 칼날에 독이 묻어 있었음이 분명했다. 할머니의 약초 다루는 솜씨는 주변 마을에서도 알아주는 실력이었지만 이럴 줄 모르고 어제 일찍 독을 중화시키지 못한 터라 사태가 심각했다.

보리스는 의식을 잃지 않았다. 이솔렛이 온 것을 보고 미소를 지으려 했으나 지독한 통증 때문에 얼굴 근육이 잘 움직여지지 않았다. 겨우 얼굴을 일그러뜨리지 않은 정도가 할 수 있는 전부였다. 이솔렛이 다가와 앉자 보리스가 조그맣게 말했다.

"괜찮……은데요. 참을 만해요."

사람들은 이솔렛이 울먹거리거나, 어쩔 줄 몰라 하거나, 두려워하거나 하지 않아서 또다시 놀랐다. 이솔렛은 그들이 상상한 반응 가운데 어떤 것도 보이지 않았다. 대신 침착하게 보리스를 내려다보며 말했다.

"그래. 조금 더 참아. 내가 방법을 생각해볼 테니까."

상처 소독이 끝나고 중화 작용을 하는 약초들을 덕지덕지 붙이는 일이 끝나자 이솔렛이 할머니를 보며 말했다.

"괜찮으시다면 혹시 자리를 비워주실 수 있을까요? 잠깐

동안 둘이서 있고 싶습니다."

여긴 할머니의 집이었지만, 상처가 워낙 위중한데 도움이 되지 못했다는 부담감 때문인지 모두들 응하고 밖으로 나갔다. 이솔렛은 잠시 마음을 가다듬더니 보리스의 손을 끌어 잡았다. 나직한 노래가 흘러나왔다.

네, 가지 못한 곳까지
바람은 가닿는다.
네, 보지 못한 곳까지
물길은 또 이어진다.

바람 숨 불어넣어 만든
불볕의 인간아.
물 핏줄 흘러 보듬어진
진흙의 사람아.

먼 눈 찾는 바람 기다려
혼을 불어 나부끼게 하라.
못 본 뭍 찾는 파도처럼
젖은 심장을 달리게 하라.

원하는 것, 원할 수 없는 것, 원해선 안 되는 것

보리스는 이솔렛이 섬의 금기를 어기는 것을 알았다. 신성 찬트처럼 옛 왕국으로부터 내려오는 중요한 전승은 대륙 사람들 앞에서 발휘해선 안 되었다. 사람들이 밖으로 나갔고 이솔렛의 목소리가 낮긴 했지만 바깥까지 찬트가 들리지 않을 리 없었다.

온몸을 태우는 듯했던 고통이 서서히 무뎌지면서 느린 잠이 쏟아져 내렸다. 잠에 저항할 필요도 없었다. 잠들면서 보리스는 이솔렛의 손을 꼭 쥐었다. 마지막으로 그렇게 쥐어본다고 생각했다.

밤새 무슨 꿈을 꾸며 상처가 썩어가는데도 깨어나지 못했는지, 보리스는 알고 있었다. 간절히 원했건만 끝내 놓을 수밖에 없는 사람에게 눈물을 보이고, 보내지 못한다고 붙들고, 다른 사람은 상관없다고 외치고, 오직, 오직 한 사람만을 생각하고 싶다고 결심하고, 고백하고, 선언하고, 놓지 않았던 것은 단지 꿈속의 일…….

이제 다가갈 수 없는 사람의 따뜻한 손을 쥔 채 그는 서서히 정신을 잃었다.

"……."

이솔렛은 잠든 보리스를 말없이 내려다보았다. 힘이 빠진 손이 그녀의 손에서 떨어지는 것을 보았다. 소녀의 표정 없는 얼굴에 감춰진 감정을 알아보는, 단 한 사람의 눈이 감긴 것을 보았다.

여전히 눈물 한 방울 흐르지 않았다. 그러나 이 순간의 이솔렛은 오래전 보리스가 루네트 단검을 통해 보았던 영상 속의 그녀, 갸름한 창날 같은 얼굴에 슬픔 깃들인 눈을 한 그녀였다. 또다시 찾아온 상실. 자신의 삶을 찾아든 소중한 것들은 끝내 잃을 운명인 것들뿐인가.

이솔렛이 집밖으로 나오자 헤베티카를 비롯한 대여섯 명의 사람들이 기다리고 있는 모습이 보였다. 헤베티카 대신 또 다른 외지 말씨의 남자가 이솔렛에게 다가와 말했다.

"큰일이 벌어졌소. 마을 밖에 백여 명이나 되는 야만인 용병들이 진을 치고 있는데 그들의 요구는 바로 당신들 두 사람을 내놓으라는 거요."

시골 마을 공방전

마을 전체가 술렁거렸다. 서른 호 남짓한 작은 마을에서 전투 가능한 사람의 숫자는 남녀 합해 쉰 명도 되지 않았다. 더구나 상대는 전투에 숙련된 야만인 용병들이니 싸움을 벌인다는 것은 사실상 자살행위였다.

여론은 크게 엇갈렸다. 절반은 뱃사람 절반은 산사람인 렘므의 시골 사람들은 쉽사리 고향을 버리지 않았다. 그래서 작은 마을이 완강하게 단결된 채 수백 년씩 이어지는 경우가 많았다. 그런 마을들은 외지인을 잘 받아들이지도 않지만, 친구가 되면 의리도 강하고 특히 저들끼리는 단결이 잘되는 것으로 유명했다. 자신들이 받아들이기로 작정한 손님을 적에게 내주는 것은 이들의 방식이 아니었다. 마을을 위협하는 자들은 피해가 있더라도 끝끝내 응징했다.

그러나 이번에는 사정이 좀 달랐다. 적들이 마음만 먹으면 마을 전체를 파괴할 정도로 강력한데다, 받아들인 손님 역시 마을 전체의 손님이라기보다는 헤베티카의 손님에 가까웠던 것이다.

처음에 마을 사람들이 보리스와 이솔렛을 도와준 것은 옛날에 나우플리온이 준 도움, 그리고 그때 그 자리에 보리스가 있었다는 사실 한 가지 때문이었다. 그래도 이 점을 헤베티카가 역설하자 토박이 기질이 강한 자들은 두 사람을 손님으로 간주해 보호해야 한다고 떠들어댔다. 협상의 여지가 없을까 싶어 몇 사람이 마을을 둘러싼 나무 방책 위에 올라가 대화를 걸어보았다.

아나나 다를까 용병들을 이끌고 온 자들은 어제 보리스와 이솔렛을 공격했던 두 사람, 마리노프와 톤다였다. 마리노프와 톤다가 보통 사람이 아니라는 것을 모르는 마을 사람들은 이 두 사람이 어떻게 하룻밤 만에 이렇게 많은 용병을 모아 올 수 있었는지 어안이 벙벙해했다. 어쨌든 단 하나, 협상의 여지가 없다는 사실만은 분명했다. 마리노프는 보리스와 이솔렛을 내놓지 않는다면 오늘밤 안으로 마을을 모조리 부쉬놓는 것은 물론, 어린애까지 한 명도 살려두지 않겠다고 장담했다. 그 본보기로 강가에서 생포한 마을 사람 하나를 끌고

시골 마을 공방전

나와 도끼로 목을 베어버렸다. 이어 마리노프는 피 묻은 도끼를 휘둘러 보이면서 아직 포로가 세 명 더 남아 있으니, 밤이 올 때까지 두 시간에 한 명씩 다양한 방법으로 죽여주겠다고 외쳤다. 일찍 항복할수록 좋을 거라는 협박이었다.

이리하여 여론은 보리스와 이솔렛에게 크게 불리해졌다.

"계속 애쓰고 있긴 하지만 간단한 일이 아니네. 그것참, 렘 므 사람이 언제부터 야만인 나부랭이들을 두려워하는 겁쟁이로 변했는지 답답한 노릇이야."

헤베티카도 초조한 기색이었다. 잠시 생각하더니 불쑥 말했다.

"이렇게 된 이상 몰래 탈출하는 방법밖에 없겠다. 너희들이 도망쳤다고 하면 저들이 설마 우릴 어쩌기야 하겠어. 아픈 아이를 저런 잔인한 것들에게 내줄 정도로 타락한 우리가 아니야."

헤베티카의 집에 불려온 이솔렛은 말없이 생각에 잠겼다. 헤베티카가 안심시키려고 일부러 저렇게 말한다는 것을 알고 있었다.

보리스는 몰라도 이솔렛은 마을 사람들에게 이번에 처음 만난 사람일 뿐이었다. 마을 사람들의 목숨이 위협받고 있는 마당에 생면부지 남에게 베풀 친절이 남아 있다니 놀라운 일이었다. 섬사람들은 같은 섬사람을 위해 지금보다 더한 일도 당연히 감수할 테지만, 타지 사람의 일에는 눈도 까딱 않는 자들이었다. 이솔렛도 그 점을 잘 알고 있었다. 그녀 역시 섬에서 태어났고, 섬사람의 잔인함과 선민적選民的 이기심을 조금쯤 물려받은 것이다.

그러나 동시에 섬사람의 선조는 옛 왕국의 마법사들이었다. 그들의 아집과 독선은 바로 그들의 고귀함에서 나온 것이 아니었던가. 선택받은 자의 고귀함이란, 선택받지 아니한 자들의 희생을 용납하지 않는 오만한 자부심과 동의어가 아니던가.

"아닙니다. 우리가 나가겠어요."

"이것 봐요, 아가씨……."

이솔렛은 고개를 저었다.

"우리는 여러분을 두고 도망쳐서도 안 되고, 또 도망친다고 한들 저들이 얌전히 물러가지도 않을 겁니다. 용병이란 고용할 때 돈을 지불하기 마련이지요. 이미 보수를 준 용병을 사용하지 않는 것은 손해일 뿐, 우리가 떠난다 해도 보복 삼아 마을을 짓밟을 것이 뻔합니다."

이솔렛의 말은 사실이었기에 헤베티카도 바로 대답하지 못했다.

"저들이 잔인하긴 하지만 우리를 생포하려는 것이지 죽이려는 것은 아니니 그걸 믿어보는 수밖에 없겠지요. 언젠가 우리를 해칠지 몰라도, 그때 가서 그들에게 대적하는 것은 온전히 저와 보리스의 몫입니다."

"하지만 보리스는 지금!"

"알아요. 하지만 부상을 당한 것도, 그래서 지거나 죽는 것도 자신이 책임질 일이 아니던가요. 저는 보리스가 그런 것을 모를 사람이라고는 생각하지 않아요. 우리는 싸울 것이고, 힘이 모자라면 질 것입니다. 저의 명예를 다해 그를 지킬 것이고, 죽으면 복수할 것입니다. 다른 분들의 희생은 제가 받아들일 수 없어요. 보리스도 받아들이지 못하겠지요."

헤베티카의 눈빛에 복잡한 감정이 어렸다. 그녀는 이솔렛의 말을 절반은 이해했고, 절반은 이해하지 못했다. 이솔렛의 전사다운 강인함을 수긍하면서도, 아끼는 사람의 생명조차 객관적인 눈으로 바라볼 수 있는 침착함을 받아들이지 못했다.

"좋은 말이야. 우리 아버지가 굴론족에게 포위당했을 때 했을 법한 얘기다."

구석에 웅크리고 누워 있던 사내, 이자크가 그렇게 말하며 벌떡 몸을 일으켰다. 두 여자는 놀란 눈으로 그를 바라보았다. 그가 듣고 있다고도 생각하지 않았고, 듣는다 해도 참견할 거라고는 더더욱 생각하지 않았던 것이다.

"헤베, 의견이 갈려 있다고 했던가? 그렇다면 렘므 놈들도 조금쯤 명예를 안다는 얘기구나. 좋지. 하지만 우리 캄자크의 명예에는 당하지 못한다는 걸 알아야 해. 그리고 여자 전사, 당신은 정말로 렘므 사람은 아니군. 렘므 놈들은 그런 말을 할 줄 몰라. 안 해. 하지만 당신은 할 줄 알아. 전사들의 방식을 알고 있어. 당신에게는 원종족의 피가 흐르는가?"

그러더니 이자크는 일어나 섰다. 이곳 사람들보다 반 뼘은 큰 키에, 오랫동안 단련된 몸이 마치 살아 있는 무기와도 같은 사내였다. 이자크는 작은 편인 눈을 찡그리며 씩 웃었는데 잠시 후 이솔렛은 그가 윙크를 한 것이 아닌가 생각했다.

이자크는 휘적휘적 밖으로 나섰다. 헤베티카가 후다닥 따라 나가며 소리쳤다.

"오빠! 사람들 앞에 나가면 안 된다고 했잖아요!"

그러나 이미 늦었다. 이자크는 마을 한복판을 가로질러 방책이 있는 곳까지 갔다. 낯선 거한의 출현에 놀란 마을 사람들이 비명을 지르며 흩어지는 소동이 벌어졌다. 마을 밖에 야만인 용병들이 진을 친 터라 신경이 곤두선 터에, 새로운 야만인이 불쑥 나타나 아무렇지도 않게 걸어가니 사람들이 놀라는 것도 무리가 아니었다. 헤베티카가 멋대로 방문한 이복오빠를 집안에만 있게 하려고 애썼던 것은 그가 야만인이라는 걸 들키면 귀찮아질 것 같아서였지만 이젠 소용없게 되었다.

"울타리 하나는 잘 만들었군."

뒤따라 나온 이솔렛이 보니 이자크는 장갑을 꺼내 끼는 중이었다. 전사용 장갑치고는 목이 짧았지만 손가락 마디 부분에 투박한 리벳rivet이 죽 붙은 것을 보니 무기이긴 한 모양이었다. 다음 순간 이자크는 방책을 기어오르고 있었다. 아니, 한두 군데 잡으니 몸이 튕겨 올라갔다고 말하는 편이 맞을지도 몰랐다. 고양이처럼 유연하고 이리처럼 억센 자였다.

이솔렛은 잠깐 생각하더니 뒤따라 방책에 올라갔다. 어느새 방책 밑에 마을 사람들이 몰려들어 두 사람이 무슨 짓을 할지 궁금해하며 웅성거렸다. 그들 속에 선 헤베티카는 이맛살을 찌푸린 채 고개를 젖혀 둘을 주시했다.

이자크는 팔짱을 끼고 주위를 둘러보았다. 멀리 둘러볼 필요도 없었다. 백 명은 되어 보이는 야만인 용병들이 무질서하게 주저앉아 있었다. 마리노프가 한쪽 나무에 기대선 것도 보였다. 그 옆에 예의 도끼도 보였다. 그 정도로 가까웠다. 이자크가 숨을 들이켜는 소리가 이솔렛에게도 들렸다. 당황한 건가 생각하는 순간 벽력같은 음성이 사방을 뒤흔들었다.

"너희는 원종족이면서 이 나를 몰라보느냐!"

평범한 인간이 내는 목소리의 수십 배에 달하는, 말 그대로 굉음이었다. 단순히 목청이 좋아서 나오는 소리가 아니었다. 특별한 능력이 깃든 고성高聲이었다. 이솔렛이 찬트를 부를 때 목소리를 증폭시키는 것처럼.

"나를 모르는 자는 앞으로 나서라! 나서서 죽음보다 더한 고통을 맛보고, 깨달음을 얻어라!"

다시 한번 목소리가 퍼지자 방책 아래에 있던 마을 사람들은 귀를 막았다. 그러고도 머릿속이 웅웅 울렸다. 그런데 야만족 용병들이 튕겨 일어나기 시작했다. 하나의 이름이 메뚜기 날개 부딪듯 작은 속삭임으로 시작해, 곧 어두운 구름떼로 변해 퍼져나갔다. 한 명이, 곧 수십 명이 말했고, 잠시 후에는 모두가 외치고 있었다. 원초적인 공포에 사로잡혀서.

"시고누다!"

"시고누다!"

"시고누가 저기에 있다!"

"오오……. 시고누가 저기에 있다!"

'시고누'라는 이름이 방책 안쪽까지 전해지자 마을 사람들도 동요하기 시작했다. 이솔렛은 시고누가 누구인지 몰랐으므로 사람들이 놀라는 까닭도 몰랐다. 그러나 짐작은 갔다. 시고누라는 이름은 공포의 대상이라는 것, 그 위명을 아는 것은 야만인들만이 아니라는 것, 그리고 그자가 지금 곁에 있는 사내라는 것.

"저 목소리는 캄자크의 시고누다! 난 저 목소리를 들은 일이 있어! 분명히 그자야!"

"엘베 전투에 참여한 자 없나? 없어? 난 봤단 말이다, 그때…… 분명히 봤단 말이다!"

"시, 시고누를 이길 자는 아무도 없어! 렘므의 쇠도리깨 공주도 이기지 못했어!"

"우린 이렇게 많고 저자는 하난데?"

"한 명이고 열 명이고 간에 나는 원종족의 영웅과 싸우고 싶은 생각이 없다! 그는 엘베 전투의 자랑이 아닌가!"

새로운 동요가 일어날 무렵 이자크, 또는 시고누는 다시 노성을 내질렀다.

"몇 푼의 돈에 팔린 원종족의 전사들아! 옛 원한을 잊었느냐! 외지인에게 제 몸뚱이를 파는 자들은 같은 핏줄이라 해도 똑같이 대가리를 부숴줄 것이다! 너희의 짓거리는 긍지 있는 전사를 화나게 했다!"

한층 크고 사나워진 목소리에 산천초목이 떤다는 말이 실감이 났다. 순진해 보이는 얼굴에서 어떻게 저런 목소리가 나오는지 짐작이 가지 않았다.

"대가를 치르고 싶으냐? 아직도 망설이느냐? 망설이는 자는 개처럼 죽여줄 것이다! 한 명이고 백 명이고 남김없이 죽여줄 것이다!"

말을 맺은 이자크는 저들이 물러나도록 기다리고 있지 않았다. 방벽 밖으로 뛰어내리더니 혼자서 백 명을 향해 성큼성큼 걷기 시작했다. 그런데 놀라운 일이 벌어졌다. 단 한 명의 기세에 눌리기라도 한 것처럼 용병들이 주춤거리며 물러나기 시작했던 것이다. 조금 후에는 서른 명가량이 아예 대열에서 이탈하는 것이 아닌가?

그때 이솔렛이 한 발 나서며 똑같이 방벽 밖으로 뛰어내렸다. 상당한 높이인데도 가볍게 무릎을 꿇으며 착지했다. 이자크가 흘끗 돌아보더니 말했다.

"너는 표적이 돼."

이솔렛은 쌍검을 뽑아 들며 대꾸했다.

"내 일을 다른 사람에게 전적으로 맡겨둘 생각은 없어요."

이자크는 잠시 침묵하더니 대꾸했다.

"전사답군."

섬에서 있었던 일이 떠올랐다. 헥토르가 그녀를 부당하게 모욕했을 때 그녀 대신 싸운 것은 보리스였다. 이제 보리스를 해치려는 자들이 닥쳐왔으니 대신 자신이 싸우는 것은 당연했다. 아니, 오히려 그렇게 하고 싶었다.

그리하여 두 사람은 일흔 명 남짓한 용병들과 대치했고, 그들을 수십 걸음이나 물러나게 만들었다. 그때 방책에 난 문이 활짝 열렸다. 헤베티카를 비롯한 마을 사람 스무 명 정도가 무기를 들고 달려나와 그들 뒤에 섰다.

한 사내가 소리질렀다.

"여그는 감자크족의 '꺾이지 않는 시고누'가 있고, 또 너그들보다 더 많은 싸움꾼들도 있다라! 이쪽 씨고 저쪽 씨고 모다 죽을 때까지 붙고 싶다면 좋도록 해보라!"

그 말을 신호 삼기라도 한 듯 이자크가 달려들었다. 당황한 용병들이, 저들이 다수임에도 불구하고 이리저리 흩어지는 가운데 어설프게 나선 자의 목이 우드득, 하고 부러지는 소리가 들렸다. 순식간에 몇 번 뻗어나간 손이 또 한 명의 목을 잡아 꺾고, 다른 자의 팔을 부러뜨리고, 어깨를 뽑아놓고, 코뼈를 으스러뜨렸다. 그러면서 자신은 상처 하나 입지 않았다. 이솔렛은 금방 그 까닭을 알아차렸다. 적들이 무기를 들이대는 순간, 보이지 않는 빠르기로 손발이 튕겨나갔다가 용수철처럼 돌아왔다. 이솔렛 역시 속검을 썼기에 눈이 빨라 그게 보였지, 다른 데서는 본 적도 없고 흉내낼 수도 없는 체술이었다.

사방에서 찔러 들어오는 창칼의 틈으로 교묘하게 리듬을 타고 움직여갔다. 이자크에게는 무기가 필요 없었다. 갑옷도 필요 없었다. 리벳 박힌 장갑 하나로 싸움터를 종횡무진 휘젓는, 마치 노루떼를 덮친 호랑이 같은 모습에 같은 편인 자들도 몸이 떨릴 지경이었다.

이솔렛도 기다리고 있지만은 않았다. 그러나 그녀가 적들속으로 뛰어들자 즉시 앞을 가로막는 존재가 있었다. 마리노프였다.

"실력으로 안 되니까 어디서 괴물을 꼬드겨 왔구나, 건방진 계집애야!"

이솔렛은 그녀의 말 때문이 아니라 보리스가 입은 상처에 대한 원한 때문에 즉시 분노가 치밀어 올랐다. 화가 날수록 차가워지는 얼굴이 얼음 조각처럼 빛났다. 지체 없이 왼손 검을 늦히며 오른손 검으로 찌르고, 다시 왼손 검을 대각선으로 올려쳤다. 마리노프가 반격하기도 전에 상대의 머리까지 뛰어오르며 두 발로 얼굴을 걷어찼다. 등뒤로 뛰어내리자마자 휙 돌아 허리를 돌려 베었다.

이쪽 역시 마을 사람들이나 용병들로서는 본 적도 없는 공격법이었다. 싸움에 뛰어들기 전에 찬트로 스스로를 강화시킨 이솔렛의 도약력과 속도는 보통 사람의 눈으로 따라갈 경지가 아니었다. 보리스의 일이 아니었다면 이솔렛도 대륙 사람들 앞에서 신성 찬트의 위력을 함부로 보이지는 않았을 터였다. 몇 달간 대륙을 여행하며 몇 번인가 어려움이 있었어도 한 번도 사용한 일이 없었다.

이번에는 달랐다. 잠들어 있는 소년을 무슨 일이 있어도 지킬 작정이었다. 피해를 입힌 자들에게 검의 사제의 딸답게 보복할 생각이었다.

마리노프는 어제보다 너무나 빨라진 검에 놀랐고, 인간의 것이 아닌 몸놀림에 당황했다. 도저히 상대가 안 된다는 것을 깨닫자 재빨리 물러나며 톤다를 불렀다. 협공을 할 생각이었다.

"좀 도와줘!"

이자크에게 압도된 용병들은 상당수가 달아나고, 일부는 저들을 고용한 자들이 이솔렛의 손에 죽기를 바라면서 머뭇거리고 있었다. 그리고 십여 명이 이자크의 손에 죽거나 부상당해 쓰러졌다. 마을 사람들이 달려들자 이기는 것이 당연한 그들조차 상대하기 싫었는지 뒷걸음질로 달아나는 용병들이 숱했다. 처음 시고누의 이름을 듣자마자 그와 적이 되기 싫다며 줄행랑을 놓은 자들까지 포함하면, 이제 적다운 적은 서른 명이 될까 말까 했다. 이때 이자크는 이솔렛 쪽으로 몸을 돌렸고, 그녀가 마리노프와 톤다에게 협공당하는 모습을 보았다.

"먼 땅에는 명예도 모르는 자들밖에 없는가!"

징을 울리는 듯한 목소리가 울려 퍼지자 남은 용병들마저 싸울 의욕을 잃었다. 이자크는 밧줄을 쓰는 톤다에게 접근하려 했다. 이솔렛이 소리쳤다.

"저자의 밧줄 끝에는 독이 묻어 있으니 조심해요!"

이자크는 현란하게 움직이는 밧줄들을 바라보고 있다가 마치 줄넘기 곡예라도 하듯 몇 개를 뛰어넘고, 몇 개를 장갑 낀 손으로 움켜잡았다. 올가미에 박힌 톱니 같은 쇳조각들도 재질이 무엇인지 알 수 없는 그의 장갑을 뚫지는 못했다. 이자크가 밧줄을 힘껏 잡아당기자 톤다의 오른손이 잠시 균형을 잃었다. 때를 노린 이솔렛의 검이 밧줄 두 개를 끊어버렸다.

톤다의 무표정한 얼굴에 처음으로 분노가 어렸다. 그는 남은 밧줄 두 가닥을 한 손에 쥔 채 등뒤에서 끝이 셋으로 갈라진 창을 뽑았다. 밧줄을 놓은 그자와 이자크 사이에 대결이 벌어졌다.

창은 놀랄 만큼 빨랐다. 톤다처럼 몸집이 큰 자가 휘두른다고는 생각되지 않을 정도로 정교하고 변화가 많은 창이었다. 본래 창은 길이 때문에 근거리에서 느리기 마련인데 그런 약점조차 거의 극복했을 정도였다. 그러나 이자크는 상대의 공격을 잠시 지켜보더니 대강 눈치챈 듯 손을 내밀었다. 그 손은 미끼였고, 찔러져오는 창을 피하는가 싶더니 어느새 몸을 수그리며 달려들어 상대의 하체를 거머잡았다. 이어 보인 것은 상상을 초월하는 힘이었다.

몸집 큰 톤다의 몸을 움켜쥐고 번쩍 들어 머리 뒤로 던졌다. 거꾸로 처박힌 자가 일어나기 전에 몸을 돌린 이자크는 다시 한번 달려들어 거꾸로 잡고 바닥에 메어꽂았다. 다음 순간, 적은 목뼈가 부러진 듯 일어나지 않았다.

이자크는 마리노프 쪽으로 주의를 돌렸다. 마리노프는 이솔렛의 검에 몇 번이나 상처를 입어 움직임이 느려졌고, 피를 많이 흘려 어지러운 가운데 독기만 남은 상태였다. 이자크가 다가가자 그녀는 억지로 도끼를 휘두르며 악을 썼다.

"오지 마! 가까이 오지 말란 말이야! 이 괴물아! 끔찍한 살인마야!"

옆에서 마을 사람 하나가 소리쳤다.

"살인마 같은 소리 하네! 진짜 살인마 주제에!"

마리노프의 도끼가 이자크의 팔을 스쳤다. 그러나 이자크는 동요하지도 않고 두 번째 공격을 피해 미끄러져 들어갔다. 여자의 허리를 감아 꺾으려는 순간 이솔렛이 외쳤다.

"그만! 그 여자는 살려둬요!"

이자크는 말 잘 듣는 아이처럼 손을 멈추고 대신 마리노프의 목을 꽉 움켜쥐었다. 그리고 물었다.

"하고 싶은 말이 있어?"

이솔렛은 검을 내렸다. 찬트의 힘이 서서히 빠져나갔다. 동시에 지독한 피로가 몰려왔다. 작년 여름, 섬의 괴물과 싸우고 나서 잠들었던 것처럼 눈앞이 어지러웠다. 애써 시선을 가다듬고 검을 꽂은 다음 말했다.

"그 여자에게 들어야 할 말이 있어요."

긴 죄의 대가

마리노프는 손발이 단단히 묶여 모닥불 앞에 무릎이 꿇렸다. 마을 사람들이 조금 떨어진 곳에 서서 쑥덕거렸다. 곁에 선 이자크는 싸움이 끝난 이상 관심도 없다는 것처럼 길게 하품을 했다. 사실 마을 사람들이 쑥덕거리는 대상은 마리노프보다 이자크였다. 그렇지만 이자크가 옆에 멀쩡히 서 있는 터라 감히 이러쿵저러쿵하지는 못하고 저들끼리 눈짓만 주고받았다.

일생 상상도 해보지 못한 굴욕을 당하고 있는 마리노프는 얼굴이 시뻘겋게 달아올라 있었다. 그녀가 잘못했다기보다 상대가 너무 강했다. 갑자기 다른 사람으로 변한 것 같던 저 계집애도 그렇지만, 저 끔찍한 사내야말로 꿈에나 나올 법한 괴물이었다.

마리노프도 캄자크족의 시고누에 대한 이야기를 못 들어본 것은 아니었다. 엘베 전투에서 렘브 공주 지나파와 벌였다던 결투도 듣긴 했었다. 그러나 어느 정도는 과장이겠거니 생각했고, 또 직접 보지 못한 실력에 미리 겁먹는 성격도 아니었다. 그래서 야만인 용병들이 놀라 술렁거릴 때도 수그러들지 않고 덤볐던 것이다. 그러나 어찌됐든 그 결과, 이렇게 치욕스러운 구경거리가 되어 처분을 두려워해야 하는 상황에 처했다.

마리노프가 처음에 마을 사람 한 명을 처형한 것 때문에 사람들의 태도는 매우 적대적이었다. 다만 이자크의 눈치를 보느라 함부로 손을 대지는 못했다. 다른 무엇보다도 마을 사람들의 손에 맡겨질지도 모른다는 두려움이 가장 컸다. 그녀 같은 사람에게 저런 힘도 없는 민간인들의 손에 죽는 것보다 더한 굴욕은 없었다.

하지만 듣고 싶은 이야기가 있는 모양이니 반드시 죽는다고 생각할 필요는 없었다. 거기에 희망을 걸어보기로 했다. 며칠만 살아남는다면 반드시 류스노나 유리히가 구해주러 올 것이다. 이런 일이 벌어졌는데 냄새를 맡지 못할 위인들이 아니니까. 더구나 자신과 톤다를 이리로 부른 것이 그들인데 당연히 멀지 않은 곳에 와 있을 것 아닌가? 겨우 어린애 둘이니

공을 세울 수 있을 것 같아 임의로 행동한 것은 잘못이지만 저런 괴물이 버티고 있을 줄이야 어찌 알았겠는가?

동시에 마리노프는 여기 있는 사람들이 다 자기보다 머리가 나쁘고, 시골 사람의 특성상 동정심이 많으리라고 제멋대로 생각했다. 저쪽에서 마리노프가 마음속으로 '말 많은 여자'라고 이름 붙인 헤베티카가 걸어왔다. 그녀는 다가와 마리노프를 쏘아보더니 사람들에게 모닥불을 중심으로 원을 만들라고 일렀다.

잠시 후 이솔렛, 그리고 보리스가 맞은편 집에서 나와 느린 걸음으로 다가왔다. 보리스는 상처 때문에 웃옷을 벗은 채 커다란 망토를 두르고 있었다. 그런 상태로 일어나기는커녕 팔 하나 움직이는 것도 힘들 텐데, 얼굴을 약간 찌푸렸을 뿐 그 이상으로 아픈 기색은 보이지 않았다.

본래 헤베티카를 비롯한 사람들이 사로잡은 여자를 그곳으로 끌고 갈 테니 일어나지 말라고 말렸지만, 보리스는 말을 듣지 않았다. 많은 사람들이 지켜준 생명인데 끝까지 약한 모습으로 있고 싶지 않았고, 또한 직접 사로잡지 못한 적을 신문하는 데는 최소한의 예의가 필요하다고 느꼈기 때문이었다. 보리스는 깨닫지 못했지만 그의 그런 행동은 아버지 율켄의 엄숙함을 닮아 있었다.

상황은 이솔렛에게 대략 들었기에 우선 이자크에게 감사

를 표했다. 그러나 이자크는 자기가 무슨 대단한 은혜를 베풀었는지 모르겠다는 표정으로 멀뚱하게 인사를 받았을 뿐이었다. 그런 다음 보리스는 마리노프 앞에 섰다. 사람들이 의자라도 가져다주겠다고 했지만 그것조차 거절했다.

망토가 바람에 펄럭이자 맨 가슴이 조금 드러났다. 보리스는 검을 지팡이 대신 짚은 채 숨을 고르며 입을 뗐다.

"마리노프, 당신의 이름은 익숙하군요. 고향 땅의 이름이죠. 삼촌이 당신을 보냈다고 생각했지만, 부인했으니 다시 묻죠. 누가 당신을 내게 보냈습니까?"

마리노프는 조금 망설였지만 곧 내뱉듯 말했다.

"그런 걸 순순히 말할 줄 알아?"

"순순히 말하지 않으면 손가락이라도 하나씩 잘라야 할까요?"

마리노프는 흠칫했다. 상대가 소년인지라 대뜸 이런 수단을 말하리라고는 상상하지 않았던 것이다. 아무래도 태도를 바꿔야 할까 싶었지만 일단은 침묵으로 버티었다.

"방법은 좀더 생각해보기로 하고……. 그러면 당신의 목적은 뭡니까? 왜 나를 공격했죠?"

이번에는 굳이 숨길 것도 없었다.

"널 사로잡을 생각이었지. 대신 내가 사로잡히고 말았지만."

"왜죠?"

"널 원하는 사람이 있으니까."

"그게 삼촌이 아니란 말입니까?"

마리노프는 웃음을 터뜨렸다.

"하하하……. 네 삼촌, 블라도를 말하는 거지? 후훗, 후후 후훗, 그자가 나 같은 사람을 고용할 능력이 있을 것 같아? 돈 문제가 아니라 사람을 쓰는 능력을 말하는 거지. 그자에 겐 인덕이 없어. 부하들은 물론이고 부인조차도 남편을 믿지 않거든. 아, 그자를 믿어줄 사람이 한 명 있긴 하군. 꼬마 딸 내미 말이야. 올해 두 살 먹었던가? 그런데 문제는 그 딸이 트라바체스에서 안 믿는 사람은 한 명도 없다는 거야! 하하 핫……."

블라도 삼촌이 결혼을 했고 자식까지 있다는 말은 금시초문 이었다. 하지만 아버지와 보리스 형제를 내쫓고 진네만 가문 의 이름을 대신 이으려 한다면 그 정도 일쯤이야 능사로 해치 울 사람이라는 생각에 다른 말은 하지 않았다. 그런데 마리노 프의 말을 듣는 순간 이상하게 기분이 상했다. 왠지는 몰랐다.

"인덕만 없는 게 아니라 능력도 형편없지. 게다가 이젠 게 으르기까지 하니 원……. 아주 보잘것없는 인간이라고. 네가 어디쯤 떠돌고 있는지도 모를걸? 요샌 집에 틀어박혀서 꿈지 럭거리는 것도 귀찮아하는 것 같으니 말이야. 모르긴 해도 너 에 대해선 예전에 잊어버렸을 거야! 너도 그자에 대한 거라면

긴 죄의 대가

그만 생각해도 돼. 대신 며칠…… 한 사흘쯤 말미를 준다면 그자에 대한 거나 네가 고향을 떠난 뒤의 사정을 전부 말해주지. 아마 궁금했던 이야기들을 잔뜩 듣게 될걸."

"어쨌든 삼촌을 알고 있다는 말이군요. 그리고 당신."

보리스의 목소리가 한 톤 낮아지며 싸늘해졌다. 마리노프는 물론 곁에 선 사람들까지도 소년의 입에서 나오는 예상 밖의 위협적인 말투에 놀랐다.

"당신은 이곳 사람들에게 사로잡혔고, 처분은 내게 맡겨졌습니다. 처지를 잘 파악하시죠. 끝내 그런 식으로 내게 반말로 일관한다면 나 역시 똑같이 대해줄 테니 똑똑히 들어."

반드시 그래야 할 때 본성을 이기고 잔인하게 변하는 것은 형 예프넨과 같았다. 그러나 어머니와 유대감이 강했던 예프넨과 달리, 보리스는 두려워하면서도 늘 보고 자란 아버지 율켄 진네만을 좀더 닮아 있었다. 다시 말해 보리스에게는 이것이 본성과 완전히 어긋나는 행동이 아니었다.

"넌 실패했고 네 동료는 죽었어. 그런데도 변치 않는 태도를 보니 달리 믿는 구석이 있는 모양이군. 누구지? 근처에 있나? 사흘 정도면 올 수 있는 곳인가?"

"그런 거 없어!"

"없다고? 그 말을 책임질 수 있나?"

"……."

이제 마리노프는 섣불리 대답하지 않기로 마음을 정한 듯했다. 보리스는 거침없이 말을 이어갔다. 열다섯 살의 소년이 어른을 꿇어앉히고 하는 말이라고는 믿어지지 않았다.

"무엇이 진실이든 상관없겠지. 내가 움직인다면 그들은 나를 뒤쫓을 테니까 마을에는 피해를 줄 것이 없어. 그러니 네게는 기회가 없을 거야. 배후를 말하지 않겠다고? 상관없어. 나를 사로잡아가려는 이유? 말하지 않아도 짐작해. 오히려 내가 너한테 말해줄 것이 있겠군. 자신의 운명이 궁금하지 않아? 난 너처럼 말을 빙빙 돌리는 취미는 없으니 바로 말해주지."

보리스는 아픔을 참는 듯 얼굴을 약간 찡그렸다가 잘라 말했다.

"난, 지금 너를 죽일 거다."

마리노프의 동공이 무한정 커지려는 듯 열리고, 사람들 사이로 당황한 술렁임이 퍼져나갔다. 이솔렛은 시선을 내리깐 채 보리스의 목소리만을 듣고 있었다. 그녀만의 또 다른 생각에 잠겨서.

"나, 난! 왜 벌써 나를 죽이려는……. 그런, 그럴 필요는…… 없……잖아? 죽는 게 무서워서 이러는 게 아냐! 내가 해줄 수 있는 이야기는 아, 아직도 많이 있단 말이야! 네가 물은 것뿐 아니라 다른 것도 많이, 전부 말해줄 수 있어! 조, 조금만 기다려서……."

긴 죄의 대가

"죽는 게 무섭지 않다면 말이나 더듬지 마. 곧 죽는 마당에 허세는 부려서 무엇하지?"

보리스는 그때까지 짚고 있던 검을 잡아 홱 뽑아 들었다. 그 몸으로는 도저히 불가능할 동작이었으나 일말의 더듬거림도 없었다. 방금 전에 할머니의 집에서 그의 상처를 보았던 사람들은 모두 자신의 눈을 의심했다.

"아, 아냐……. 나, 난 단지…… 내가 한 말은 단지……."

아닌 척, 억지로 침착한 척하려 했지만 마리노프는 턱을 심하게 떨었다. 눈이 충혈되며 눈가까지 벌게졌다. 암살자로 살아오면서 죽음을 한 번도 생각하지 않았다면 거짓말이지만, 이렇게 무기력한 상태로 일방적인 살해를 당하는 모습은 떠올려보지 못했다. 만일 죽음을 두려워했더라면 매번 싸움의 마당에 그렇듯 쉽게 뛰어들진 못했을 것이다. 시체의 머리카락을 수집할 만큼 남의 죽음을 가볍게 생각하지도 못했을 것이다. 그러나 그때 먹었던 마음은 단지 중독과 같은 것이었을까……. 자신도 모르는 사이에 죽음의 향기에 취해서, 모르기 때문에 두려움도 없는 아이처럼, 착각하고 다녔던 것일까.

그런 만용과 진짜 죽음은 엄연히 달랐다. 지난밤 꿈과 현실만큼, 그림 속 붉은 물감과 진짜 피만큼.

"죽고 싶지 않아……."

드디어 솔직한 한마디가 흘러나왔다. 그러나 보리스는 아무 동요도 보이지 않았다.

"넌 아무 원한도 없는 마을 사람 한 명을 죄책감 없이 죽였어. 또한 네가 데려온 용병들을 개죽음시켰어. 그리고 너를 구해주러 올 동료들을 기다리기 위해 나를 속이려 했어. 그들이 와서 마을 사람들을 모두 죽이길 원하지? 미안하지만 난 그런 때를 기다려줄 만큼 어리석지도 한가하지도 않아. 이 모든 것이 당신의 죄야. 죽을 이유로는 합당하고도 모자람이 없지."

보리스가 검을 쳐들었다. 사람들의 눈이 모두 보리스의 얼굴, 그리고 검 끝에 쏠렸다.

"왜, 왜 나한테서 정보를 얻으려 하지 않지? 너, 너를 노리는 사람이 누군지 모두 말해줄게! 누구를 피하면 되는지, 그들이 원하는 게 뭔지 전부 말해줄게!"

보리스의 머리카락이 망토와 함께 흩날렸다. 무표정한 눈동자가 그녀를 내려다보았다. 희망이 재처럼 사그라졌다. 저것이 열다섯 살 소년의 눈인가? 세상의 악을 수없이 보고 겪은 자, 심판에 이르러 망설임조차 없는 처형자의 눈이 아닌가?

"알고 있는 걸 털어놓는다 해도 어차피 너는 용서받지 못할 텐데, 배신은 해서 무엇하겠어? 괜히 마음만 더럽히지. 안 그런가? 그리고⋯⋯."

보리스는 배후를 듣지 않기로 벌써부터 마음을 정했다. 어차피 그는 섬으로 돌아갈 몸이었다. 그리고 어른이 되기까지는, 아니 앞으로 영영 나오지 않을지도 모른다. 대륙에서 원한을 가진 인간을 하나 더 알아내어 얻는 것이 무엇이겠는가? 그렇지 않아도 블라도 삼촌과 벨노어 백작의 존재가 순례자로 살아가려 하는 그의 마음을 어지럽히고 있는데 거기에 새로운 적을 더할 필요가 있나?

알 필요가 없다. 그게 누구든.

"그런 말은! 도대체, 어째서……."

우득, 푹!

갈비뼈와 심장을 꿰뚫으며 박힌 검이 약간 떨리고, 다시 뽑는 순간 냇물 같은 피가 앞뒤로 쏟아져 내렸다. 보리스의 팔이 조금 경련을 일으키다가 멈췄다. 단숨에 관통시키려고 팔에 얼마나 힘을 주었는지 등의 상처가 터져 피고름이 뚝뚝 떨어졌다.

나우플리온이 빌려준 검으로 한 첫 번째 살해였다. 비릿한 냄새가 퍼지는 가운데 마리노프의 초점 없는 눈동자가 보리스의 얼굴에 박혔다. 검을 타고 흐르는 피를 내려다보며 보리스는 나지막이 중얼거렸다.

"……내 앞에서 진네만 이름을 가진 자를 욕한 게 네 마지막 죄다."

부들부들 떨던 몸이 허물어졌다. 샘처럼 고인 피가 모닥불까지 흘러가 치직거리며 연기로 변했다.

이솔렛은 자신이 하던 생각의 끝을 찾아냈다. 섬의 순례자, 옛 왕국의 후예, 달여왕의 자식과는 다른, 대륙의 피투성이 인간.

보리스는 순례자 다프넨이 아니었다. 결단코, 그녀가 알지 못하는 땅인 트라바체스의 멸망한 가문, 진네만이 그의 이름이었다. 현실의 대륙에 발붙이고 살아가는 인간은 옛 왕국을 추억하며 고립을 자처하는 순례자와 같아질 수 없으며, 보리스 진네만은 죽을 때까지 보리스 진네만일 뿐이었다.

그 이름을 버리지 못하리라. 그는…….

대륙으로 돌아가리라.

상처의 고통 탓인지, 아니면 자신이 저지른 일에 대한 후유증 탓인지 보리스는 검을 도로 바닥에 짚으며 약간 비틀거렸다. 이솔렛이 다가가 그의 팔을 잡았다. 시선이 칼날로 떨어졌다. 그때 보리스도 그것을 보고 있었다.

피가 흠뻑 묻은 칼날에 평소 보지 못했던 글씨들이 나타나 있었다. 날밑 바로 아래, 피가 묻자 하얗게 드러난 글귀였다. 이런 것이 있는 줄은 전혀 모르고 있었다.

이솔렛의 표정이 변했다.

"이건……."

금방이라도 눈이 내릴 것 같은 11월의 하늘이었다. 낡은 마차 두 대와 말을 탄 사내들 여럿이 어느 여관 앞에 멈추었다. 그중 나은 마차 쪽에서 검은 외투로 몸을 감싼 중년의 남자와 수행 비서가 내렸다. 다른 마차에서는 용병으로 보이는 두 사람과 더불어 시골 사람 하나가 내렸다.

일행이 여관으로 들어가자 여관 주인은 이미 이야기가 된 듯 말없이 고개만 숙여 보였다. 그들은 한마디 대화도 나누지 않고 2층으로 올라갔다. 여관에서 가장 좋은 방에 저녁 식사가 마련되어 있었다. 벽난로에서 장작불이 타올랐다. 중년 남자가 식탁 가운데 앉자 용병 여자와 남자가 함께 앉고, 다른 사람들은 가볍게 인사한 뒤 모두 옆방으로 갔다.

"일단 성공을 치하한다. 잔을 들지."

비서가 세 사람의 잔에 술을 따라주었다. 그들은 잔을 부딪쳤다.

"고맙습니다. 오래 걸리긴 했네요. 생각보다 힘든 일이었지 뭐예요. 저희는 나름대로 최선을 다했으니 이제 직접 가서 보시는 일만 남았네요."

여자 용병이 생글거리며 말하더니 술을 홀짝거리며 자꾸 상대의 눈치를 살폈다. 고용주인 중년 남자는 가볍게 고개를 끄덕였을 뿐 그들과는 다른 생각에 잠겨 있는 듯했다. 잠시 후 그는 생각에서 깨어나서 말했다.

"식사들 들지."

차린 음식은 아주 고급이라고 할 정도는 아니었지만 포도주만은 아라종에서 가져온 최고급품으로 트라바체스 시골에서는 보기 힘든 것이었다. 별 대화 없이 식사가 끝나자 중년 남자가 말했다.

"오늘밤은 여기서 자고 내일 아침 일찍 모든 것을 확인한 후 나머지 돈을 지불하겠다."

"저희는 같이 안 가나요?"

"그럴 필요는 없겠지. 내일 내가 돌아올 때까지 여관에서 쉬면서 기다려라."

"아아……. 네, 알겠습니다."

두 용병은 분위기를 눈치채고는 얼른 자리에서 일어났다. 그들이 인사를 하고 나가자 비서가 입을 열었다.

"여전히 믿을 수 없는 자들입니다."

"이제 다 끝난 일이니 됐다."

"그래도 내일 여관에 기사 몇 명을 남겨두시는 편이 좋을 것 같습니다, 주인님."

중년 남자, 벨노어 백작은 씁쓸한 표정으로 대꾸했다.

"내가 요즈음 실패가 많아서 자네까지 날 불신하는군."

"그럴 리가 있겠습니까? 그때는…… 백작님께서 어쩌실 수가 없는 상황이었습니다."

"그래, 폰티나 공작, 그자가 그런 간계를 갖고 있을 줄은 미처 짐작하지 못했지. 내 실수였어."

벨노어 백작은 고개를 숙이고 눈을 비볐다. 여름에 실버스 컬에서 우연히 만난 천재일우의 기회를 놓치고 나서 그도 많이 실망한 상태였다. 그는 폰티나 공작이 왜 보리스를 도와줬는지 몰랐다. 그렇다 보니 보리스가 공작에게 윈터러를 바친 것이 아닐까 의심하고 있었다. 그러나 사실을 확인할 방법이 없었다. 폰티나 공작의 수중에 들어갔다면 그의 힘으로 어쩌지 못할 영역에 넘어간 것이다.

그토록 오랫동안 뒤쫓아왔는데…….

겨울의 문턱에 이르러서야 좋은 소식이 왔고, 그래서 실의에 빠졌던 백작도 어느 정도 기운을 되찾았다. 예전에 고용해서 특별한 금속을 감지하는 마법사를 붙여줬던 용병 야니카고스가 드디어 스노우가드가 묻힌 곳을 찾아낸 것이다. 감시하도록 붙였던 기사로부터 소식을 듣자마자 바로 출발해, 국경에서 낡은 마차로 바꿔 타고 이곳까지 달려왔다.

밖에는 눈이 내리고 있었다. 겨울의 갑옷을 찾기에 어울리는 날씨이긴 했지만, 한밤중에 눈발을 헤치고 일을 하는 것은 여의치 않아 발굴은 내일 아침으로 미루었다. 겨울로 접어들자 연일 악천후였다. 기후가 안온한 벨크루즈 지방 출신인 벨노어 백작은 트라바체스의 우중충한 날씨가 마음에 들지 않앗다. 이번 일이 끝나면 한동안 오지 않아도 될 거라고 생각하니 마음이 다소 놓였다.

"그럼 자네도 가서 쉬게."

"알겠습니다."

이윽고 백작이 잠자리에 들어 불이 꺼졌다. 그러나 옆방에는 자지 않고 깨어 있는 자들이 있었다. 그들은 그러고도 몇 시간을 더 기다렸다. 새벽 2시경이 되었을 때 행동을 개시했다.

창문이 열렸고, 두 명의 그림자가 눈밭으로 뛰어내렸다. 눈은 아직도 내리고 있었다. 어느새 발목까지 파묻혔다.

"빨리, 서둘러."

야니카와 로마바크는 재빨리 여관 뒷마당을 빠져나가 인가의 처마들 틈을 뚫고 마을 어귀의 큰 나무 앞까지 갔다. 눈이 워낙 많이 내리고 있어서 발자국에 신경쓸 필요도 없었다. 그곳에는 십여 명의 용병들이 말을 준비해서 그들을 기다리고 있었다. 야니카는 그들을 발견하자 손을 흔들어 보였다.

"여어! 오랜만이야!"

"야니카, 한몫 잡게 해준다더니 하필 이런 궂은 날이야?"

"한몫 잡으려면 감수할 고생도 있는 법이야. 다들 준비됐어?"

모두 말을 타자 즉시 출발했다. 눈 덮인 벌판을 꽤 오랫동안 달렸다. 중간 지점에서 다시 몇 명의 사내들과 합류했다.

그러고도 십여 분 정도 가서 드디어 멈췄다.

"램프 꺼. 조심조심 가는 거야."

목적지에는 백작의 부하들이 지키고 있을 터였다. 그들을 단숨에 제압해야 했다. 눈발은 차츰 성기어졌으나 바람은 더 강해졌다. 캄캄한 밤중이라 목적지를 제대로 찾을까 싶었지만 야니카는 자신만만했다. 이 일대는 최근 몇 달간 이 잡듯 훑고 다녔던 곳이었다. 눈이 좀 덮였다 해서 못 알아볼 리 없었다.

마침내 멀리 불빛이 보였다. 습격에는 익숙한 자들이었다. 제압은 순식간에 이루어졌다. 비명을 질러도 와줄 사람 하나 없는 곳에서 백작이 세워놓은 보초들과 두 명의 기사는 깨끗이 살해당했다. 눈밭에 젖어드는 붉은 피가 램프 빛 아래에서 유난히 고와 보이는 밤이었다.

시체를 치울 생각도 않고 그들은 삽과 곡괭이를 잡았다. 단단히 굳은 땅이라 불을 피웠다가 파는 편이 좋을 테지만 그럴 만한 시간적 여유가 없었다. 여관에서 야니카와 로마바크가 없어졌다는 것을 알면 지체 없이 기사들이 뒤따라올 테고 그러면 일이 번거로워진다.

한 시간이나 걸려서 기우 작은 구덩이를 팠다. 아직도 한참 남았을 것 같았는데 갑자기 풀썩 하고 흙이 꺼지며 무언가가 드러났다. 램프를 들이대고 보니 흙 아래에 마치 납골당처럼 텅 빈 공간이 있는 것이 아닌가?

그들은 서로 얼굴을 마주보았다.

"이게 어떻게 된 거지?"

"몰라. 그냥 파봐. 주변도 다 그래?"

"대략…… 너비가 두 걸음은 넘겠는데?"

"길쭉한 네모 모양이야. 아니, 타원형인가?"

주위의 흙을 두드려 부수고 나자 정말로 길쭉하고 텅 빈 공간이 눈에 들어왔다. 그리고 그 아래에…….

"봐, 저거. 저기 있다."

"아니, 저게 도대체 뭐야?"

"야, 야니카……. 시체라고 하지 않았어? 그런데 저게 시체야?"

"나도 몰라! 시체가 아니면 뭐란 말이야!"

램프 고리에 끈을 달아 아래로 내렸다. 모두의 눈에 똑똑히 보였다. 그 안에 누워 있는 것이.

잠든 젊은이였다. 아니, 잠든 채로 묻힌 젊은이 같았다. 잠들었는지, 정말로 죽었는지 누구도 감히 말하지 못했다. 백랍처럼 창백한 뺨과 감긴 눈꺼풀, 흙 묻은 갈색 머리카락과 가볍게 모아 쥔 두 손……. 흙바닥에 누워 있는 그의 옷은 삭아서 빛이 바랬고, 장화도 다 해져 있었다. 그런데 몸만은 그대로였다. 어제 잠든 듯, 아니면 천 년 전에 잠든 듯, 조금도 훼

손되지 않았다.

그러나 이미 죽은 지 오래된 시체인데?

"나, 난……. 이거 뭔가 잘못 안 거 아냐?"

"난 손떼고 싶은데. 야니카, 이건 뭔가 무서운 마법이 걸린 거라고."

"몇 년 전에 죽은 사람이라고 했잖아. 사흘만 지나도 썩는데 저게 뭐야?"

"혹시 살아 있는 거 아냐?"

야니카는 얇은 입술을 꼭 다물었다가 파르르 떨었다. 그녀도 분명히 공포를 느꼈다. 그러나 이런 꼴을 당하려고 여기까지 온 것이 아니었다. 이게 얼마나 애썼던 일인데, 얼마나 고심해서 여기까지 꾸몄는데!

로마바크가 야니카의 손목을 슬슬 잡아당기며 말했다.

"야니……. 가자. 도로 돌아가자고. 아무래도 기분이 나빠. 예감이 안 좋아."

야니카는 갑자기 화가 치밀어 올라 소리를 빽 질렀다.

"그게 말이나 되는 소리야! 저걸 도로 묻는다 해도 이미 저 치들을 죽였는데 돌아가서 한푼인들 받을 수 있을 것 같아? 여기서 물러서면 빈손이란 말이야! 내가 얼마나 고생해서 여길 찾아냈는데! 난 그럴 수 없어. 그렇게는 못 하겠어!"

젊은이가 입은 흰 갑옷, 저걸 노리고 여기까지 온 것이다.

몇 년 전 윈터러를 가진 녀석들을 어처구니없게 놓치고 나서 웬만큼 잊었을 무렵 백작을 만났다. 뜻밖에 근사한 제안을 받고 곳곳에서 정보를 캐내어본 결과 저거 하나면 평생 먹고 놀 돈이 생긴다는 것을 알아냈다. 그후로 이 한 번의 모험에 모든 것을 걸었다.

다시 젊은이의 얼굴을 들여다보자 옛날 용병 대장 데라키 앞에서 저 녀석에게 치욕을 당했던 일이 떠올랐다. 그러자 분노가 되살아나며 마음이 다잡아졌다. 그래, 살아 있든 죽어 있든 망설일 건 뭔가! 살아 있으면, 도로 죽여버리면 그만 아닌가!

야니카는 몸을 일으켜 냉큼 무덤 안으로 뛰어내렸다. 자연적으로 만들어진 납골당 같은 그곳이 기분 나쁘지 않은 것은 아니었지만, 여기서 물러설 수는 없었다. 용병들은 겁에 질려 수군거리면서도 자리를 뜨지는 않았다. 야니카는 무릎을 꿇고, 예프넨의 몸에서 갑옷을 벗기려 했다. 그때 충격적인 일이 일어났다.

"아!"

야니카가 손을 대는 순간이었다. 흡사 살아 있는 듯했던 젊은이의 몸이 파스슥, 가루로 변해버렸다. 가루로 만든 껍질이었던 것처럼, 순식간에 흘러내려 바람에 날아갔다. 아무것도 남기지 않은 채.

야니카의 얼굴이 다른 의미로 새파랗게 질렸다. 사라진 것은 시체만이 아니었다. 그토록 찾아온 흰 갑옷도 함께 사라져 버렸던 것이다. 야니카는 멍하니 눈만 크게 뜨고 있다가 갑자기 두 손을 뻗어 미친듯 바닥을 더듬었다. 몇 번 그렇게 하고 나서 벌떡 일어선 그녀가 허공을 향해 악에 받친 욕설을 퍼붓기 시작했다.

"이, 이런 빌어먹을, 썩을 경우가……. 개 같은 일이……."

그러나 무덤 밖에 있던 용병들은 다른 것을 느끼고 있었다. 윙윙거리는 소음이 사방을 둘러쌌다. 눈발 섞인 바람이 흡사 미친 것처럼 휘몰아치기 시작했다. 훅, 램프가 꺼졌다. 빛에 익숙해 있던 시야가 끊기자 사방이 암흑으로 변했다. 서로의 얼굴은 물론이고 입을 쩍 벌린 무덤 구멍이 어디에 있는지조차 보이지 않았다.

눈보라가 짐승처럼 울부짖었다. 말들이 발버둥치며 우는 가운데 무언가가 부서지고, 부러지고, 갈기갈기 찢기는 소리가 들려오기 시작했다. 우뚝 선 채 꼼짝도 못했다. 심장이 굳어지고 발이 땅에 달라붙은 듯 어떤 것도 하지 못했다. 무슨 일이 벌어지는지도 모른 채 죽을 운명이었다.

이윽고 첫 번째 비명이 귀를 찢었다.

(6권에 계속)

룬의 아이들 – 윈터러 5 : 두 개의 검, 네 개의 이름

1판 1쇄 2019년 6월 21일
1판 11쇄 2024년 9월 11일

지은이 전민희

책임편집 임지호 ｜ **편집** 지혜림 이송 ｜ **일러스트** UK Nakagawa
표지디자인 이혜경디자인 ｜ **본문디자인** 이원경
저작권 박지영 형소진 최은진 오서영
마케팅 정민호 서지화 한민아 이민경 안남영 왕지경 정경주 김수인 김혜원 김하연 김예진
브랜딩 함유지 함근아 박민재 김희숙 이송이 박다솔 조다현 정승민 배진성
제작 강신은 김동욱 이순호 ｜ **제작처** 한영문화사(인쇄) 경일제책(제본)

펴낸곳 (주)문학동네 ｜ **펴낸이** 김소영
출판등록 1993년 10월 22일 제2003-000045호

주소 10881 경기도 파주시 회동길 210
문의 031-955-8892(편집) 031-955-2696(마케팅) 031-955-8855(팩스)
전자우편 elixir@munhak.com ｜ **홈페이지** www.elmys.co.kr
인스타그램 @elixir_mystery ｜ **X(트위터)** @elixir_mystery

ISBN 978-89-546-5657-3 04810
       978-89-546-5622-1 (세트)